Hildegard Schneider

Die Matrix des Messias

Hildegard Schneider

DIE MATRIX DES MESSIAS

2. Auflage 2018

Bücher, Musik und NetTravel
Am Eichwald 17
61231 Bad Nauheim
www.worldwidewings.de
E-Mail: office@worldwidewings.de

Die Bibelzitate wurden, wenn nicht anders angegeben, aus folgenden Quellen entnommen:

Das Jüdische Neue Testament. Eine Übersetzung des Neuen Testaments, die seiner jüdischen Herkunft Rechnung trägt, von David H. Stern. Stuttgart: Hänssler, 1994.

Thompson Studienbibel, nach der Übersetzung Martin Luthers 1984.

Ein Glossar befindet sich am Ende des Buches.

Lektorat: Michael Franz, Christiane Mann
Cover: Alessandro Schneider
Coverfoto: http://deutsch.istockphoto.com
Satz: type & print, Nürnberg
Druck: ARKA, Cieszyn, Polen

ISBN: 978-3-9814649-2-4
Bestell-Nr.: 889772

Die Wahrheit kann wehtun.
Wie eine Operation.
Aber sie ist heilsam.

WIDMUNG

Dieses Buch ist dem Messias gewidmet. Er ist El, der mächtige Leiter, der uns zusammenhält und seine schützenden Arme um uns legt.

Er ist das Alef und das Tav, der Erste und der Letzte. In der paleohebräischen Bildsprache stellt das Alef, der erste Buchstabe des Alphabets, den Kopf eines Stiers dar und das Tav, der letzte Buchstabe, das Zeichen des Kreuzes. Er, das Lamm YHWHs, starb am Pfahl. Er ist die Erfüllung aller Opfer, vom Opfer Abels bis zu seinem eigenen Opfertod. Er ist die Deutung aller blutigen Schlachtopfer der Tiere, die von den Menschen in den Tempel geführt und dort von den Priestern empfangen wurden. Der Blut-Kreislauf der Tiere wurde unterbrochen, das Blut aufgefangen und an die vier Ecken des Altars gebracht.

Die Schilderungen der Opfer und des Opfers Y'shuas erzählen, wie das Näherkommen des Menschen zu YHWH stattfindet. Durch sein Opfer war Er *das* Opfer, *das* Korban. Das hebräische Wort *korban* bedeutet „näherkommen, näherbringen" oder „das, was nahe ist, nahebringen". Wir hätten aufgrund unserer Sünde den Tod verdient. Doch Y'shua, der uns nahe ist, starb an unserer Statt und wurde somit dem Vater als Opfer nahegebracht.

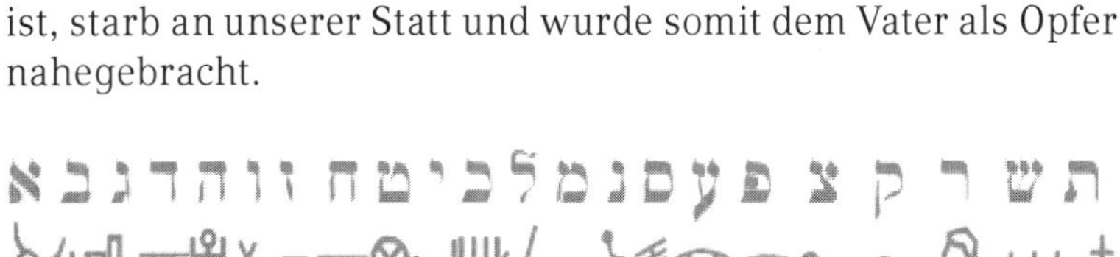

INHALT

In einer jüdischen Geschichte tauschen sich zwei Yeshiva-Studenten darüber aus, wann die Morgendämmerung genau beginne. Der eine meint, dass die Morgendämmerung da sei, wenn man den Unterschied zwischen einem Oliven- und einem Feigenbaum erkennen könne. Ein Olivenbaum habe schmale Blätter, Feigenbäume hingegen große. Der andere spricht sich dafür aus, dass die Morgendämmerung festzustellen sei, wenn man den Unterschied zwischen einem Mann und einer Frau ausmachen könne. Keiner ist mit den Argumenten des anderen einverstanden. Letztendlich entschließen sich die beiden, ihren Rabbi zu befragen. Dieser antwortet ihnen: „Die Morgendämmerung ist da, wenn man nicht länger den Unterschied zwischen einem Juden und einem Heiden wahrnehmen kann." Das ist die Morgendämmerung von „dem Tag", der den Beginn des messianischen Zeitalters kennzeichnet.

Die Weisen aus Israel berichten, dass die Wächter in jeder Nacht Wache im Tempel hielten. Aber nur der Wächter der letzten Nachtwache hatte die Freude, die Morgendämmerung hereinbrechen zu sehen. Dies beschreibt auch der Prophet Jesaja:

„Deine Wächter rufen mit lauter Stimme und rühmen miteinander; denn alle Augen werden es sehen, wenn YHWH nach Zion zurückkehrt."

Jesaja 52,8

„In jenen Tagen und zur selben Zeit, spricht YHWH, werden kommen die Leute von Israel samt den Leuten von Juda und weinend umherziehen und YHWH, ihren Elohim, suchen. Sie werden fragen nach dem Wege nach Zion und sich dorthin kehren: ‚Kommt, wir wollen uns YHWH zuwenden zu einem ewigen Bunde, der nimmermehr vergessen werden soll!'"

Jeremia 50,4-5

I. TEIL

1 BOARDING TIME

„Nicholas de Winter, please come to the reception." Die Lautsprecheransage am Frankfurter Flughafen war so eindringlich, dass sie de Winter jäh aus seinen Gedanken riss. Er war gedanklich auf dem New Yorker Flughafen JFK und rief sich einige Szenen von *Terminal* in sein Gedächtnis. Er liebte diesen Spielfilm von Steven Spielberg mit Tom Hanks und Catherine Zeta-Jones in den Hauptrollen. Er identifizierte sich gern mit Viktor Navorski, einem Besucher aus dem fiktiven osteuropäischen Land Krakosien, der auf dem New Yorker Flughafen JFK landet, als sein Heimatland in Bürgerkriegswirren untergeht und von den USA nicht mehr diplomatisch anerkannt wird. Da sein Pass auf diese Weise ungültig wird, verhindert die Bürokratie, verkörpert durch den leitenden Beamten Frank Dixon, seine Einreise ins Land und ebenso den Rückflug.

Sehr zum Ärger von Dixon und unter ständiger Beobachtung der Überwachungskameras richtet sich der gestrandete Viktor im Flughafen-Terminal häuslich ein. Er kämpft jeden Tag gegen die Tücken der Flughafenbehörde, um sein Ziel zu erreichen. Anfangs sammelt er Gepäckwagen, um sich von dem Kleingeld Essen zu kaufen. Als Dixon dies bemerkt, schickt er einen Airport-Betreuer, der ihm die gesammelten Gepäckwagen wieder abnimmt.

Viktor bemüht sich in einem der Geschäfte des Flughafens einen Job zu bekommen, was ihm allerdings wegen der fehlenden Papiere nicht gelingt. Als er jedoch eine Baustelle am Flughafen entdeckt, baut er eine begonnene Wand fertig. Dies wird am nächsten Morgen von den Arbeitern bemerkt und so wird Viktor als Bauarbeiter eingestellt. Während der mehr als neunmonatigen Wartezeit verliebt sich Navorski in die Flugbegleiterin Amelia. Er organisiert ein Abendessen auf der Terrasse des Terminals und baut einen farbenprächtigen Brunnen für sie. Unterstützung erhält er von einer Schar ausländischer Hilfsarbeiter.

Nicht dass de Winter die Vorstellung gefallen hätte, am Flughafen zu leben, aber er liebte das Unkonventionelle und das Abenteuer. Seine Leidenschaft war es, gegen den Strom zu schwimmen. Die Heimatlosigkeit und das Verlorensein waren nicht nur die Themen von Spielbergs Film, sondern auch ein bisschen die von de Winter. Er hatte schon früh sein Elternhaus verlassen und seinen Lebensunterhalt dadurch verdient, dass er Sachbücher zu den unterschiedlichsten Themen verfasste und regelmäßig Artikel für verschiedene Printmagazine schrieb. Ein Flug von einem Kontinent zum anderen deckte sein Grundgefühl der Heimatlosigkeit meistens erfolgreich zu und kam seiner Abenteuerlust entgegen. Er liebte die Atmosphäre an den Flughäfen der Metropolen mit dem Flair der weiten Welt und den unbegrenzten Reisemöglichkeiten. De Winter studierte auf jedem Flughafen die Anzeigetafeln mit ihren exotischen Destinationen wie Mauritius, Chennai oder Addis Abeba.

Hastig stand er nun auf, um an den Reiseschalter der United zu gehen. „Mr. de Winter? Sie haben noch keine Sitzplatzreservierung. Gang, Mitte oder Fensterplatz?" „Welch eine Frage! Natürlich Fensterplatz!" Als er sich umdrehte, sah er Aviad Cohen direkt ins Gesicht. Cohen stand so dicht hinter ihm, dass de Winter einen Bogen um ihn machen musste, um zurück zu seinem Sitzplatz gehen zu können. Er hörte gerade noch, dass Cohen die Sitzplatznummer 25 bekam. Hatte er nicht 27? Ein Langstreckenflug nach JFK neben einem jüdischen Passagier! Plötzlich war de Winter im Hier und Jetzt, auf diesem Terminal in Frankfurt. Tausend Gedanken schossen gleichzeitig durch seinen Kopf: Die neue Studie über jüdisches Leben, die er beginnen wollte. Die Führung Gottes, neben einem Juden zu sitzen, der ebenso wie er nach New York flog. Ein Mann, der ihm vielleicht viele Türen öffnen könnte. „Boarding für Passagiere der Reihen 5 bis 30". Das galt ihnen. Er ließ Cohen den Vortritt, der gut sein Vater hätte sein können. Er fiel mit seiner schwarzen Kleidung, dem schwarzen Hut, seinem langen Prophetenbart und den Schläfenlocken unter allen anderen Passagieren auf.

Für de Winter war es jedes Mal beeindruckend, vom Fensterplatz aus mitzuverfolgen, wie sich ein tonnenschweres Flugzeug in die Lüfte hob und dann seine Reise in die Ferne antrat. Wenn sich de Winter später zu erinnern versuchte, wie er mit Cohen ins Gespräch gekommen war, musste er passen. Es war wie eine dunkle Lücke in seinem Gedächtnis. Gesichert galt für ihn, dass es eine Führung Gottes war. Cohen teilte ihm mit, dass er mit seiner Familie in Brooklyn lebte. Stolz berichtete er von seinen fünf Söhnen und drei Töchtern. Der älteste Sohn Jehonatan lebe in Frankreich und die älteste Tochter Alisah in der Schweiz. Die anderen in Brooklyn, Washington Heights, im Norden Manhattans und eine seiner Töchter, so fuhr er fort, sei mit einem russischen Juden verheiratet und lebe in Brighton Beach bei Brooklyn, das auch das „Kleine Odessa" genannt werde. Die russische Gemeinde bilde heute mehr als ein Viertel der gesamten jüdischen Bevölkerung in New York, ungefähr 325.000 Personen, führte Cohen weiter aus. De Winter glaubte zu träumen. Sein neues Sachbuch nahm vor seinen Augen Gestalt an. Es wurde lebendig und greifbar.

Cohen erzählte ihm, dass die älteren Juden auch heute noch an der Lower East Side leben, viele in Armut. Die Lower East Side, das Herz der osteuropäischen Einwanderung um die Jahrhundertwende, sei heute zu einer billigen Einkaufsmeile geworden. Die alten Synagogen seien teilweise verfallen oder würden jungen Künstlern als Kunst- und Kulturzentren zugängig gemacht. Hier und da sehe man noch die alten hebräischen und jiddischen Inschriften an den Läden und ein einsamer Gurkenverkäufer oder Schneider sei noch da. Cohen beobachtete seinen Sitznachbarn genau, während er de Winter erzählte, wie das Reformjudentum in New York viele Juden von ihren Wurzeln gelöst habe und die Heiratsrate zwischen Juden und Christen in den letzten Jahren alarmierend angestiegen sei.

Einer Umfrage von 1991 zufolge handle es sich um 52 Prozent. De Winter wurde leicht nervös, als er Cohen zuhörte und an sein Privatleben dachte. Er war noch ledig und hatte als Dreißigjähriger noch viel Zeit zum Heiraten. Er war jung und liebte das Leben und die Abwechslung. Irgendwo und durch irgendwen wurde er immer zu Partys und Festen eingeladen. Gott war für ihn die Liebe und hatte die Liebe geschaffen. Durch Jesus war er in die wunderbare Freiheit der Kinder Gottes hineingeführt worden und genoss diese auch. Immer wenn er in New York war, besuchte er die Times Square Church in New York City. Er liebte diesen ehemaligen Theatersaal mit seinen roten Plüschsesseln.

Zu seiner eigenen Verblüffung hörte sich de Winter fragen, ob er, Cohen, wisse, dass Jesus der Messias der Juden sei? Hastig fügte er noch hinzu, dass ihm natürlich klar sei, dass viele Juden Jesus als den Messias ablehnen, aber, beeilte er sich nachzuschieben, was wäre, wenn es doch so wäre? Dieser Nachsatz verankerte sich fest im Herzen Cohens, ohne dass er sich dagegen wehren konnte. Wie ein Echo hallte es in seinem Inneren wieder: Wenn es doch so wäre? Wenn es doch so wäre?

Die lebhafte Unterhaltung kam ins Stocken, als würde sich ein Mantel des Schweigens über die beiden unterschiedlichen Männer ausbreiten. Wäre er nur nicht so unbedacht gewesen und hätte diese Frage nicht gestellt! Wie konnte er nur wieder mit Cohen ins Gespräch kommen? Ist da nicht kürzlich ein sehr bekannter Rabbi in New York gestorben? „Wie hieß doch gleich der Rabbi", fragte de Winter in die Stille hinein, „der in der Synagoge am Eastern Parkway 770 diente und kürzlich starb?"

„Sicher meinen Sie Rabbi Schneerson, den Führer der orthodoxen Lubawitscher Juden."

„Ja, genau diesen!", entgegnete de Winter. Er war erleichtert, dass das Gespräch zwischen ihnen wieder in Gang kam. Aviad gehörte selber zur Gruppierung der Lubawitscher Juden, führte aber mit seiner Familie ein etwas gemäßigteres Leben. Aviad sagte: „Menachem Mendel Schneerson, der siebte und letzte Rebbe der belorussischen Dynastie, ist kürzlich im Alter von 92 Jahren im Manhattaner Beth Israel Medical Center gestorben." De Winter erinnerte sich daran, dass über der Kingston Avenue in Brooklyns Viertel Crown Heights ein Spruchband „Moshiach is coming", der Messias wird kommen, aufgehängt war. Doch hielt er es für klüger, den Messias nicht schon wieder zu erwähnen.

„Der Rebbe war nicht irgendein Rabbiner", fuhr Cohen fort. „In den 44 Jahren seiner Regentschaft hat er das Lubawitscher Komitee aus einem Häuflein versprengter Holocaust-Überlebender zu der weltweit mächtigsten orthodoxen Gruppierung aufgebaut. Er war der Kommandeur von über 200.000 Jüngern und 1847 Zentren. Das Reich, das er hinterlässt, erstreckt sich von Brooklyn über Europa bis nach Südafrika, Australien, Sibirien und den Himalaja." Während er an den verstorbenen Rebbe dachte, fiel ihm die bohrende Frage wieder ein: Was wäre, wenn Jesus doch der Messias der Juden wäre? Rabbi Schneerson war es auf alle Fälle nicht, auch wenn nach seinem Tod gläubige Chassidim des Lubawitscher Komitees aus der ganzen Welt vor der Synagoge am Eastern Parkway 770 zusammengeströmt waren. Viele hatten geglaubt, dass Schneerson auferstehen würde. Er war sich dabei nicht sicher gewesen. Aber die Katastrophe war eingetreten und der Rebbe blieb im Grab. Hatte der Rebbe denn jemals behauptet, der Messias zu sein? Cohen sah de Winter an. Dieser war ein gut aussehender junger Mann, blond, mit blauen Augen, die manchmal sanft grün zu schimmern schienen. Sein Lächeln war entwaffnend und herzlich. Er hatte etwas! Aber anscheinend war er noch nicht verheiratet. Merkwürdig! Nein, der Jesus der Christen war kein jüdischer Messias. Blond und blauäugig, so gab es doch viele Jesusbilder. Aber das passte einfach nicht. Außerdem beinhaltet die messianische Hoffnung meines Volkes, so dachte er weiter, dass es zwei Messiasse geben wird: Maschiach ben Josef und Maschiach ben David. Maschiach ben Josef wird sein Volk von seinen Feinden befreien, aber dabei umkommen. Anschließend wird Maschiach ben David triumphierend die Feinde Israels niederschlagen und Maschiach ben Josef von den Toten auferwecken. Ben Josef symbolisiert den Messias als leidenden Diener und Ben David verkörpert den Messias, der herrschen und regieren wird. Der Jesus der Christen hat nie ein Königreich aufgerichtet, deswegen glauben wir Juden, zumindest die meisten von uns, nicht, dass dieser Jesus unser Messias ist.

Wie viele Juden hatte sich Aviad mit den christlichen Erwartungen an den Christos auseinandergesetzt, während dies umgekehrt bei vielen Christen in Bezug auf den jüdischen Messias kaum der Fall war. Die allgemeine Erwartung der Rabbiner an den Messias unterschied sich sehr stark von dem, was der Prophet aus Nazareth darstellte. Der Tenach malt in ihren Augen ein großes prophetisches Bild: Die Vorstellung, die hinter allem steht, ist die, dass HaSchem auf der Erde sein Königreich aufrichten wird. Israel ist darin der Sohn Adonais und ebenso sein Diener, wie in Jesaja 44,1 zu lesen ist: ‚Jakob ist mein Diener'. Israel ist nicht nur ein Sohn, sondern der Sohn Adonais, der gesalbte Diener, gerufen und berufen, diese Aufgabe zu erfüllen. Und der Messias ist der eine Repräsentant des Volkes der ‚gesalbten Diener und Adonais Söhne'. Und alle Wunder und Befreiungen, die das Volk Israel erlebt hatte, würden sich in einem viel größeren Ausmaß in den Tagen des Messias wiederholen. Ist das Vergangene nicht auch symbolisch für das Zukünftige? Ganz bestimmt, dachte Aviad. Der Tenach ist ein Glas, durch das man die Segnungen für die zukünftigen Tage sehen kann.

Cohen dachte weiter nach. Natürlich leugnen die Rabbiner nicht, dass Adam und seine Nachkommen die Konsequenzen der Sünde zu tragen hatten, aber dieses Konzept der Sünde und eines Erlösers, eines zweiten Adams, wie er das von christlicher Seite wusste, war ihnen in dieser Tiefe und Ernsthaftigkeit fremd. Meine jüdischen Autoritäten lehren aufgrund des Talmuds, dass der Mensch mit einer Anlage zum Guten und einer Anlage zum Bösen, *Yetser haRa* genannt, geboren wird. Adonai selbst habe diese Grundlagen gelegt und nachdem er die Konsequenzen von der Anlage zum Bösen gesehen habe, habe er es bereut, die Menschen so geschaffen zu haben.

Da ist kein Platz für einen Erretter aus der sündigen Natur. Ja, sein Volk, so dachte Aviad weiter, sei das *Yetser haRa* am Berg Horeb losgeworden. Sein Volk sind doch die, die als gerecht angesehen werden. Aviad schob diese Gedanken beiseite und versuchte sich auf das Hier und Jetzt zu konzentrieren.

Cohen mochte diesen jungen Mann und schob ihm ohne Worte seine Visitenkarte hinüber: Aviad Cohen. De Winter war berührt und nahm sie dankbar an sich. Er kramte in seinen Taschen, fand seine Visitenkarten aber nicht. Etwas unleserlich kritzelte er seine Adresse und seine Telefonnummer auf einen Zettel und schob diesen auf das kleine Klapptischchen vor Cohens Sitz. Dieser hatte noch nie Visitenkarten mit einem Nichtjuden ausgetauscht. Plötzlich hörte er den Aufruf, dass sie sich alle anschnallen sollten. Der Kapitän begann mit dem Anflug auf JFK. Bald würde er seine Familie wiedersehen und morgen würden sie wie gewohnt den Schabbat miteinander begrüßen und ausgiebig feiern. Er sprang über seinen Schatten und lud de Winter ganz leise zur Schabbatfeier zu sich nach Hause ein. De Winter war sehr erstaunt über die Einladung, nahm sie aber freudig an. Natürlich hatte er keine Ahnung, was ihn dort erwarten würde. Die bereits zugesagte Einladung zur Party bei Eilyn würde er einfach sausen lassen.

Die beiden Männer verabschiedeten sich herzlich von einander. Sie waren sicher, dass sie sich morgen wiedersehen würden.

2 NEW YORK, NEW YORK

Nicholas ließ sich von einem der legendären New-York-Taxen, dem Yellow Cab, in sein kleines Apartment bringen, das in der 43. Straße zwischen der 8. und 9. Avenue gelegen war. Von seinem Wohnzimmer aus hatte er eine fantastische Aussicht auf den Times Square. Seine Zweitwohnung lag in der Nähe der Touristenattraktionen von Manhattan. In Gehweite befanden sich die Broadway Theater, elegante Restaurants, der Central Park, allerlei Einkaufsmöglichkeiten in der 5th Avenue, zahlreiche Kunstmuseen und Konzertzentren.

Die 43. Straße ist eine ruhige Straße im Herzen von Manhattan. Nicholas dachte, dass man kaum städtischer und zentraler wohnen und zur gleichen Zeit das Gefühl von Privatsphäre haben konnte. Nicholas liebte das Leben im Big Apple. Manchmal nahm er einfach ein Taxi und ließ sich irgendwo hinfahren. Dann stieg er aus, lief um ein paar Blocks und genoss es einfach, dass New York immer etwas Neues, Unbekanntes zu bieten hatte. Es fühlte sich für ihn so an, als ob er auf einer Reise wäre, die niemals endete. Und ihm gefiel es, dass man in New York nicht als Außenseiter betrachtet wurde. Jeder, der gut in etwas ist, wird willkommen geheißen, ganz egal, ob die Familie nun schon seit zwei Generationen in der Stadt lebt oder nicht.

New York zieht deswegen Künstler und Schriftsteller seit Generationen magisch an. Literaturgrößen wie J. D. Salinger und Paul Bowles sind Söhne dieser Stadt, die sie zu ihren Welterfolgen inspirierte. Ob er auch einmal in einem Künstlerhaus in New York leben wird wie Golo Mann, Benjamin Britten und W. H. Auden? Auch junge Autoren lieben die Dynamik des Big

Apple und lassen sich hier nieder, aber eher in Vierteln wie SoHo. Sie hoffen hier auf einen Durchbruch. War er nicht einer von ihnen? Er sammelte die Werke der Newcomer in seinem Apartment.

Die mehrstündige Zeitverschiebung und die vielen neuen Eindrücke, die Begegnung mit Aviad Cohen und die morgige Einladung ließen Nicholas nicht zur Ruhe kommen. Er entschloss sich kurzerhand, in den Central Park zu gehen, ein Spaziergang von wenigen Minuten. Er tauchte in das einzigartige New Yorker Großstadt-Flair ein.

Nicholas liebte seinen Zweitwohnsitz. Das Empire State Building sowie der Rockefeller-Platz befanden sich vor seiner Haustür. Er genoss den nächtlichen Spaziergang und legte sich bald danach schlafen. Nach einer ruhigen und erholsamen Nacht wachte er erst gegen Mittag auf. Er schaute von seinem Bett aus durch die große Fensterfront direkt auf den Times Square. Die Skyline war atemberaubend und so blieb er solange im Bett, bis er hungrig wurde. So wie die Amerikaner hatte auch Nicholas seinen täglichen Besuch im Starbucks um die Ecke seinem Tagesablauf angepasst. Wie die meisten ging er fünf Mal pro Woche in ein Starbucks-Café. Er beobachtete, wie die Starbucks-Gänger den Kaffee Latte oder eine andere Kreation schlürften und dabei meist auf dem Laptop im Internet surften. Inzwischen beschäftigten sich in den USA sogar Wissenschaftler mit dem Phänomen der „Starbucksierung der Gesellschaft". „Starbucks befriedigt die Sehnsüchte der Menschen", meinte Professor Bryant Simon von der Universität von North Carolina, der ein Buch über Starbucks Einfluss auf die US-Gesellschaft geschrieben hatte. Irgendwie stillte wohl das morgendliche Starbucks-Ritual auch de Winters Sehnsucht nach dem Surfen auf der Kaffeewelle, nach ein wenig Luxusgefühl und heiler Welt. New York zählt zu den wichtigsten Kaffeemetropolen der Welt und die Coffeeshop-Skyline wird immer ein bisschen höher.

Nicholas ertappte sich dabei, dass er die Stunden bis zum Abend zählte. Sie schienen heute nicht 60, sondern 120 Minuten zu haben. Er vertrieb sich die restliche Zeit bis zum Einbruch der Dämmerung mit Bummeln durch die Lower East Side. Sein Weg führte ihn an vielen alten Synagogen – Bialystok und Eldrige etwa – vorbei und an der gotischen Baptistenkirche in der Norfolk Street, welche im Jahre 1885 von einer orthodoxen jüdischen Gemeinde gekauft und als „Beth Hamedrash Hagadol", als große Synagoge benutzt wurde.

Danach machte sich Nicholas auf nach Brooklyn. Brooklyn ist unterteilt in kleine Viertel mit den hübschen Namen wie Canarsie oder Brooklyn Heights. Williamsburg, Crown Heights und Midwood sind die orthodoxen Viertel Brooklyns.

Die Lubawitscher Chassidim in Crown Heights bieten seit einigen Jahren geführte Touren durch ihre beschauliche Gemeinde an. Nicholas entschloss sich, an der nächsten Führung teilzunehmen. Sie gab ihm einen unverkrampften Einblick in die Welt der ultraorthodoxen Juden mit den Massengebeten in der Chabad-Synagoge, wo hunderte schwarze Hüte im taumelnden Singsang wippten, bis hin zu einem Besuch in einem koscheren China-Restaurant. Die Tour hatte sich gelohnt. Nicholas sog alles in sich auf. Es war spät geworden. Er musste sich beeilen.

Nach einigem Suchen stand Nicholas endlich vor einem wunderschönen Einfamilienhaus, in dem die Familie Cohen wohnte. Noch ehe Nicholas klingeln konnte, öffnete Aviad die Tür und bat ihn herein. Eine Welle der Wärme und der Gastfreundschaft empfing ihn und zog ihn förmlich ins Esszimmer. An einer langen, weiß gedeckten Tafel saßen eine Reihe schwarzer Anzüge. Und hinter der Mechiza, der üblichen Trennwand zwischen Frauen und Männern, kam ihm die Hausfrau entgegen. „Rahel, meine Frau." Sie hatte eine ganz besondere Ausstrahlung. Nicholas spürte intuitiv, dass ihre Schönheit wie der Glanz der Wahrheit war.

Sie hieß ihn herzlich willkommen und verschwand wieder hinter der Mechiza. Aviad führte Nicholas zu seinem Platz. Er wollte sich gerade setzen, als alle anderen aufstanden. Aviad begrüßte die Gäste und sprach ein Eröffnungsgebet. Laut und fröhlich stimmten alle in das Lied „Shabbat Shalom" ein. Danach zündete Rahel hinter der Mechiza die beiden Kerzen des Schabbatleuchters an und sprach: „Baruch atah Adonai eloheinu melech ha olam asher kidshanu bemitzvotav vetzivanu l'hadlik ner shel Shabbat." Nicholas verstand kein Wort. Anschließend sprach Aviad mit lauter Stimme den Kiddusch, den Segen über dem Wein: „Baruch atah Adonai eloheinu melech ha olam, borei pri ha gafen". Der Wein wurde aus einer silbernen, mit Ornamenten besetzten Kanne in den Kidduschbecher gegossen und floss reichlich über auf einen kleinen Unterteller. Dann brachte jemand eine Schüssel herein. Aviad wusch sich feierlich und rituell die Hände zur Vorbereitung auf den HaMotzi-Segen über die beiden Hefezöpfe, Challot genannt. Nachdem Aviad den Segen über die Zöpfe gesprochen hatte, „Baruch atah Adonai eloheinu melech ha olam, ha motzi lechem min ha aretz", wurde die Challah in kleinere Scheiben geschnitten und an die Gäste verteilt.

Da Nicholas die Worte nicht verstehen konnte, schaute er in die Gesichter der Anwesenden, die voller Freude und Hingabe zu Adonai gewandt waren. Er spürte eine Sehnsucht in sich aufsteigen, dazuzugehören. Unweigerlich fing er an zu vergleichen: Vor seinen Augen zogen eine Vielzahl Gottesdienste vorbei, der Prediger vorne, die Gläubigen in ihren Reihen. Sie waren doch zur Freiheit berufen, nicht mehr unter dem Gesetz. Und der Samstag war ein jüdischer Festtag und war durch Jesu Auferstehungstag, den Sonntag, abgelöst worden. Diese Familien hier vor seinen Augen lebten sozusagen noch in der Zeit des Alten Testaments. Sie hatten noch nicht begriffen, dass ihr Messias bereits da gewesen war, das Gesetz erfüllt hatte und sie nun in einer anderen Freiheit leben durften. In diesem Augenblick verstand er, dass er hier einen Auftrag zu erfüllen hatte.

Er hörte Aviad seine anwesenden Söhne aufrufen: David, Benjamin und Ariel. Er segnete sie mit dem Segen Adonais. Alle stürzten sich anschließend auf die Schirayim, das Essen, worüber Aviad ebenfalls einen Segen gesprochen hatte. Es wurden in verschiedenen Gängen ausgiebige Speisen wie Suppe, zwei Sorten Fisch, Fleisch, Tsimmes (Karotten) und Farfel, eine Art Reis, serviert. Nach dem Birkat haMazon, dem Segen nach der Mahlzeit, wurden Früchte aufgetragen. Was man unter koscheren Speisen verstand, war Nicholas auch nicht klar. Er merkte schon, dass er erhebliche Defizite hatte. Genau deswegen wollte er ja auch die Studie über das jüdische Leben schreiben.

Beim Essen rückte er plötzlich in den Mittelpunkt der Anwesenden und ihm wurde eine Frage nach der anderen gestellt. Sein Tischnachbar fragte nach, wie Aviad und er sich kennengelernt hatten. Sein Gegenüber erkundigte sich, ob er verheiratet sei und Kinder habe. Der Schabbatwein war süß und so manche Flasche machte die Runde. Nicholas ließ sich mehrfach einschenken, allein schon, um die eine oder andere Frage ein wenig wegzuspülen.

Der Höhepunkt des Abends waren die herzzerreißenden Lieder „Koh Echsoif“ und „Koh Ribon Olam“, wobei die versammelte Menge mit besonderen Emotionen sang.

Gegen Ende des Abends formierten sich die Männer spontan zu einer Hora und unter Händeklatschen und Gesang ging der ausgelassene Tanz weiter und weiter, ein gewaltiges Getümmel. Reigentänze? Warum tanzten sie denn alle im Kreis? Lachend luden sie ihn ein, in ihre Mitte zu kommen. Alles war recht ungewohnt für ihn und er konnte kaum mithalten bei all den unbekannten Schrittkombinationen. Die Männer rechts und links neben ihm zogen ihn einfach mit. So tanzten sie bis spät in die Nacht hinein. Gesang und Tanz waren sehr bewegend und intensiv. Reine Leidenschaft.

Als die Gäste lange nach Mitternacht aufbrachen, schlug Aviad ihm vor, bei ihnen im Gästezimmer zu übernachten. Als Nicholas im Bett lag, notierte er in sein Notebook: Schabbat, Segenssprüche, Chassidim, HaSchem, Tehillim, Schirayim, Challah, Kiddusch. Dann gab er als erstes Stichwort in seinen Laptop „Chassidim“ ein und begann zu surfen. Mit großem Erstaunen las er, dass Nicht-Juden einzig von den in New York lebenden Lubawitscher-Chassidim umworben werden, was andere chassidische Gruppierungen indes ablehnen und scharf verurteilen.

Wie alle orthodoxen Juden vertrauen die Chassidim auf die Heilige Hebräische Schrift, von der sie sich leiten und führen lassen. Ihr Leben wird von den 613 Mitzwot bestimmt, die gemäß der rabbinischen Tradition in der hebräischen Bibel gefunden und im mündlichen Gesetz, den Lehren und Traditionen, ausgelegt werden. Diese Gesetze bestimmen jede Phase des Lebens und schreiben ethische, soziale und rituelle Pflichten vor. Für die Chassidim gilt, dass die 613 Mitzwot eine Entsprechung in den 248 Gliedern des menschlichen Körpers und in den 365 Tagen des Jahres haben.

Der Zweite Weltkrieg und die nationalsozialistische Vernichtungspolitik in Osteuropa stellten für das gesamte Ostjudentum eine tiefgreifende Zäsur dar. Die in Polen lebenden Chassidim waren davon besonders betroffen, zumal nur ca. 300.000 polnische Juden den Weltkrieg überlebten. Der Chassidismus hatte mit dem Weltkrieg in Osteuropa aufgehört zu existieren. Die Überlebenden zogen vorwiegend nach Nordamerika und Israel.

Das gegenwärtige Zentrum des Chassidismus ist in New York. Die Führer der einflussreichsten chassidischen Gruppen, die Lubawitscher- und die Satmar-Chassidim, begannen hier nach Kriegsende mit dem Wiederaufbau ihrer zerstörten Gemeinschaften. Anders als die Immigranten früherer Jahrzehnte, die sich dem „American Way of Life“ anzupassen versuchten, trachteten die chassidischen Ankömmlinge danach, ihre Identität möglichst zu bewahren und distanzierten sich daher bewusst von der amerikanischen Gesellschaft. Die Chassidim in New York pflegen ihre ostjüdische Tradition. Noch immer sprechen sie Jiddisch. In ihren Schtetln in Williamsburg, Crown Heights und Borough Park unterhalten sie eigene Schulen und Gesundheitszentren.

Eine ansehnliche Zahl von Lubawitschern hat sich dazu entschlossen, ihre Heimatgemeinden zu verlassen, um an Orten zu leben, in denen sie ganz bestimmt die einzige chassidische und manchmal auch die einzige orthodoxe Familie sind. Sie gründen Chabad-Häuser, um ihre Lehren unter der säkularen jüdischen Bevölkerung zu verbreiten, also unter jenen Juden die weder orthodox noch in irgendeiner Weise religiös sind. Die Organisation Chabad bemüht sich ununterbrochen aktiv um Kontaktaufnahme. Sie veranstalten Purim-Partys an Universitäten und zünden öffentliche Chanukka-Leuchter unter freiem Himmel in Hunderten von Städten auf der ganzen Welt an und übertragen das Anzünden der größten Leuchter live im Internet.

Mit großem Interesse fand Nicholas heraus, dass im Chassidismus immer wieder messianische Strömungen auftraten. Nicholas las in Israel J. Singers Memoiren, wie die chassidische Gemeinde, in der Singer um die Jahrhundertwende aufwuchs, die Krisen um das Jahr 1905 als Zeichen für das Kommen des Messias deutete. Nicholas strich sich folgenden Kommentar an: „Der Messias kommt im Jahre 5666! Dieses Gerücht verbreitete sich im ganzen Judentum und zog Männer, Frauen und Kinder in seinen Sog. Die ersten Anzeichen waren der Krieg, die Pogrome und die Revolutionen – alles Omen für die Geburtswehen, die, wie jeder Jude wusste, das Kommen des Messias ankündigen würden. Mein Vater, ein wahrer Meister in der Kunst, mit Hilfe der Gematrie und anderer Methoden Symbole und Anspielungen in der Torah und der Gemara, im Buch Sohar und anderen kabbalistischen Schriften aufzuspüren, schwelgte jetzt geradezu in Entdeckerfreude und Auslegungskünsten. Zahlreiche Juden hörten mit dem Bücherstudium und dem Geschäftemachen auf, und verbrachten ihre Zeit damit, über die Erlösung zu reden. Morgens und nachmittags, aber vor allem zum Abendgottesdienst fanden sie sich im Bethaus ein, wo sie im schwachen Licht der Petroleumlampen im Flüsterton miteinander über das welterschütternde Ereignis sprachen, das jeden Moment eintreten konnte. Beim leisesten Geräusch spitzte man die Ohren, ob jetzt vielleicht das Widderhorn ertönen würde, dessen Klang die Ankunft des Messias ankündigen sollte. Eines Abends teilte ein gewisser Josua Glusker den versammelten Gläubigen mit, dass er nicht vorhabe, das Dach seines Hauses für den kommenden Winter instand zu setzen, weil das ja bloß Zeit- und Geldverschwendung sei. Warum soll ich mir die Mühe machen, wenn wir ohnehin schon bald ins Land Israel einziehen?"

Nicholas überlegte: 1905 wurde die Krise als das Zeichen des kommenden Messias gedeutet mit der beschriebenen Folge, dass die Juden nach Israel ziehen würden. 1994 versammelten sich gläubige Chassidim des Lubawitscher Komitees aus der ganzen Welt vor der Synagoge am Eastern Parkway 770, um nach dem Tod von Rabbi Schneerson durch dessen Auferstehung die Ankunft des Messias zu erleben. Und in seinen Kreisen? Da warteten viele auf die Entrückung. Der Messias hier, der Christus da, Einzug nach Israel auf der jüdischen Seite, Hinwegnahme in den Himmel auf der christlichen Seite, was stimmte nun? Nicholas empfand, dass diese weit auseinanderliegenden Aussagen nicht gerade zu seiner Sicherheit beitrugen. Wie konnten die chassidischen Juden überzeugt sein, nach Israel auszuwandern und viele Christen davon, dass sie hinweggenommen werden würden? Da konnte einfach etwas nicht stimmen. Für den Moment ließ er diese, wie all die anderen Fragen, die sich in ihm aufzutürmen begannen, stehen und legte sich schlafen. Noch ehe er eingeschlafen war, beschloss er, das Buch „Der Weg des Menschen nach der chassidischen Lehre“ von Martin Buber zu bestellen. Martin Buber, der von 1878 bis 1965 lebte, hatte viele Jahre lang chassidisches Material, mündliche und schriftliche Überlieferungen, gesammelt, gesichtet, kommentiert und in eine entsprechende schriftliche Form gebracht. Nicholas grübelte. Das würde ihm die Welt des Chassidismus zugänglicher machen. Sein Motiv bestand darin, Aviad besser zu verstehen, vor allem zu verstehen, warum Aviad nicht erkennen konnte, dass sein Messias schon einmal auf der Erde war und wiederkommen würde. Beruhigt schlief er endlich ein.

Am Morgen verabschiedete sich Nicholas von seinen Gastgebern und versprach, am nächsten Schabbat wiederzukommen, um mit Aviad am chassidischen Tisch seines Rebbes teilzunehmen. In seiner Wohnung in Manhattan tauchte er in eine andere Welt ein und das setzte sich auch am Sonntag fort, als er die Gemeinde am Times Square besuchte. Dort traf er einige Freunde, die sich wunderten, dass sie noch nichts von ihm gehört hatten, seitdem er wieder in New York war. Er sah

Eilyn direkt auf ihn zusteuern. Ehe sie ihn mit ihren lästigen Fragen, warum er nicht zu ihrer Party gekommen sei, bombardieren konnte, war er durch die Menge verschwunden.

Nicholas zog sich in sein Apartment zurück. Er setzte gewissenhaft seine Internetrecherchen fort. Seine Woche verlief ruhig. Das Telefon ließ er klingeln, vergewisserte sich aber jedes Mal, ob es nicht Cohen war, der anrief. Er verließ seine Wohnung nur, um zu Starbucks zu gehen oder abends in eines der Steakhäuser um die Ecke. Er war froh, als endlich wieder Freitag war.

Gegen Mittag machte er sich auf, um das chassidische Leben Brooklyns näher kennenzulernen. Er ging ins Chassidic Discovery Center, um sich über die Inhalte des Chassidismus zu informieren. Dort konnte er nachvollziehen, wie Juden seit Tausenden von Jahren leben und gelebt haben und die spirituelle und meditative Kraft ihres chassidischen Gottesdienstes nachempfinden. Er besuchte eine Mazza-Bäckerei und beobachte einen Sofer während seiner mühseligen Arbeit beim Schreiben einer Torah-Rolle von Hand. Das hebräische Wort für Buch heißt Sefer und das für Schriftrolle Megillah. Eine Torah-Rolle, die fünf Bücher Mose, auf Pergament geschrieben, kostete zu jener Zeit vier Hektar Land.

Rechtzeitig, ehe die Dämmerung hereinzubrechen drohte, klingelte er an Cohens Tür. Dieses Mal kam Cohen mit seinem schwarzen, kaftanartigen Mantel und seinem hohen schwarzen Hut heraus und sie gingen zum Tisch seines Rebbes. In der Halle auf dem Weg zum Tisch kamen viele jüdische Männer freundlich auf Nicholas zu und drückten ihm, als offensichtlich einzig fremdländischen Gast, die Hand. Vom Rednerpult donnerte bereits eine dramatisch anmutende Ansprache, auf Jiddisch! Vom Hause Cohen abgesehen war dies die erste Begegnung mit einer eigenartigen und faszinierenden Kultur, deren Anhänger durch ihr exotisch anmutendes Äußeres ein unübersehbarer Bestandteil des New Yorker Stadtbildes sind. Es ist die Welt der Chassidim, die in ihren Enklaven an ihren Traditionen festhalten, gegen den vermeintlich unentrinnbaren Strom der Zeit.

Während seines dreimonatigen Aufenthaltes in New York lebte Nicholas ein Doppelleben zwischen den Gottesdienstbesuchen in der Times Square Church und den Besuchen im Haus Cohen, die Tische seines Rebbes mit eingeschlossen. Als die drei Monate um waren und er nach Deutschland zurückfliegen musste, brachte Aviad ihn zum Flughafen. Nicholas gab ihm zum Abschied ein kleines Päckchen. Er wäre lieber in New York geblieben, aber er ließ sich nichts anmerken. Aviad nahm ihm das Versprechen ab, dass Nicholas sich bei ihm melden würde, wenn er wieder in New York sei.

3 DIE ERBSCHAFT

In Frankfurt angekommen, versuchte er in den Rhythmus seines ihm eigenen Lebensstils zu kommen. Er schrieb verschiedene Artikel und arbeitete weiter an seiner Studie über jüdisches Leben. Er kam gut voran und freute sich an jeder Seite, die er zu Papier brachte, bis eines Tages eine geheimnisvolle E-Mail von Aviad kam. Er hatte lange nichts von ihm gehört, sich aber auch ebenso wenig bei Aviad gemeldet. Betreff: „Erbschaft“. Er öffnete ungeduldig die E-Mail und las: „Schalom Nicholas!“ Er übersetzte gleich beim Lesen: „Ich habe eine Erbschaft angetreten. Mein Leben wird sich verändern. Du bist in die Abwicklung der Erbschaft eingeschlossen. Ich erwarte dich. Aviad.“

Nicholas las die Nachricht bestimmt hunderte Male. Tausend Gedanken schossen ihm durch den Kopf. War er jetzt reich? Würde sich auch sein Leben ändern? Wieso, um Himmels willen, war er denn mit eingeschlossen? Eine große Unruhe bemächtigte sich seiner und er war kaum noch fähig weiterzuarbeiten. Er schrieb und drückte die Löschtaste, er formulierte neu und verwarf es wieder. Noch vier Wochen bis zum Abflug nach New York. Das konnte ja heiter werden. Er mailte Aviad. Täglich checkte er mehrfach seine E-Mails. Keine Antwort von Aviad. Er wagte einen Telefonanruf, aber Aviad, so hieß es, sei verreist. Verreist? Dabei erwartete er ihn doch in New York! Er betete. Wie lange hatte er schon nicht mehr gebetet! Aber die Antwort von Aviad blieb aus. Wenn er zu unruhig wurde, trank er trockenen Rotwein. Aber auch der Rotweingenuss half ihm nicht wirklich abzuschalten. In wenigen Tagen war bereits der Abgabetermin von zwei wichtigen Artikeln. Er musste sich zur

Arbeit zwingen. Mühsam schrieb er eine Zeile nach der anderen. Schreiben war für ihn zum ersten Mal in seinem Leben eine Qual. Und wenn er früher nach New York zurückflöge? Aber Aviad war verreist! Das machte auch keinen Sinn! Und er war gezwungen, die unfertigen Manuskripte zu Ende zu bringen, sonst ... Darüber wollte er jetzt nicht nachdenken. Er hatte eine glänzende Idee: Er kaufte sich einen überdimensional großen Kalender und markierte die noch verbleibenden Tage rot und strich durch, wenn ein Tag vorbei war. Die Spannung stieg von Tag zu Tag. Er spürte, dass diese Erbschaft tatsächlich etwas mit ihm zu tun hatte.

Wie in New York nahm er auch hier keine Telefonate entgegen, vergewisserte sich aber jedes Mal, wer der Anrufer war, immer in der Hoffnung, es könnte Aviad sein. Zwischen nicht gespülten Kaffeetassen und Weingläsern lagen seine ausgedruckten Manuskripte zum Korrekturlesen. Er schlug sich die letzte Nacht vor dem Abgabetermin um die Ohren. Beim Anbruch der Morgendämmerung war er zwar fertig, aber nicht sehr zufrieden. Er lieferte alles persönlich ab. Zufrieden war er nur über seine fortschreitende Studie über jüdisches Leben. Er hatte sich viele Notizen gemacht.

Die letzte Woche vor dem Abflug zog sich. Er packte seine Koffer. Die Stunden schienen wieder einmal statt 60 Minuten 120 Minuten zu haben. Endlich, endlich war es soweit. In Gedanken war er schon in New York, als er das Flugzeug betrat. Dieses Mal hatte er drei Sitzplätze für sich alleine. Nach dem Essen legte er sich gemütlich auf die Sitzreihe und schlief fast bis New York durch. Ob Aviad ihn abholte? Er hatte ihm seine Ankunftszeit gemailt. Zu seiner großen Enttäuschung war Aviad nicht am Flughafen erschienen. Er stieg in ein Yellow Cab, die immer und überall in Sekundenschnelle auftauchen, und ließ sich zu seiner Wohnung in Manhattan bringen. Dort war ein einziger Brief im Briefkasten. Absender: Aviad Cohen. Es wurde immer spannender. Ungeduldig riss er den Briefumschlag auf und ein Flugticket purzelte heraus. Was in aller Welt sollte das jetzt bedeuten? Hin- und Rückflugticket „New York–Tel Aviv–New York“ mit einem kleinen Haftzettel versehen. Aviads Schrift, ohne Zweifel: „Ich hole dich in Tel Aviv am Flughafen ab. Aviad." Was machte denn Aviad in Israel und warum sollte er nach Israel zu Aviad fliegen? Dass das etwas mit der Erbschaft zu tun hatte, war ihm klar. Hätte Aviad das nicht besser koordinieren können? Er hätte doch direkt von Frankfurt aus Tel Aviv anfliegen können. Er wusste nicht, ob er sich freuen oder ärgern sollte. Warum war alles so geheimnisvoll und so verschleiert?

Am nächsten Morgen, er kam gerade von Starbucks zurück, stand ein Mann vor dem Eingang seines Wohnhauses. Es war ganz offensichtlich ein Jude, der ihn ansprach: „Mr. de Winter?" Erstaunt blickte Nicholas ihn an. Woher wusste er seinen Namen? „Bitte, Aviad hat mich zu Ihnen geschickt und mich gebeten, dass ich Ihnen täglich bis zu Ihrem Abflug nächste Woche Ivrit lehre. Wenn es Ihnen recht ist, fangen wir gleich damit an." Nicholas verschlug es die Sprache. Er sagte nichts und bat sein Gegenüber, mit ihm in den zehnten Stock zu fahren. „Mein Name ist Menachem und ich bin Hebräischlehrer an der Synagoge, die Aviad besucht."

Menachem blieb bis 17 Uhr und versprach, am nächsten Tag wieder zu kommen. Nicholas wiederholte an diesem Abend das Alef-Bet bis er „Alef, Bet, Gimel, Dalet, Hei, Wav, Sajin, Chet, Tet, Yod, Kaf, Lamed, Mem, Nun, Samech, Ajin, Peh, Tsadi, Kuf, Resch, Schin und Tav" im Schlaf aufsagen konnte. Er schrieb die Buchstaben wieder und wieder. Die Zahlenwerte der Buchstaben lernte er ebenso wie die Zahlen selber.

Er wartete am nächsten Morgen ungeduldig auf Menachem, der sich verspätete, eine durchaus typisch jüdische Eigenart, mit der Nicholas noch oft konfrontiert werden sollte. Mit Begeisterung und Hingabe brachte er Nicholas die Vokale bei und er fing an, erste Worte zu lesen und zu schreiben. Als Menachem an diesem Spätnachmittag aufbrach, konnte Nicholas bereits den ersten Satz der Tenach lesen: „Bereschit bara Elohim et haSchamajim v'et haAretz." Die Übersetzung lautet wortwörtlich: „Im Anfang schuf Elohim et die Himmel und et die Erde." Was bedeutete denn das kleine Wörtlein et, das gar nicht mit übersetzt worden ist? Es stand weder in seiner deutschen Bibel noch in der englischen King James Ausgabe. Der hebräische Satz gab ihm ein Rätsel auf, das er nicht lösen konnte.

Die Woche verging wie im Flug. Jeden Tag kam Menachem, wiederholte alles und lehrte Nicholas neue Inhalte. Er brachte ihm Sätze für alltägliche Szenen bei, z. B. Begrüßung, Taxifahrt, Einkauf usw. Es war unglaublich, aber nach einer Woche konnte er so viel, dass er sich ein wenig verständigen konnte. Sie hatten viele Dialogtexte mit realistischen Alltagssituationen geübt, wie beispielsweise die Begrüßung: Schalom (Hallo, wörtlich „Friede"), boker tov (Guten Morgen), mah schlomcha (Wie gehts?), tov toda (Danke, gut), v'ata (und dir?). Es tat ihm fast leid, dass er Menachem jetzt nicht mehr sehen würde. Menachem hatte einen ganz besonderen Humor und sie hatten viel miteinander gelacht. Zum Abschied lud er Menachem in ein koscheres Restaurant ein, was dieser dankend annahm. Geld wollte er keines annehmen, er sei schon reichlich für seine Dienste bezahlt worden. „Die Erbschaft" war alles, was Nicholas dazu einfiel.

Spät am Abend rief Nicholas einen seiner Freunde aus der Times Square Church an, um sich zu verabschieden. Jeff war völlig erstaunt, dass er überhaupt wieder in New York sei, weil er sich noch gar nicht hatte blicken lassen. „Bist du verliebt? Oder was ist los, dass wir dich gar nicht mehr sehen?" Nicholas murmelte etwas ins Telefon und legte auf. Das war sonst gar nicht seine Art. Er wollte einfach keine langen Erklärungen machen, die sowieso keiner verstehen würde. Im Eiltempo erledigte er noch einige Dinge: Reiseführer über Israel kaufen, Friseur, Geld tauschen, Koffer packen. Und schon saß er wieder im Yellow Cab zum JFK. Als er auf sein Ticket schaute und sah, dass er knapp 15 Stunden unterwegs war, rätselte er erneut, warum Aviad ihm nicht gleich ein elektronisches Ticket nach Frankfurt gemailt hatte. Der Flug von Frankfurt direkt nach Tel Aviv hätte einen Bruchteil der Zeit in Anspruch genommen, als nun über New York nach Tel Aviv zu fliegen.

4 NEW YORK – TEL AVIV

Neben ihm nahm eine junge, hübsche Frau Platz. Wenig später stellte sich heraus, dass sie Israelin war. Nicholas war dadurch sofort mit der langen Flugzeit versöhnt und verwickelte die junge Dame in ein Gespräch. Er erfuhr, dass sie in Tel Aviv geboren und aufgewachsen war. Also eine echte Sabra. Er schätzte, dass sie nicht einmal 25 Jahre alt war. Sie erzählte ihm, dass sie in New York gewesen war, um ihre Großeltern in Brooklyn zu besuchen. Sie käme jedes Jahr einoder zweimal nach New York, manchmal zu den Herbstfesten. Herbstfeste? Ob sie den Thanksgiving Day meinte? Nein, der liegt ja später im Jahr, in den Wintermonaten. Er fragte lieber nicht nach. Er musste sich eingestehen, dass er trotz seiner Recherchen fast nichts über das Judentum wusste. Herbstfeste, was meinte sie bloß damit? Er notierte in sein iPhone: Herbstfeste! Im Laufe des Flugs ergänzte er die Liste um etliche Begriffe. Livana bemerkte seine gelegentlichen Eintragungen und fragte ganz direkt, so typisch jüdisch, was er denn da ab und an während ihrer Unterhaltung eintrage? Er erwiderte, dass er ein Sachbuch über jüdisches Leben schreiben wolle und dass die Notizen ihn an verschiedene Punkte erinnern sollten. Er gab sich keine Blöße, aber Livana hatte intuitiv erfasst, dass er von dem einen oder anderen, was sie berichtete, keine Ahnung hatte.

Pointiert, aber mit einem gewinnenden Lächeln, fragte sie ihn, ob er auch die Feste feiern würde? Sie schien ihm eher liberal zu sein, deswegen verunsicherte ihn ihre Frage. Welche Feste könnte sie meinen? Ja, Pessach. Erleichtert erwiderte er: Ja, er würde auch Ostern feiern. Das „auch“ entzog sie ihm nachdrücklich. Provokativ fügte sie hinzu, dass sie Rosch HaSchana, Jom Kippur und Sukkot liebte. Jetzt fiel es Nicholas ein, dass dies die Herbstfeste der Juden waren, die Livana vorhin im Sinne hatte. Als Christ musste er diese nicht feiern, das hatte er seit Jesus nicht mehr nötig!

Er wechselte gekonnt das Thema. Sie kamen auf Israel als Ferienland zu sprechen. Auch da hatte sie ihm eine Menge zu erzählen, weil sie als Tour Guide in Israel arbeitete. Sie malte Bilder des Landes vor seine Augen: Der schneebedeckte Mount Hermon, Israels höchster Berg mit 2248 m, bildet die Kulisse, vor der zehntausende Kraniche aus Osteuropa und Russland allabendlich in das Flachwasser des Hula-Sees einfallen. Das Hula-Tal im äußersten Norden Israels ist die größte Kranich-Rast und neuerdings auch Überwinterungsgebiet im Nahen Osten. Bis zu 40.000 Kraniche finden sich zur Zugzeit in der fruchtbaren Ebene an der Grenze zum Libanon und zu Syrien ein. Livana schwärmte vom Toten Meer, dem tiefsten Punkt der Erde, von den bewaldeten Hügeln Galiläas, von der zerklüfteten Wüste Negev mit einer Fläche von ca. 12.000 km^2, die damit mehr als die Hälfte der Landfläche Israels ausmacht, und von dem Taucherparadies am Roten Meer. Während am Schabbat Jerusalem stillsteht, geht das öffentliche Leben in Tel Aviv weiter. Mit dem Einbruch der Dunkelheit beginnen am Strand und in den vielen Clubs die Parties. Livana schilderte den Machane Yehuda, Jerusalems quirligsten Markt, in den schillerndsten Farben. Auf dem Schuk, wie die Jerusalemer ihren Markt nennen, werden nicht nur Grundnahrungsmittel und Haushaltsgegenstände verkauft. Viele Delikatessenstände erobern den Markt. Ein Händler, wusste Livana zu berichten, verkauft an einem Brotstand statt der Pita, dem Fladenbrot ohne Hefe, dicke Laibe Vollkornbrot mit dunkler Kruste. Die Kunden waren anfänglich sehr skeptisch, aber mittlerweile kommen sie zum Teil von weit her. Es gibt dort Brote mit getrockneten Tomaten, Blaubeeren oder Pinienkernen. Dieser Stand oder der französische Käsestand dominieren den Markt jedoch nicht. Sie verlieren sich zwischen den Obst- und Gemüseläden und den Ständen mit unzähligen Sorten an Gewürzen in Schalen und Säcken. Nicholas hörte gerne zu und entspannte sich zunehmend in ihrer Gegenwart.

Israel, so fuhr Livana fort, hat mehrere Klimazonen, und das, obwohl es ein kleines Land ist. Im Norden ist das Klima gemäßigt und die Landschaft bewaldet, im Süden heiß und trocken. Sie fragte ihn, ob er gewusst habe, dass die Lebenserwartung in Israel zu den höchsten der Welt gehöre und für Frauen 80,9 Jahre und für Männer 76,7 Jahre betrage. Eigentlich, dachte er plötzlich, hätte er es sich sparen können, einen Reiseführer zu kaufen. Gott war so gut. Er verwöhnte ihn. Was konnte lebendiger sein, als persönlich geschilderte Eindrücke vom Land und dazu noch aus dem Mund einer attraktiven Israelin.

Livana erzählte ihm dann noch von den Minderheiten im Land, von der Sprache und dem Schmelztiegel der Religionen, der Staatsgründung, dem Sechstagekrieg, dem Jom-Kippur-Krieg im Jahr 1973, von der Siedlungspolitik und vom jüdischen Leben. Der Alltag in Israel ist eine Mischung aus moderner Lebensweise und Glaubensüberzeugungen aus der Torah. Durch diese verschiedenen Lebensrhythmen kommt es oft zu scharfen Konfrontationen im Land. Fortschritt und Wirtschaftlichkeit kämpfen gegen Tradition und religiöse Gesetze. So fahren in Israel am Schabbat keine öffentlichen Busse und die israelische Nationalfluglinie El Al hat ihre Flüge am Schabbat eingestellt. Dies ist auf den Einfluss der orthodoxen Gruppierungen zurückzuführen.

Nicholas dachte nach. Wenn er diese Erbschaft mit Aviad antreten würde, dann könnte er es sich bestimmt leisten, Livana für eine geführte Tour durch das Land zu engagieren. Er fragte, ob sie dazu bereit wäre und bat um ihre Visitenkarte. Lachend bejahte sie seine Frage und gab ihm ihre Karte. Ihr Lächeln war entwaffnend. Er wollte sie um jeden Preis wiedersehen. Er hatte nicht geahnt, wie bildhübsch Israelinnen sein konnten.

5 ERETZ ISRAEL

Die letzten Flugstunden döste er ein wenig vor sich hin. Als die Maschine auf dem Ben Gurion Airport landete, war die Sonne bereits aufgegangen. Es war sieben Uhr morgens. Er war Zuhause angekommen, so empfand er es, als er seine Füße auf die Erde setzte. Eretz Israel. Nur jetzt nicht sentimental werden! Er schob das aufkommende Gefühl von sich weg.

Am Förderband drängten sich bereits viele Passagiere ihres Fluges. Endlich erschien ihr Gepäck und sie hoben es auf die Kofferkulis und schoben die Gepäckwagen zur Zollabfertigung.

Livana zeigte ihm an der rechten Wand der Flughafenhalle einen Teppich, der eine einfache Patchworkarbeit darstellte: Zwei Menschenreihen streben zur Mitte des Bildes und treten durch ein Portal in Jerusalem ein. Der 17. Vers aus dem 31. Kapitel des Propheten Jeremia beschreibt in hebräischen Goldbuchstaben den Inhalt der Darstellung: „Die Söhne werden in ihre Heimat zurückkehren." Es war, als redete der Vers zu ihm, als meinte er buchstäblich ihn. Die Botschaft des Teppichs berührte ihn tief.

Livana ging mit ihm zum Ausgang des Flughafengebäudes, wo sich die Taxis befanden. Dort entdeckte er zu seiner Überraschung Aviad, den er fast vergessen hatte. Er machte Aviad und Livana miteinander bekannt. Sie wechselten einige Worte auf Hebräisch. Dann trennten sich ihre Wege. Nicholas winkte ihr nach und drehte sich mehrfach nach ihr um, während Aviad auf ein Sammeltaxi von Nesher Tours zusteuerte.

Aviad freute sich sehr, dass Nicholas an seiner Seite saß, aber er zog es vor, sich mit dem Taxifahrer in Ivrit zu unterhalten.

Nicholas wusste, dass Aviad jetzt nicht sprechen konnte und wollte. In Jerusalem angekommen hielt das Taxi in der German Colony vor einer wunderschönen, alten Villa. Der Name German Colony zeugt davon, dass die Kolonie in der zweiten Hälfte des 19. Jahrhunderts von württembergischen Templern gegründet wurde, wie man an den zahlreichen Bibelsprüchen auf Deutsch über den Haustüren sehen kann. Zahlreiche Gebäude und ein Friedhof zeugen noch heute von der einstigen Präsenz dieser Glaubensgemeinschaft. Ihre Manufakturen und Landwirtschaft halfen den ersten jüdischen Einwanderern und machten die Region bereit für das zwanzigste Jahrhundert. Den Mittelpunkt dieser Kolonie bildet die Straße Emek Refaim, in der es eine Vielzahl von Kaffeehäusern, Restaurants, Bars und Boutiquen gibt, die ihr einen jungen und modernen Charakter verleihen. Viele Menschen nennen die Kolonie auch das „Scheinkin von Jerusalem", in Anlehnung an ein lebhaftes Vergnügungsviertel in Tel Aviv.

Es war eine angenehme und sehr einladende Gegend, in der sich Nicholas sofort heimisch fühlte. Die Häuser sind im Stil eines typisch deutschen Dorfes angeordnet, und aus dem eindrucksvollen Jerusalemer Stein erbaut. Die neuen Gebäude in der Kolonie sind auch in einem Stil errichtet, der mit dem traditionellen Geist übereinstimmt: Niedrige Gebäude, Dachziegel, gewölbte Fenster, schöne Innenhöfe und Gärten. So wird der einzigartige Charakter eines zentraleuropäischen Dorfes erhalten.

Die Villa, in der mehrere Familien wohnten, war in einer Seitenstraße der Emek Refaim, der Llyod George. Aviad schloss auf und führte Nicholas ins Dachgeschoss, in eine kleine Zweizimmerwohnung mit einem herrlichen Blick auf die Dächer der German Colony. „So what – ma se?", platzte Nicholas nun voller Ungeduld heraus. Er war stolz, dass er die Frage auf Hebräisch präsentieren konnte. „We will cross the river when we get there", konterte Aviad mit einem englischen Idiom und sagte, dass er mit dieser Devise immer sehr gut gefahren sei. Nicholas spürte intuitiv, dass es ratsam wäre, sich eine gewisse Ruhe anzueignen und das ungeduldige Warten auf Antworten abzulegen.

Aviad lud ihn zum Essen ein. Im Kino Smadar gibt es ein sehr unkonventionelles Restaurant mit leckeren koscheren Gerichten. Dort kam nun Aviad von sich aus auf die Erbschaft zu sprechen. Endlich, dachte Nicholas, es wird auch langsam Zeit. Aviad vertraute ihm an, dass die Angelegenheit mit der Erbschaft eine äußerst verwickelte und komplizierte Sache sei. Die Abwicklung sei an viele Bedingungen geknüpft und er könne ihm immer nur Bruchstücke anvertrauen. Es müsse ein Schritt abgeschlossen sein, ehe er mit ihm über den nächsten sprechen könne. Die erste Phase der Umsetzung, dass sie beide nach Jerusalem gekommen seien, und er, Nicholas, Hebräisch lerne, sei ja im Gange. Den Segen könne er zum Teil jetzt schon genießen: bezahlter Flug, Apartment in Jerusalem und Hebräischunterricht. A propos Hebräischunterricht. Ab morgen käme Doron täglich von Montag bis Freitag zu ihm, um ihm zu helfen, seine Kenntnisse der hebräischen Sprache zu erweitern. Ehe Nicholas etwas erwidern konnte, meinte Aviad, dass dies zu den Bedingungen der Erbschaft gehöre.

Wenn Nicholas nicht so sehr das Abenteuer geliebt hätte, wäre er an dieser Stelle geplatzt oder einfach ausgestiegen. Blitzschnell überschlug er die Kosten und unterm Strich lohnte es sich schon jetzt für ihn. Über allen Überlegungen stand, dass Nicholas alles als eine Führung, eine äußerst außergewöhnliche Führung Gottes ansah.

„Wo wohnst du denn, Aviad?"

„In Mea Schearim."

„Mea Schearim?"

„Ein Stadtviertel von Jerusalem. Bald wird meine Familie nachkommen. Wir werden zwischen New York und Jerusalem hin- und herpendeln, bis der Antrag auf Alijah durch ist." Mit der Einladung, ihn morgen am Schabbat in Mea Sheraim zu besuchen, verabschiedete sich Aviad. Nicholas blieb noch lange sitzen und beobachtete das Kommen und Gehen der Leute im Kino-Restaurant Smadar Cinema. Plötzlich kam ihm die Idee, Livana anzurufen.

Als er hörte, dass sie in Jerusalem sei und am Abend frei habe, verabredete er sich mit ihr. „Jerusalem by night" mit

Livana. Eine wunderbare Vorstellung, die ihn sichtlich aufheiterte. Livana holte ihn in der German Colony ab. Gemächlich spazierten sie durch die laue Nacht zur Jerusalemer Altstadt. Als sie hörte, dass er am nächsten Abend zum Schabbat nach Mea Schearim wollte, gab sie ihm den Rat, sich dementsprechend zu kleiden, also ein langärmeliges Hemd und eine Kopfbedeckung, am besten eine Kippa. An allen Ecken Mea Schearims hängen die berühmten „Anstands-Plakate" in riesigen englischen und hebräischen Buchstaben, die darauf hinweisen, dass das Viertel nur in entsprechender Kleidung zu passieren sei. Er war dankbar für ihren Hinweis und kaufte sich in der Altstadt bei einem der vielen Händler eine Kippa. „Mea Schearim am Schabbatabend ist ein unvergessliches Erlebnis", fuhr Livana fort, „sei es, durch die Hinterhöfe oder über den Mea-Schearim-Markt zu schlendern oder ein Synagogen- oder Tischbesuch eines Rebbe." Unermüdlich erklärte sie ihm alles. Er mochte ihre Gesellschaft. Sie hatte etwas völlig Unkompliziertes und Natürliches an sich. Und wenn sie ihn mit ihrem Siegeslächeln ansah, wünschte er sich, ihr näherzukommen. Aber sie hielt ihn auf Abstand und er versuchte nicht, über die Grenze zu gehen, weil er die beginnende Freundschaft nicht gefährden, aber sich auch keinen Korb holen wollte. Sie aßen miteinander zu Abend und verabredeten sich für die nächste Woche. Livana hatte dann zwischen zwei Führungen zwei Tage frei, für die sie sich vornahm, ihm einige Sehenswürdigkeiten Jerusalems zu zeigen.

Am nächsten Spätnachmittag machte er sich auf nach Mea Schearim. Zuvor hatte er ein wenig gegoogelt: Mit dem Bau der vom deutschen Architekt Konrad Schick entworfenen Wohnanlage war schon 1874 begonnen worden.

Religiöse Juden Jerusalems wollten den engen Verhältnissen in der Stadt entkommen und ließen vor den Toren der Stadt eine als autarke Kooperative angelegte, eigene Siedlung errichten. Der Name der Siedlung sollte Mea Schearim sein, was „Hundert Tore" bedeutet. Namensgebend war ein Wort aus dem Wochenabschnitt der Torah, aus dem 1. Buch Mose, Kapitel 26, der zum Zeitpunkt der Gründung der Mea-Schearim-Gesellschaft gelesen wurde: ‚Und Isaak säte in seinem Lande und erntete in jenem Jahre hundertfach, denn der Herr segnete ihn'. 1880 waren die ersten hundert kleinen Wohnungen fertiggestellt, die sich um einen bepflanzten Hof gruppierten, der später durch Kuhställe ersetzt wurde. Bis zur Jahrhundertwende entstand eine komplexe, eigene Kleinstadt mit rund 300 Wohneinheiten am Rande Jerusalems. Neben orthodoxen Juden aus anderen Teilen des Landes siedelten sich in Mea Schearim vor allem strenggläubige Juden aus Polen, Ungarn und deren unmittelbaren Umgebung an.

Die Zeit in Mea Schearim ist stehengeblieben. Dieser Stadtteil ist eine Stadt in der Stadt, eine hermetische Welt ohne Radio und Fernsehen, wie er später erfuhr. Hier leben die Haredim, eine Gemeinschaft orthodoxer Juden, die sich jeglichem äußeren Einfluss verschließen. Nicholas sah zu seinem großen Erstaunen, dass dieses ultraorthodoxe Viertel am Schabbat für Autos gesperrt ist. Wie er später hörte, wurde dieses Verbot von den Bewohnern gewaltsam erzwungen. Ihm kamen immer wieder Gruppen von Männern mit ihren langen schwarzen Mänteln und ihren Pelzmützen entgegen. Die Frauen bedecken ihre Köpfe den religiösen Vorschriften entsprechend mit Kopftüchern oder Perücken, wie ihm später berichtet wurde.

Plötzlich wurde er durch einen lauten Sirenenklang aus seinen Gedanken gerissen. In ganz Jerusalem wurde der Schabbat eingeläutet. Er musste sich beeilen, damit er sich nicht verspäten würde. Aviad erwartete ihn schon und ging mit ihm direkt zu seinem Rebben. Da seine Familie noch in New York war, feierte er nicht zu Hause Schabbat, sondern bei seinem Rebben. Nicholas merkte, wie eine große Ungeduld in ihm hochkroch. Wie lange musste er eigentlich noch warten, bis Aviad das Geheimnis der Erbschaft lüftete? Vielleicht würden noch Monate vergehen? Fast jeder chassidische Rebbe gibt am Freitagabend einen Tisch für seine Chassidim. Einige Rebbes essen dabei, andere wiederum beschränken sich auf das Geben einer Derascha, einer Lehre aus der Torah, oder fordern ihre Chassidim zum Singen auf.

Aviads Rebbe bat alle anwesenden Chassidim, in einem großen Kreis um ihn herum zu tanzen. Zwischendurch gab es weitere Leckereien und später brachte man zwei riesige, dampfende Kuchen herein: einen Karotten- und einen Topfkuchen. Der Rebbe verteilte Kuchen und Früchte. Danach hielt er seine Rede in Jiddisch. Nicholas verstand nicht viel davon. Nach der Rede wurde wieder getanzt, bis sich der Rebbe gegen 1.30 Uhr zurückzog.

Aviad nahm Nicholas mit in seine Wohnung, die sehr gemütlich war. Dort schlief Nicholas im Gästezimmer. Am nächsten Tag kam Aviad mit einem kleinen Päckchen in der Hand auf Nicholas zu, der auf dem Sofa saß und in seiner Bibel las. Nicholas erkannte sofort das Geschenkpapier wieder, in welches er das Abschiedsgeschenk für Aviad in New York gewickelt hatte. Sein Herz schlug höher. Was würde Aviad jetzt sagen? Aviad wickelte es aus und hielt den Inhalt Nicholas vor die Augen. Die Anspannung wuchs in Nicholas. Aviad setzte sich neben Nicholas auf die Couch und schwieg. Lag in dem Schweigen Zustimmung oder Ablehnung? Am liebsten hätte sich Nicholas jetzt verabschiedet! Er schien seinen Ohren nicht zu trauen, als Aviad nach einem ihm endlos lang erscheinenden Schweigen auf das Buch deutete und ihm sagte, dass er das Buch, seitdem er es von ihm als Abschiedsgeschenk bekommen habe, schon etliche Male gelesen habe. Erst wäre er verärgert gewesen, dass Nicholas so dreist gewesen sei, ihm eine Bibel mit Neuem Testament zu schenken. Ja, er hatte schon überlegt, wie er sie entsorgen könnte. In den Papierkorb? Das brachte er nicht über sein Herz, war der Tenach doch das heilige Wort HaSchems. So lag die Bibel über eine Woche in seiner Wohnung herum. Immer, wenn er sie erblickte, musste er an Nicholas Satz denken: Was wäre wenn, ja, was wäre, wenn dieser Jesus doch der Messias wäre? Schließlich siegte die Neugier oder besser gesagt die Gewissheit, dass eine einfache Lektüre dieses „Neuen Testaments“ ihm ein für alle Mal beweisen würde, dass sich die Christen im Irrtum befänden. Doch was er dann las, verwirrte ihn, ja, beunruhigte ihn zunehmend. Dieser Jesus oder Y'shua, wie er wohl auf Hebräisch hieß, passte gar nicht in das Bild, dass ihm das Christentum malte. Und seine Lehre erschien ihm ganz anders, als er erwartet hatte. Eigentlich war er gelehrt worden, Y'shua habe gegen die Torah gepredigt und war deshalb nach 5. Mose 13 ein falscher Prophet. Wie auch immer: Das Fazit seiner wochenlangen Lektüre sei, dass er jetzt ernsthaft untersuchen wolle, ob Y'shua der jüdische Messias sei, von dem die Brit Chadaschah berichte. Jetzt verschlug es Nicholas die Sprache und er rang nach Worten. Aviad ließ ihn aber nicht zu Wort kommen, sondern kündigte ihm an, dass er ab morgen täglich zu Nicholas kommen werde, um mit ihm das Wort zu studieren. Sie würden voneinander lernen, ihr Wissen austauschen und seien ab jetzt eine Mini-Jeschiwa! Nicholas kam aus dem Staunen nicht mehr heraus. Er war einfach nur sprachlos.

Aviad bat ihn zu überlegen, wie sie eine Materialsammlung ihrer gemeinsamen Studien anlegen könnten, da sie später noch alle Unterlagen bräuchten. Später? Aviad bestimmte einfach wieder einmal über ihn. Nicholas hatte keine Erklärung dafür, wieso er dies so mit sich geschehen ließ. Aviad wechselte das Thema. Nicholas wusste, dass jede Frage, die er jetzt stellen würde, unbeantwortet bleiben würde. So schluckte er wieder einmal alle Fragen herunter. Ärgerlich machte er sich auf den Heimweg. Vormittags Hebräischunterricht, nachmittags Bibelstudium. Er war nicht gerade bester Laune. Er musste unbedingt Livana sprechen und erhoffte sich, dass sie Zeit hätte. Ihre Gegenwart würde ihn aufmuntern. Vormittags Hebräisch und nachmittags Studium der Schriften. So hatte er sich seine Studien über jüdisches Leben nicht vorgestellt!

Livana nahm seinen Anruf entgegen und sie verabredeten sich für den Abend in der German Colony. Das Treffen mit ihr war wie eine Flucht vor der kommenden Woche. Er kaufte einen wunderschönen Blumenstrauß und eilte zum Rendezvous. Livana nahm den bunten Sommerblumenstrauß lachend entgegen. Sie freute sich sehr über das Mitbringsel. Nicholas versuchte, seine innere Unruhe zu überspielen, aber es gelang ihm nicht sonderlich gut. Livana, direkt wie sie war, fragte ihn auch noch, was er denn habe. Probleme? Ob er krank sei oder schlecht geschlafen habe? Oder ob ihm Mea Schearim auf den Magen geschlagen sei? Als Nicholas ihr etwas verlegen gestand, dass es ihre Gegenwart sei, wechselte sie geschickt das Thema.

Sie erzählte ihm aufgewühlt von der Reisegruppe, die sie diese Woche durch Jerusalem geführt hatte. Es waren Christen aus den USA. Einzelne der Reisegruppe hätten ihr immer wieder durch die Blume von Jesus als dem Messias erzählen wollen. Nicholas fühlte sich in die Enge getrieben, eingekreist. Jetzt fing auch noch Livana mit diesem heiklen Thema an. Sie gestand ihm, dass ein Tourist dieser Reisegruppe ihr ein Jüdisches Neues Testament geschenkt hatte. Nicholas machte eine so ungeschickte Bewegung, dass sein Glas Rotwein umkippte. Livana nahm Servietten vom Tisch und tupfte geduldig die Rotweinflecken auf. Nicholas bat um die Rechnung und begleitete sie zum nächsten Taxistand. Er musste jetzt dringend allein sein. Alles in Ruhe sortieren, was er erlebt hatte.

Nach einer äußerst unruhigen Nacht versuchte er, sich am nächsten Morgen auf den Hebräischunterricht zu konzentrieren. Doron ging mittags und Aviad kam. Sie gaben sich die Türklinke in die Hand. Das konnte heiter werden. Aviad hatte zwei riesige Tüten in der Hand. In der einen Tüte für jeden von ihnen eine Falafel und in der anderen Obst und leckere Petits Fours. Nicholas kochte eine große Kanne Kaffee.

Aviad fiel mit der Tür ins Haus: „Wenn Y'shua wirklich der jüdische Messias sein sollte, dann muss nicht nur überall in der Tenach von ihm die Rede sein, sondern die Aussagen der Tenach und der Brit Chadaschah müssen deckungsgleich sein. Y'shua selbst habe seinen Talmidim von Mosche bis zu den Propheten die Dinge erklärt, die in der Tenach über ihn gefunden werden können. Das habe ich so", fuhr Aviad voller Eifer fort, „in Lukas, Kapitel 24, Vers 27 gelesen. Und in Tehillim 40, Vers 8 steht: ‚Da sprach ich: Siehe, ich komme; im Buch ist von mir geschrieben.' Ich habe daraufhin angefangen, nach Bausteinen zu suchen. In der Brit Chadaschah im ersten Kapitel der Offenbarung steht in Vers 8, dass Y'shua von sich sagt, dass er das Alpha und das Omega ist. Diese Aussage Y'shuas war für mich wie eine Erleuchtung. Nicholas, das hat Y'shua so nie geäußert. Wenn er das gesagt haben soll, dann hat er sich als das Alef und das Tav bezeichnet. Er hat doch mit Yochanan in der hebräischen Sprache gesprochen. Und weißt du, wo wir diesen Einschub von Alef und Tav in der Tenach finden können?

Der erste Satz des ersten Kapitels aus Bereschit heißt im Hebräischen: ‚Bereschit bara Elohim et haSchamajim v'et haAretz.' Ohne die Weglassung von et würde dieser Satz im Deutschen so aussehen: ‚Im Anfang schuf Elohim et die Himmel und et die Erde.' Dieser Alef-Tav-Einschub ist ein Hinweis auf ihn. Er selbst ist das Alef und das Tav, wie er es von sich selber im Buch der Offenbarung sagt."

Nicholas erinnerte sich an seine ersten Hebräischstunden mit Menachem. Wunderbar, dachte er, jetzt ist dieses Rätsel gelöst: Das et, was ihm damals an dieser Stelle keinen Sinn machte, ist ein Hinweis auf Y'shua. Es schoss aus ihm heraus: „Das heißt doch wortwörtlich, dass das Alef-Tav, also Y'shua, Himmel und Erde erschuf!"

„Ja, genau das ist es, Nicholas, worauf ich hinaus will. Diese Aussage aus der Brit Chadaschah ist eins mit der aus der Tenach. Es heißt weiter, dass die Herzen der Jünger brannten: ‚als er zu uns auf der Straße nach Amma-us sprach und uns die Tenach eröffnete'."

Diese Schriftstelle kannte Nicholas. Er stellte sich vor, wie die Jünger, die täglich um Y'shua waren und erlebt hatten, wie er Wunder vollbrachte, nun enttäuscht waren und sich betrogen fühlten. Sie sprachen auf dem Weg davon, was in Jerusalem passiert war und dass die Frauen ein leeres Grab entdeckt hatten. Sie, die die Schriften kannten, hatten sie nicht verstanden, sonst hätte Y'shua nicht zu ihnen gesagt, dass er ihnen erklären würde, wo in der Tenach von ihm geschrieben steht.

Nicholas hörte Aviad sagen, dass Lukas berichtete, wie die Talmidim von Y'shua ihr Vertrauen nicht auf das setzten, was die Propheten von ihm gesagt hatten. Sie waren nicht darauf vorbereitet, dass der Messias so sterben würde, wie es in den Propheten vorausgesagt worden war, bevor er in die Herrlichkeit eingehen konnte. Aviad erkannte sich selbst in dem Wort von Lukas wieder. Er war sehr betroffen. Nicholas allerdings auch, weil er nicht wusste, wo in der Tenach vom Leiden Y'shuas die Rede war, wenn man einmal von Jesaja, Kapitel 53 absieht.

Aviad las weiter in Lukas, Kapitel 24, Vers 44: „‚Y'shua sagte zu ihnen: Das habe ich gemeint, als ich noch bei euch war und euch sagte, dass alles erfüllt werden muss, was von mir im Gesetz des Mosche, in den Propheten und in den Psalmen steht. Dann öffnete er ihren Verstand, so dass sie die Tenach verstehen konnten, und sagte ihnen: Es bedeutet Folgendes: Der Messias muss leiden und am dritten Tag von den Toten auferstehen.'"

Da hatte Nicholas es schwarz auf weiß. In der Torah war vom Leiden Y'shuas die Rede und davon, dass er am dritten Tag von den Toten auferstehen würde. Aber wo stand das alles geschrieben? Die beiden Männer sahen sich ohne Worte an. Nicholas war sehr betroffen, dass er so wenig Ahnung von der Tenach hatte. Aviad wiederum war sehr betroffen, dass dieser Y'shua soviel mit der Tenach zu tun haben sollte.

Sie beschlossen zu beten, jeder auf seine Weise. Aviad und Nicholas flehten den Messias an, ihnen, so wie den Talmidim von Amma-us, die Augen zu öffnen, damit sie erkennen würden, wo von ihm in der Tenach die Rede sei.

Aviad bat Nicholas zu überlegen, wo in der Brit Chadaschah vom Anfang die Rede war.

„Im Evangelium des Johannes."

„Johannes, Johannes?", murmelte Aviad vor sich hin, „Du meinst bestimmt Yochanan? Johannes heißt im Hebräischen Yochanan. Lass uns sehen, was da steht!" Aviad las laut vor: „‚Im Anfang war das Wort, und das Wort war bei Elohim und das Wort war Elohim. Er war im Anfang bei Elohim. Alles wurde durch ihn, und ohne ihn hatte nichts Erschaffenes das Sein.' Dann weiter in Vers 14: ‚Das Wort wurde ein menschliches Wesen und lebte bei uns, und wir sahen seine Schechinah, die Schechinah des einzigen Sohnes des Vaters, voller Gnade und Wahrheit.'" Er fasste zusammen: „Wenn am Anfang das Wort war und dieses ein menschliches Wesen wurde und Y'shua der einzige Sohn des Vaters ist, dann muss der Sohn am Anfang zu finden sein. Und nicht nur da. In der gesamten Tenach muss vom Sohn die Rede sein."

Für Aviad war es ungeheuerlich, sich vorzustellen, dass der Sohn als Mensch, als einer der ihren, gekommen sein sollte. Sollte sich HaSchem ihnen so genähert haben? Unvorstellbar. Der Sohn? Damit waren doch sie gemeint, das auserwählte Volk. Zumindest hatte Aviad das mit vielen anderen jüdischen Menschen bisher so gesehen. Ihm fielen Verse aus Mischle 30 ein: ‚Wer hat alle Enden der Welt bestimmt? Wie heißt er? Und wie heißt sein Sohn? Weißt du das?' Für ihn und so viele aus seinem Volk war der Sohn das auserwählte Volk Israel. Ein anderes Wort aus Tehillim, Kapitel 2 fiel ihm ein: ‚Du bist mein Sohn, heute habe ich dich gezeugt'. Gedanken, die traditionsgemäß nicht sein durften, begannen sich in ihm zu formen: Was wäre, wenn nicht allein sie der Sohn wären, sondern HaSchem wirklich einen Sohn hätte?

Als wenn Nicholas Gedanken lesen könnte, fing er an, den Propheten Jesaja, Kapitel 53, Vers 1 zu zitieren: „‚Aber wer glaubt dem, was uns verkündet wurde, und wem ist der Arm YHWHs offenbart?'"

Das Wort schlug wie ein Hammer bei Aviad ein: „Ja, wer glaubt dem, was uns, uns, den Juden, verkündet wurde?"

Nicholas las weiter, die Verse 2 bis 4: „‚Er schoss auf vor ihm wie ein Reis und wie eine Wurzel aus dürrem Erdreich. Er hatte keine Gestalt und Hoheit. Wir sahen ihn, aber da war keine Gestalt, die uns gefallen hätte. Er war der Allerverachtetste und Unwerteste, voller Schmerzen und Krankheit.'"

Aviad kannte diesen Text und ergänzte Nicholas, indem er die nächsten Zeilen auswendig aufsagte: „‚Er war so verachtet, dass man das Angesicht vor ihm verbarg; darum haben wir ihn für nichts geachtet.'" Er hatte das immer, wie alle um ihn herum, auf den Erstgeborenen Israel bezogen. Es war wie Sprengstoff für ihn, diesen Text auf den Sohn HaSchems zu beziehen. Wie konnte sich HaSchem nur so auf die Erde herablassen? Und wieso überhaupt? Wozu so eine Erniedrigung?

Das Bild von HaSchem, das er ja eigentlich nach den Anweisungen der Torah gar nicht haben durfte, begann fürchterlich zu wackeln. Es war fast ein bisschen so, als wenn er in einen Abgrund zu stürzen drohte.

Die Stimme von Nicholas holte ihn zurück. Er las die Verse 5 bis 6: „‚Aber er ist um unserer Missetat willen verwundet und um unserer Sünde willen zerschlagen. Die Strafe liegt auf ihm, auf dass wir Frieden hätten, und durch seine Wunden sind wir geheilt. Wir gingen alle in die Irre wie Schafe, ein jeder sah auf seinen Weg.'"

„Wie Schafe in die Irre? Wir haben uns doch an die Torah gehalten, wieso sollten wir denn in die Irre gegangen sein?", formulierte Aviad in den Raum hinein.

Wie ein Echo kam es zurück und Nicholas las weiter: „‚Wenn er sein Leben zum Schuldopfer gegeben hat ...'"

„Schuldopfer ... der Sohn HaSchems ... ein Schuldopfer?" Er wusste genau, dass die Torah von Schuldopfern sprach, aber sein Sohn? Ja, hatte HaSchem denn wirklich einen Sohn? Aviad beschloss, diese Frage systematisch anzugehen. Das Studium der Torah war ihm vertraut, es begleitete ihn, soweit er zurückdenken konnte. Schon als kleiner Junge hatte er mit seinem Vater und den Rabbis im Wort gegraben. Er hatte all diese Gespräche seit seiner Kindheit in sich versiegelt und wusste in den Heiligen Schriften zu forschen. Mit dem aufkeimenden Licht, dass der Ewige einen Sohn haben könnte, wollte er erneut in den Schriften seine Studien betreiben und Nicholas könnte ihm auf seine Weise behilflich sein.

Sichtlich erregt machten die beiden eine kleine Kaffeepause. Die Petit Fours schmeckten köstlich und die liebevoll dekorierte Schachtel war bald leer.

Erneut gingen sie zurück zum Anfang, zum 1. Buch Mose oder wie Aviad es nannte, zu Bereschit. Nicholas war froh, dass er diesen ersten Satz schon lesen konnte. Aber er ahnte nicht, was Aviad nun aus den hebräischen Wörtern hervorholte. Dieser jubelte laut, tanzte vor Freude und küsste seine Torah. „Bereschit – schon das allererste Wort enthält den Sohn!"

Nicholas hatte große Bedenken, ob Aviad durchdrehen würde. Er kam überhaupt nicht mehr mit, was da in seinem Freund vor sich ging. „Aviad, Aviad“, rief er laut, „lass mich doch an deiner Freude teilhaben. Ich verstehe gar nichts mehr!“

Aviad dachte bei sich, dass es heiter werden könne, wenn er nun bei Null anfangen müsse. Er empfand, dass seine heiß geliebte Tenach auf einmal eine neue Dimension gewann. Es war ihm, als ob sich ihm der Sod-Level in einer neuen Dimension eröffnete. Das et war für ihn nach Aussagen der Rabbiner immer ein Zeichen für Perfektion und Vollendung gewesen. Aber diesen Alef-Tav-Einschub als Hinweis für den Sohn zu verstehen, war ihm neu. Und Nicholas? Er wusste von all dem nichts, weder von der Aussagekraft der hebräischen Sprache noch davon, dass die Juden die Hebräischen Schriften auf mehreren Ebenen lesen. Aviad grübelte weiter. Was habe ich mir da nur mit Nicholas eingebrockt? Wenn es nur nicht die Erbschaft gäbe! Es bleibt mir einfach nichts anderes übrig …

„Nicholas, bring mir Papier und etwas zu schreiben. Schau, im Hebräischen ist es so, dass die Sprache aus Wurzelwörtern besteht, sogenannte Elternpaare, die mit anderen Buchstaben neue Kinderwörter eingehen. Aber alle Kombinationen der Wurzelwörter fließen in die Bedeutung des neuen Wortes mit ein. Klingt kompliziert, aber jetzt zeige ich dir am ersten Wort der Heiligen Schriften, was ich meine. Das Wort heißt Bereschit und wird so geschrieben. Ich schreibe dir gleich mal den ersten Satz auf, den du bereits lesen kannst: Bereschit bara Elohim et haSchamajim v'et haAretz.

Im Wort Bereschit haben wir die Buchstaben Bet und Resch, die das Wort Bar bilden, was Sohn heißt. Verstehst du, Nicholas, da ist vom Sohn die Rede, wie bei Yochanan! Wir könnten den Satz von Yochanan auch umformulieren: ‚Im Anfang war das Wort et, und das Wort et war bei Elohim, und das Wort et war Elohim.‘ Den Alef-Tav-Einschub habe ich aus dem ersten Satz von Bereschit übernommen.“

Nicholas war sprachlos. Plötzlich bekam alles eine neue Dimension. Aviad, der noch bis vor kurzem auf das Kommen des Messias gewartet hatte, zeigte ihm jetzt in der Torah den

Messias, den er dort noch nie so entdeckt hatte. Er spürte intuitiv, dass ein großes Abenteuer begann. Er brauchte dringend eine Pause und rang nach Luft. Er hatte diesen stundenlangen Midrasch nicht im Blut. Er musste jetzt eine Runde drehen. Aviad konnte das nicht nachvollziehen. In diesem Augenblick, wo es spannend wurde, wollte Nicholas an die frische Luft. Seine Leidenschaft, stundenlang durch Frage und Gegenfrage über dem Wort zu meditieren, schien Nicholas nicht zu teilen.

Er rannte Nicholas hinterher und hörte ihn mit Livana telefonieren. Aviad zog es vor, nach Mea Schearim zu fahren, um dort seine Studien ungestört fortzusetzen. Nicholas konnte es kaum erwarten, bis Livana endlich erschien. Heute sah sie müde und abgekämpft aus. So fühlte er sich auch! Das Beste wäre, einfach zu relaxen. Sie gingen um die Ecke in ein Restaurant. Livana war sehr schweigsam. So hatte er sie noch nicht erlebt. Etwas schien vorgefallen zu sein. Scherzend fragte er sie, ob wieder irgendwelche amerikanische Touristen ihr von Y'shua erzählt hätten? Er wollte sie nur ablenken und ahnte nicht, dass er damit den Nagel auf den Kopf getroffen hatte. Es berührte ihn sehr, dass sie so durcheinander war.

Und er? Aviad hier, Livana da. Y'shua auf der einen Seite und Jesus auf der anderen. Er bestellte eine Flasche Rotwein und hörte ihr einfach weiter zu. Es sprudelte nur so aus ihr heraus. Sie beklagte sich über die zahlreichen Versuche der Christen, sie von ihrem Jesus zu überzeugen. Was konnte deren Jesus mit ihrem Messias, der noch kommen würde, gemeinsam haben? Wenn die Anhänger von Jesus ihr heiß geliebtes Buch, die Tenach, als überholt erklärten, die Feste HaSchems nicht einhielten und Schweinefleisch aßen? Sie wollte nicht in solche heidnischen Praktiken verwickelt werden. Livana war zutiefst empört über diese ständigen Übergriffe der Christen auf ihr Leben und ihre Überzeugung. Nicholas schluckte hinunter, dass seit Jesus die Gläubigen nicht mehr unter dem Gesetz lebten und von daher eine andere Entwicklung stattgefunden habe. Er wagte es nicht, diesen Einwand auszusprechen! Nachdem Livana sich all ihren Schmerz von der Seele geredet hatte, schien sie sichtlich erleichtert zu sein. Sie bemerkte nicht, dass Nicholas zunehmend unter Druck geriet und immer unruhiger wurde. Es war spät geworden und Nicholas brachte sie zu einem Taxi. Ehe Livana einstieg, drückte sie Nicholas ganz fest und dankte ihm für seine Anteilnahme. Müde und abgekämpft ging Nicholas zu seiner Wohnung. Traurig legte er sich auf sein Bett.

Bilder kamen und gingen: Er sah Szenen des Holocaust vor sich, die ihn noch mehr niederdrückten. Er dachte an die seit dem Altertum vorkommende Verfolgung der Juden aus religiösen, politischen, sozialen oder wirtschaftlichen Motiven. Aber was ihm ebenso schlimm erschien, war das Unverständnis der Christen den Juden gegenüber und der Antisemitismus in den eigenen Reihen. Er verspürte in sich den unbändigen Wunsch, aus der Trennung zwischen Christen und Juden herauszukommen. Ihm fehlte das Fundament im Wort Gottes dafür und er sah auch keinen Weg, wie das gehen sollte.

Unruhig schlief er ein und wachte mitten in der Nacht aus einem Traum auf. Im Traum hatte er gesehen, wie er unter freiem Himmel stand und sich ein großes wunderschönes Tuch um ihn und eine Frau legte. Ein großer Friede strömte während des Traumes in sein Herz. Er verstand, dass dieser Traum prophetisch von seiner künftigen Frau sprach. Mit dem Tuch konnte er nicht so viel anfangen. Er konnte sich nicht dagegen wehren, liebevoll an Livana zu denken, beschloss aber, ihr auf keinen Fall von diesem Traum zu erzählen.

6 DIE STRASSE NACH AMMA-US

Nicholas dachte noch voll Sehnsucht an Livana, als er durch ein stürmisches Klingeln unsanft aus seinen Träumen gerissen wurde. Aviad! Es konnte nicht sein, dass Aviad schon morgens vor dem Frühstück an seiner Tür Sturm klingelte! Was war passiert? Hastig stieg er aus dem Bett und öffnete die Tür. Aviad rauschte an ihm vorbei, warf eine Tüte mit frischen Brötchen auf den Tisch, legte seine heißgeliebte Torah daneben und schlug zusätzlich die Brit Chadaschah auf, die Nicholas ihm in New York geschenkt hatte. „Hör dir das an, Nicholas, was Lukas in Kapitel 24, Verse 13 bis 33 geschrieben hat: ‚Noch am selben Tag gingen zwei von ihnen in ein Dorf namens Amma-us, ungefähr zehn Kilometer von Jeruschalajim entfernt. Sie redeten miteinander über alle die Dinge, die geschehen waren. Während sie redeten und diskutierten, kam Y'shua selbst hinzu und ging mit ihnen. Doch irgendetwas hinderte sie daran, ihn zu erkennen. Er fragte sie: ‚Worüber redet ihr miteinander, während ihr geht?' Sie blieben abrupt stehen, die Gesichter nach unten gewandt. Einer von ihnen, mit Namen Kleopas, antwortete ihm: ‚Bist du der einzige in Jeruschalajim, der nicht weiß, was hier in den letzten Tagen geschehen ist?' ‚Was für Dinge?', fragte er sie. Sie antworteten ihm: ‚Die Dinge über Y'shua aus Nazareth. Er war ein Prophet und bewies es durch die Dinge, die er tat und sagte vor HaSchem und vor dem ganzen Volk. Unsere Haupt-Kohanim und unsere Führer haben ihn ausgeliefert, so dass er zum Tode verurteilt und am Pfahl hingerichtet werden konnte wie ein Verbrecher. Und wir hatten gehofft, dass er derjenige wäre, der Jisrael befreien würde! Außerdem ist heute der dritte Tag, seit diese

Dinge geschehen sind; und an diesem Morgen haben einige von den Frauen uns sehr erstaunt. Sie waren früh am Grab und konnten seinen Leichnam nicht finden, deshalb kamen sie zurück; doch sie haben uns berichtet, dass sie eine Vision von Engeln geschaut haben, die sagen, dass er lebt! Einige unserer Freunde gingen zum Grab und fanden es genauso, wie die Frauen gesagt hatten, aber sie sahen ihn nicht.'" Aviad holte tief Luft und fuhr fort: „,Y'shua sagte zu ihnen: ,Törichte Leute! So unwillig, euer Vertrauen auf das zu setzen, was die Propheten sagten! Musste der Messias denn nicht so sterben, bevor er in die Herrlichkeit einging?' Dann erklärte er ihnen, angefangen bei Mosche und den ganzen Propheten, die Dinge, die in der Tenach über ihn gefunden werden können.' Y'shua sagte zu ihnen, dass sie törichte Leute waren, weil sie ihr Vertrauen nicht auf das setzten, was die Propheten über ihn aussagten. Du und ich, wir sind törichte Leute! Das kann nicht so bleiben. Wir müssen herausfinden, was über ihn in der Tenach geschrieben steht."

Nicholas wunderte sich über den Eifer und die Leidenschaft von Aviad. Er beneidete ihn sogar darum.

Betroffen nickte er. Eilig verschwand er ins Badezimmer, um sich zu duschen und anzukleiden. Als er fertig war, sah er Aviad immer noch über dieser Schriftstelle brüten. Nicholas fühlte sich völlig deplaziert und machte sich daran, das Frühstück vorzubereiten. Er schob wenig später Aviad wortlos seinen Kaffee und die belegten Brötchen rüber. Stunden vergingen, bis Aviad wieder aus seinem Nachsinnen auftauchte. Er küsste seine Tenach und fing an, Nicholas in seine Offenbarungen mit einzubeziehen. „Weißt du, Nicholas, der Schlüssel für die Amma-us-Geschichte ist das Wort Amma-us selbst. Der Name Emmaus kommt sehr wahrscheinlich von einem der hebräischen Wörter *hammat, hamta* oder *yem* und bedeutet so viel wie „heiße Quellen". Dieser Name wurde wahrscheinlich im Laufe des zweiten Jahrhunderts vor Y'shua hellenisiert und kann in der alten jüdischen Literatur unter verschiedenen Formen gefunden werden wie Ammaus, Ammaum, Emmaous, Emmaum, Maous oder Amous.

Ich lese dir jetzt die Geschichte noch einmal vor, nicht so wie sie historisch passiert ist, sondern interpretiert auf einer geistlichen Ebene. Als Y'shua gestorben war, machten sich zwei seiner Jünger auf, mit dem Zielort „heiße Quellen". Die heiße Quelle ihres Lebens war völlig versiegt: Der Messias, der Träger ihrer Hoffnung, war verstorben. Sie hatten ihre Quelle verloren und waren unterwegs auf der Suche nach ihrer heißen Quelle ... – Nicholas!", Aviad schrie fast „Sind wir nicht wie die beiden Jünger, die sich aufgemacht haben, um nach der heißen Quelle zu suchen?"

Nicholas fühlte mit einem Mal Leben in sich. Tatsächlich sah er sich als einer der beiden Jünger.

„Ja, Aviad, du hast Recht, so habe ich es noch nie gesehen. Ich habe gehört, dass Bibelausleger davon ausgehen, dass der Jünger, der nicht mit Namen genannt ist, Lukas gewesen sein soll, also ein Nichtjude, wahrscheinlich ein Grieche. Und der andere, ein gewisser Kleopas, war mit seinem semitischen Namen bestimmt ein Jude."

„Da hast du es! Ein Jude und ein Nichtjude! Genau wie du und ich! Unterwegs zu dem Ort der heißen Quellen und Y'shua gesellt sich auf dem Weg zu ihnen. Wie zu uns."

„Ja, er hat uns versprochen, wie uns Matthäus berichtet: ‚Und denkt daran! Ich werde immer bei euch sein, ja, sogar bis ans Ende der Zeit.'"

„Siehst du, genau so ist er jetzt bei uns und ich habe den Eindruck, er fragt uns wie diese beiden Jünger damals: ‚Worüber redet ihr miteinander, während ihr geht?'"

Aviad war begeistert, wie lebendig diese Geschichte zu ihm redete, und er verstand die Antwort Kleopas zu gut, viel besser als Nicholas. „Bemerkenswert ist", fuhr Aviad fort, „dass Kleopas Y'shua als Prophet bezeichnete und nicht als Messias, Sohn YHWHs oder König der Juden."

„Warum ist das bemerkenswert?", fragte Nicholas zurück.

„Weil mit der Kreuzigung Y'shuas die Hoffnung auf den Messias, der das Königreich aufrichten sollte, gestorben ist. Für Kleopas war Y'shua nur ein Prophet; deswegen glauben auch die meisten meiner Brüder bis heute nicht, dass Y'shua der Messias ist. Aber schau, Y'shua ging mit seiner Antwort genau ins Zentrum des Problems: ‚Musste der Messias denn nicht sterben, bevor er in die Herrlichkeit einging?' Er brachte sich als Messias wieder ins Spiel. Er sagte ihnen damit, es geht nicht um den Propheten aus Nazareth, sondern um den Messias. Und dann? ‚Dann erklärte er ihnen, angefangen bei Mosche und den ganzen Propheten, die Dinge, die in der Tenach über ihn gefunden werden können.' Lies es nach in Lukas, Kapitel 24, Verse 13 bis 33."

Nicholas begann zu verstehen: „Ja, Aviad, genau das macht Y'shua jetzt mit uns. Er lehrt uns die Dinge, angefangen bei Mosche und den ganzen Propheten, die in der Tenach über ihn stehen. Du kennst den Tenach viel gründlicher als ich und hast den Messias nicht in ihm erkannt. Und ich kenne den Tenach nicht gut und habe ihn darin erst recht nicht vermutet. Wir sind unterwegs wie diese beiden Jünger zur heißen Quelle. Das kann ja richtig heiter werden", seufzte Nicholas. Aviad bekam den Seufzer von Nicholas gar nicht mit, sondern fragte ihn, wo denn die Quelle gelegen war, wohlwissend, dass Nicholas dies nicht verstehen würde.

„Der Zielort, die heißen Quellen, lag 60 Stadien von Jerusalem entfernt. Das entspricht zwölf Kilometern."

„Hat das etwa eine besondere Bedeutung, Aviad?"

„Ja, alles spielt eine Rolle, auch die Tatsache, dass die heiße Quelle nach zwölf Kilometern zu finden war! Weißt du nicht, was die Zahl Zwölf bedeutet?"

Nicholas führte statt eine Antwort zu geben die Tasse mit dem kalten Kaffee zum Mund.

Aviad konnte sich ein Grinsen nicht verkneifen und fuhr fort: „Die Zahl Zwölf ist eine Vollkommenheitszahl. Sie hat immer mit Regierung und Herrschaft zu tun. Sie markiert als die besondere Vollzahl des irdischen Gottesvolkes den Weg unseres Volkes von den Stammvätern bis zu Elia. Beim sinaitischen Bundesschluss errichtete Mosche den Altar aus zwölf Steinen und Josua, nach dem Durchschreiten des Jordans, in der Flussmitte ein Erinnerungszeichen von ebenfalls zwölf Steinen.

Beide Male wird die Anzahl ausdrücklich mit der Zahl der Stämme Israels begründet. Nicholas, lies doch mal im Buch Schemot, Kapitel 24, Vers 4 und in Jehoschua, Kapitel 4, Vers 8 nach. Schlag auch Melachim I, Kapitel 18, Vers 31 auf. Ebenso bestand auch der Altar des Elia anlässlich des Gottesgerichtes auf dem Karmel aus zwölf Steinen. Die Bedeutung der Zahl Zwölf wurde uns in der heiligen Lagerordnung um die Stiftshütte herum veranschaulicht. Je drei Stämme lagerten an einer der vier Seiten des Heiligtums."

„Aviad, genau dieser Anordnung entspricht auch das neue Jerusalem. In jeder der vier Himmelsrichtungen weist es drei Tore auf, wie du in Offenbarung, Kapitel 21, Verse 12 und 13 nachlesen kannst. Die Zahl Zwölf spiegelt sich wider in der Zahl der Tore, der Grundsteine, der Kantenlänge der Stadt und der durch die Quadratzahl Zwölf charakterisierten Mauer. Zwölf Tore, bewacht von zwölf Engeln, tragen die Namen der zwölf Geschlechter Israels. Die Grundsteine bestehen aus zwölf Edelsteinen. Aber sag mal, welches Buch ist denn Melachim?"

„Ihr nennt es Könige!"

„Es ist für mich in Ordnung, wenn du die hebräischen Bezeichnungen für die einzelnen Bücher der heiligen Schrift nimmst. Ich bleibe bei den mir geläufigen Buchbezeichnungen. Ok?"

„Ja. Jeder so, wie er es gewohnt ist."

So langsam machte es Nicholas Spaß, mit Aviad das Wort zu studieren. Er war richtig stolz darauf, dass er auch einen Ball zurückwerfen konnte. Aviad führte Nicholas zurück zum Ziel, nach Amma-us. Das Dorf war zwölf Kilometer entfernt von Jerusalem. Dieses Ziel, verknüpft mit der Zahl Zwölf, stellt eine vollkommene Entfernung dar oder ein Ziel, das in einer perfekten Entfernung liegt, und das etwas mit der Regierung und der höchsten Erfüllung der Hoffnung Israels zu tun hat.

„Und auf dieses Ziel bewegen wir uns zu, Nicholas!"

Jetzt kam die entscheidende Frage von Aviad: „Wann näherten sich die Jünger dem Dorf Amma-us oder dem Ziel der heißen Quellen?"

Nicholas nahm seine Bibel und las den Vers 27 laut vor: „‚Dann erklärte Y'shua ihnen, angefangen bei Mosche und den ganzen Propheten, die Dinge, die in der Tenach über ihn gefunden werden können. Sie näherten sich dem Dorf, wo sie hinwollten.'"

Aviad hakte nach: „Wann genau?"

„Als Y'shua ihnen erklärte, was der Tenach über ihn aussagte."

„Mit anderen Worten", fuhr Aviad fort, „sie erreichten den Ort der heißen Quellen, während er ihnen den Tenach aufschloss. Auf den Punkt gebracht heißt das: Die heiße Quelle ist die Torah, von ihm selber ausgelegt. Er und die Aussagen der Torah sind eins. Als die Jünger ihn in der Torah erkannten, begannen ihre Herzen zu brennen. Jetzt waren sie nicht mehr töricht, sondern klug." Aviad blätterte rasch in seinem Tenach und las eine Parallelstelle dazu aus Tehillim 40, Vers 8: „‚Da sprach ich: Siehe, ich komme; im Buch ist von mir geschrieben.' Das Wort Buch in Form von Schriftrollen heißt im Hebräischen *mĕgillah*. Im Englischen", so fuhr Aviad fort, „heißt es ‚In the volume *(mĕgillah)* of the book is written of me.' Book heißt hier im Hebräischen *sepher* und bedeutet: Buch der Torah, Buch der Prophetien, Buch der Könige, Geschlechtsregister und vieles mehr."

Wie oft hatte Nicholas schon Predigten über die Emmaus-Jünger gehört, aber noch nie hatte ein Prediger diese Geschichte so ausgelegt. Er war völlig perplex. Wie es seine Gewohnheit war, brauchte er jetzt dringend eine Pause. Er musste diese neue Sichtweise verdauen. Und Hunger hatte er auch.

Aviad bedrängte ihn, sich das Ende der Geschichte noch anzuhören. „Das gehört dazu. Du kannst jetzt nicht einfach gehen, ohne den Schluss gehört zu haben." Nicholas gab nach. Er wusste, die Leidenschaft seines Freundes war entfacht und er war nicht zu bremsen. Aviad stellte schon wieder eine seiner Fragen: „Nicholas, wann wurden den Jüngern die Augen geöffnet?"

Nicholas überflog den Text mehr, als dass er die Geschichte nochmals sorgfältig las und erwiderte: „Am dritten Tag beim

Mahl wurden die Augen der Jünger geöffnet und sie erkannten ihn."

„Du weißt nicht, was du liest", trompetete Aviad laut in den Raum. „Du weißt nicht, was du liest!" Nicholas kannte das schon. Jetzt kam wieder der Zeitpunkt, wo Aviad abhob und irgendetwas Geheimnisvolles aus irgendeiner biblischen Schublade zog und Zusammenhänge verknüpfte, auf die er nie und nimmer gekommen wäre. Und er täuschte sich nicht, genau so war es.

„Am dritten Tag, das gilt uns! Dir und mir, Nicholas."

„Wieso denn das?"

„Hör mal, was der Prophet Hoschea im 6. Kapitel, Verse 1 bis 4 dazu sagt: ‚Kommt, wir wollen wieder zu HaSchem; denn er hat uns zerrissen, er wird uns auch heilen, er hat uns geschlagen, er wird uns auch verbinden. Er macht uns lebendig nach zwei Tagen, er wird uns am dritten Tage aufrichten, dass wir vor ihm leben werden. Lasst uns darauf achthaben und danach trachten, HaSchem zu erkennen; denn er wird hervorbrechen wie die schöne Morgenröte und wird zu uns kommen wie ein Regen, wie ein Spätregen, der das Land feuchtet. Was soll ich dir tun, Ephraim? Was soll ich dir tun, Juda?' Hier begegnen uns die beiden Jünger als Ephraim und Juda, wie auch im Buch des Propheten Jeheskel, Kapitel 37, Vers 16: ‚Du Menschenkind, nimm dir ein Holz und schreibe darauf: ‚Holz Ephraims, für Josef und das ganze Haus Israel, das sich zu ihm hält.'"

„Und wieso sind wir am dritten Tag angekommen?", wagte Nicholas zu fragen.

„Weil jeder Tag wie tausend Jahre gerechnet wird, so sagen wir Juden. In Tehillim 90 steht, dass ein Tag wie tausend Jahre zählt und tausend Jahre wie ein Tag sind. Deshalb weist der dritte Tag auf das dritte Jahrtausend nach Y'shuas Geburt hin und somit insgesamt auf das siebte Jahrtausend. Die Welt war ja laut des Tenachs etwa 4000 Jahre alt, als Y'shua seinen Dienst antrat. 4000 plus 2000 macht 6000. Wir leben also an der Schwelle zum siebten Jahrtausend der Menschheitsgeschichte. Oder, wenn wir Y'shuas Geburt als Ausgangspunkt wählen, dann leben wir an der Schwelle des dritten Jahrtausends nach Y'shuas Geburt!"

Nicholas fasste für sich zusammen: „Nachdem Y'shua tot war, gingen zwei Jünger weg von Jerusalem, zwei Wegstunden entfernt, wie es in einer anderen Bibelübersetzung heißt. Zwei Wegstunden könnten von zwei Jahrtausenden sprechen, in denen die Jünger von Jerusalem weg hinaus in die Welt gingen. Das Ziel des Weges ist für alle Jünger Amma-us, was übersetzt ‚heiße Quellen' bedeutet. Nachdem Y'shua tot war, waren die ersten Jünger auf der Suche nach der ‚heißen Quelle', die sie in ihm durch seinen Tod verloren hatten. Seit seiner Hinrichtung waren die Jünger auf der Suche nach seiner wärmenden Gegenwart. Das hat sich bis heute nicht geändert. Als sie unterwegs waren, redeten sie miteinander von all diesen Geschichten."

Nicholas fuhr fort: „Geht es uns nicht auch so, dass wir unterwegs sind auf der Suche nach der ‚heißen Quelle', sprich Y'shua, und dass wir uns über alle möglichen Geschichten unterhalten, die sich um ihn drehen? Y'shua hat versprochen, dass er alle Tage bei uns sein wird, deswegen begleitet er uns auch auf unserem Weg nach Amma-us. Je mehr wir uns dem Ziel nähern, desto näher kommen wir der heißen Quelle, die er selbst ist. Und was passiert dann, nach zweitausend Jahren? Er eröffnet uns die Torah und zeigt uns, wo von ihm geschrieben steht."

„Ja und Amen!", pflichtete Aviad ihm bei.

7 DAS MAHL

Aviad verspürte jetzt auch Hunger und so machten sie sich auf, um in ein Restaurant um die Ecke zu gehen. Nicholas dachte an Livana, der er dies alles erzählen wollte. Ob sie es verstehen würde, dass der Ewige den beiden auf der Straße nach Emmaus begegnet war und gerade dabei war, ihm und seinem jüdischen Glaubensbruder den Tenach auszulegen, so dass sie ihn darin erkennen konnten? Er ließ sich von Aviad die Speisekarte geben. Wählerisch wie Aviad war, entschied er sich für Chopped Liver als Vorspeise. Gehackte Leber ist bei aschkenasischen Juden ein beliebtes kaltes Gericht, das besonders am Schabbat und an Feiertagen als Vorspeise gegessen wird. Aviad empfand diesen Tag als einen besonderen Tag, auch wenn er nicht zu den aschkenasischen Juden gehörte. Nicholas entschied sich für Hummus, eine orientalische Spezialität, die aus pürierten Kichererbsen, Tahina-Sesam-Mus, Olivenöl, Zitronensaft, Salz und Gewürzen wie Knoblauch, Petersilie, Chili und Kreuzkümmel hergestellt wird. Für den Hauptgang bestellte Aviad „Gefillte Fisch“, die er über alles liebte. Nicholas entdeckte zu seiner großen Freude ein „Sizzling Summer Steak“ auf der Karte, das er medium orderte. Beide waren guter Dinge und sahen sich vielsagend an. Jedem war klar, dass dies ein ganz außergewöhnlicher Tag war. Als Nicholas den Vers zitierte: ‚Brannten unsere Herzen denn nicht innerlich, als er zu uns auf der Straße sprach und uns den Tenach eröffnete?‘, fühlte sich Aviad auf eine innige Art und Weise mit Nicholas verbunden. Beide spürten die Gegenwart Y’shuas wie nie zuvor.

Aviad zog seine Brit Chadaschah hervor und las aus Lukas, Kapitel 24, Vers 29 feierlich vor: „‚Bleibe bei uns; denn es will

Abend werden, und der Tag hat sich geneigt.'" Dann hatte er eine tiefe Offenbarung über den sich anschließenden Vers und sagte: „,Und es geschah, als er mit ihnen zu Tisch saß, nahm er das Brot, dankte, brach's und gab's ihnen. Da wurden ihre Augen geöffnet, und sie erkannten ihn.' Jetzt ist Y'shua mit uns auf der Straße unterwegs und öffnet uns das Verständnis über ihn im Tenach. Aber das Brot wird er erst später beim Hochzeitsmahl brechen und erst dann werden wir ihn erkennen, wie er wirklich ist."

Nicholas verstand durch die Auslegung Aviads den prophetischen Sinn der Geschichte. Auf der Straße nach Amma-us gab sich Y'shua den Talmidim erst zu erkennen, als sie am Ziel angekommen waren. Ebenso ist es mit uns, dachte Nicholas. Wir sind jetzt dabei, ihn im Tenach zu entdecken und danach wird er wiederkommen, um die Seinen zum Hochzeitsmahl zu laden. Voller Sehnsucht und tief berührt gingen beide nach Hause.

8 PESSACH

Nicholas lag zufrieden in seinem Bett, konnte aber nicht einschlafen. Das aufregendste Kapitel seines Lebens lag vor ihm. Er wusste, dass er den prophetischen Herzschlag Gottes berührt hatte oder einfacher ausgedrückt, dass er dem wahren, lebendigen Gott begegnet war. Und solche Begegnungen zwischen Gott und Menschen ziehen sich durch die Bibel wie ein roter Faden. Von Abraham, der von Gott berufen wurde, seine Heimat zu verlassen und in ein unbekanntes Land zu ziehen, über Mose, einen einfachen Viehhirten in der Wüste, der den gefährlichen Auftrag bekam, das Volk der Hebräer aus Ägypten zu führen – dabei musste er sich mit dem mächtigsten Mann der damaligen Welt anlegen – bis hin zu Paulus, dem sich Y'shua in den Weg stellte und der durch diese Begegnung völlig umgekrempelt wurde. Die Begegnung mit Gott führte diese Menschen auf eine sehr persönliche und individuelle Weise in einen größeren Kontext hinein. Nicholas ahnte, dass sein Lebensglück in der Erfüllung des kommenden Auftrags liegen würde und die spannendsten Kapitel seines Lebens noch nicht geschrieben waren.

Voller Erwartung wachte Nicholas am nächsten Morgen auf. Erev Pessach! Heute Abend würde er zum ersten Mal mit chassidischen Juden den Sederabend feiern. Hoffentlich würde Aviad bald auftauchen, um ihn abzuholen. Pünktlichkeit war nicht Aviads Stärke, aber eigentlich kamen alle Juden, die er kannte, zu spät zu Verabredungen. Die meisten Israelis glauben, dass sie zu viel Zeit verlieren, wenn sie versuchen, pünktlich zu sein und dass niemand da wäre, der die Anstrengung wertschätzen würde.

Nicholas durchsuchte unterdessen seinen Kleiderschrank nach einem passenden Outfit für den Abend. Erfolglos. Er wollte auch nicht weggehen, um sich etwas zu kaufen, weil er Aviad um keinen Preis verpassen wollte. Nicht nur zum Zeitvertreib, sondern aus echtem Interesse startete er eine Internetrecherche zum Thema Pessach. Er beschäftigte sich gerade mit dem Ablauf eines Sederabends, als Aviad Sturm klingelte. Endlich, dachte Nicholas und fuhr seinen Labtop herunter. Aviad rief Nicholas zu: „Bist du fertig? Wir müssen gleich los! Es sind noch viele Dinge zu erledigen, unter anderem einen schwarzen Anzug für dich zu kaufen." Nicholas war erleichtert. So zogen die beiden los und fanden in einem kleinen Geschäft einen wunderschönen schwarzen Anzug und einen schwarzen Hut. Nicholas sah großartig aus, elegant und würdevoll. Sehr zufrieden behielt er den Anzug gleich an.

Er eilte mit Aviad durch die Gassen von Mea Schearim. In seiner neuen Garderobe fühlte er sich fast ein wenig dazugehörig. Überall hörte Nicholas Gesprächsfetzen auf Jiddisch, die Umgangssprache der Bewohner Mea Schearims. Hebräisch gilt hier als heilige Sprache und ist allein dem Studium und Gebet vorbehalten. Zahlreiche Geschäfte bieten Gebetsbücher und jüdische Kultgegenstände zum Kauf an. Die beiden Männer gingen an Synagogen und Talmudschulen, sogenannte Jeschiwots, vorbei, bis sie zu Aviads Synagoge gelangten. Nach dem Zusammenkommen der Männer in der Synagoge kehrten alle nach Hause zurück, um dort den Sederabend zu begehen. Am Sedertisch war für Freunde mit eingedeckt, die nicht nach Hause gehen konnten.

Nicholas erinnerte sich daran, was er bei der heutigen Internetrecherche über die Sederfeier herausgefunden hatte. Bis zum heutigen Tag ist der Auszug aus Ägypten das wichtigste Ereignis in der jüdischen Geschichte und markiert den Beginn der israelischen Nation. Die Feier findet in Form einer speziellen Mahlzeit, dem Sedermahl, statt. Sie beinhaltet ein zeremonielles Essen und eine normale Mahlzeit. Das hebräische Wort *seder* bedeutet Ordnung.

Auf dem langen Tisch entdeckte Nicholas mehrere Sederteller mit dem zeremoniellen Essen und einen Teller mit Mazzot sowie eine Mazze-Tasche mit drei Fächern. Auf dem Tisch standen ein Schälchen, gefüllt mit Salzwasser, sowie Karaffen mit Traubensaft und süßem Pessachwein, eine kleine Schüssel mit Wasser und ein Handtuch. Auf jedem Platz lag eine Haggada.

Nicholas war stolz darauf, dass er die zeremoniellen Speisen identifizieren konnte. Als erstes sah er grünes Kraut – Karpas. Es gilt als Zeichen für die Frucht der Erde, die YHWH Jahr für Jahr bereitet. Dann entdeckte er ein Schälchen mit Mej melach – Salzwasser. Es soll an die Tränen erinnern, die das Volk der Israeliten in der Sklaverei in Ägypten weinte. Als drittes sah er ein Schälchen Maror. Das ist Bitterkraut und erinnert an die Bitternis des Lebens in Ägypten. Als viertes nahm er Charosset wahr – ein Mus, normalerweise zubereitet aus geriebenen Äpfeln, Walnüssen, Zimt, Honig und etwas Traubensaft oder Pessachwein. Es erinnert an die Zeit der Fronarbeit und Armut, als aus Lehm Ziegel hergestellt werden mussten. Charosset symbolisiert den Lehm. Auf dem Sederteller entdeckte er außerdem noch einen Lammknochen und ein gekochtes Ei.

Während Nicholas noch über die zeremoniellen Speisen nachdachte, begann Aviad mit dem Kiddusch, der über ein Glas Wein gesprochen wird, über das erste von vier Gläsern. Anschließend wuschen sie sich die Hände und tunkten das Karpas ins Salzwasser. Aviad las aus Schemot, Kapitel 2, Vers 23 vor: „‚Und die Kinder Israels seufzten über ihre Knechtschaft und schrien, und ihr Schreien über ihre Knechtschaft kam vor Adonai.'" Jachaz, das Brechen der Mazze. Aviad brach die mittlere Mazze in zwei Teile und verbarg den größeren Teil. Es wird später als Afikoman benutzt. Dann nahm er das Ei und den Lammknochen von der Sederplatte, die mit den übrigen Symbolspeisen von den Feiernden hochgehoben werden. Alle sprachen miteinander:

„Dies ist das Brot des Elends, das unsere Väter in Ägypten gegessen haben. Wer hungrig ist, der komme und esse! Jeder, der in Not ist, komme und halte mit uns das Pessachfest."

Nun wurde ein zweiter Becher Wein gefüllt. Und das jüngste Kind stellte „die vier Fragen": „Manischtana, haLaila hase mikol haLailot?" Dies bedeutet: Was unterscheidet diese Nacht von den anderen Nächten? Warum Mazze und das Tunken? Warum die bitteren Kräuter? Warum entspannen wir uns und lehnen uns an Kissen, als ob wir Könige wären?"

Die Fragen des Kindes weisen auf die besondere Mitzwa von Pessach hin und auf das „Highlight" der gesamten Seder-Zeremonie: Die Haggada, die Geschichte vom Auszug aus Ägypten. Die Antwort beinhaltet einen kurzen Überblick, eine Beschreibung der Leiden, die den Israeliten auferlegt waren, eine Liste der Plagen, die über die Ägypter hereinbrachen und eine Aufzählung der Wunder, die zur Befreiung der Israeliten geschahen. Alle tranken anschließend aus dem zweiten Becher, dem Becher der Befreiung.

Die Hände wurden gewaschen, symbolisch tauchten alle ihre Finger in die Wasserschale, dieses Mal mit dem Segen wie vor dem Essen des Brotes. Aviad brach von der oberen und der mittleren Mazze kleine Stücke und reichte sie herum. Alle aßen die Mazze. Aviad forderte nun alle auf, beim Essen der Maror sich an die Härte der Sklaverei in Ägypten zu erinnern. Die untere Mazze wird in Stücke gebrochen und mit Maror bestrichen. Das gekochte Ei, fuhr Aviad fort, sei ein Symbol für die Zerstörung des Tempels und diene als Friedensopfer, Hagigah genannt. Aviad sprach ein Gebet für das Opfer und für das Essen. Nun wurde das Festessen serviert. Nach dem Essen nahm Aviad die Serviette mit dem Afikoman heraus. Es ist Tradition, dass die Kinder nun nach der versteckten Mazze Ausschau halten. Eines der Kinder fand die versteckte Mazze und bekam ein kleines Geschenk. Die gefundene Mazze wurde dann als Nachspeise gegessen.

Aviad erhob seine Stimme: „Lasst uns unseren Becher nun zum dritten Mal an diesem Abend füllen." Alle füllten die Becher und hoben sie hoch. Zu diesem Zeitpunkt wurde ein weiterer Becher, der Becher Elias, eingegossen und eines der Kinder ging an die Tür und öffnete sie, um den Propheten Elia willkommen zu heißen.

„Seit Jahrtausenden ist es die Hoffnung unseres Volkes, dass Elia an Pessach kommen und dem Volk Israel den Messias vorstellen würde." Alle stimmten ein in das Lied „Elia der Prophet, Elia, der Tishbiter, Elia, der Gileaditer, möge er schnell kommen, in unseren Tagen, mit dem Messias, dem Sohn Davids."

„Lasst uns nun den vierten Becher füllen!" Alle füllten den vierten Becher. Der letzte Sederteil ist dem Singen der zweiten Hälfte der Hallel-Psalmen gewidmet. Nachdem Aviad vorschriftsmäßig den Seder ausgeführt hatte, sagten alle: „LaSchana haba'ah b'Yeruschalayim!" „Nächstes Jahr in Jerusalem!"

Aviad und Nicholas schauten sich bedeutungsvoll und lange an. Sie verstanden sich – auch ohne Worte. Man konnte ihre gemeinsame Erfahrung an diesem Abend auf einen Nenner bringen: Sie erlebten beide den Messias mitten in dieser Seder-Ordnung. Zum ersten Mal in seinem Leben verstand Aviad, dass die ewigen Grundsätze von HaSchems Errettung durch seinen Sohn Y'shua in dem Pessachmahl dargestellt sind. Das war ein äußerst revolutionärer Gedanke für ihn, denn bis vor kurzem war es für ihn undenkbar gewesen, dass HaSchem einen Sohn hatte. Das gehörte für ihn in ein anderes religiöses Konzept, aber nicht in das der Heiligen Schriften und nicht zu seinem jüdischen Glauben. Er würde hier die Hilfe von Nicholas brauchen. Aber er wusste, dass sich der Schleier vor seinen Augen zu lüften begonnen hatte. Er kannte so viele Stellen aus seinem heiß geliebten Tenach, die von HaSchem, dem Vater sprachen. Aber von Y'shua, als dem Sohn? Hier würde er ansetzen müssen. Mit seinem neu gewonnenen Verständnis würde er andere Zusammenhänge entdecken.

Nicholas war nicht nur in dieser Nacht mit dem Volk der Israeliten aus Ägypten ausgezogen. Er erinnerte sich auch an seine Wiedergeburt vor vielen Jahren und an seinen persönlichen Auszug aus der Welt des Widersachers. Die Worte Y'shuas aus Lukas, Kapitel 22, Verse 15 und 16, wurden lebendig für

Nicholas: ‚Ich hätte so gern diesen Seder mit euch gefeiert, bevor ich sterbe! Denn ich sage euch, es ist gewiss, dass ich es nicht wieder feiern werde, bis es seine volle Bedeutung im Reich YHWHs erhalten hat.‘ Wie konnte er die Bedeutung der Worte Y'shuas so missverstehen und Ostern feiern? Nachdem er nun verstanden hatte, dass Jesus Jude ist, Hebräisch und Aramäisch sprach und der Messias ist, wurde ihm klar, dass er vieles über den Haufen schmeißen musste. Vieles, was er jahrelang gelehrt worden war. Er würde hier die Hilfe von Aviad brauchen. Das Band der Freundschaft wurde enger.

9 DAS BANKETT DES MESSIAS

Wie viel sie beide über Bord werfen mussten, wurde ihnen während des sich anschließenden Festes der ungesäuerten Brote klar. Nicholas las die Passagen über Pessach immer und immer wieder, als er mit einem Mal eine revolutionäre Entdeckung machte. Er war sehr aufgeregt und fuhr direkt nach Mea Schearim. Aviad staunte nicht schlecht, als Nicholas plötzlich bei ihm auftauchte.

„Ist etwas nicht in Ordnung, Nicholas?"

„Das kann man wohl sagen. Ich muss dich unbedingt sprechen."

„Komm herein, wir gehen in mein Arbeitszimmer."

„Aviad, wir müssen zurück zum Original. Ich habe eine revolutionäre Entdeckung gemacht."

„Nur raus damit!"

„Ich bin mir aber nicht sicher, ob dir meine Offenbarung gefallen wird!"

„Ich bin gespannt. Schieß los!"

„Bist du bereit, Aviad?"

„Jetzt spann mich doch nicht so auf die Folter!"

„Wir haben miteinander Pessach gefeiert. Es war ein wunderschöner Abend, an dem wir uns sehr nahegekommen sind und wir vor allem Y'shua erlebt haben. Aber deine Traditionen sind so nicht im Wort beschrieben. Es ist wichtig, dass wir zum Original, zur Torah, zurückgehen und, wie Y'shua sagt, mit den Traditionen der Väter brechen, die nicht mit dem Original übereinstimmen. Das war der andauernde Konflikt zwischen Y'shua und den Pharisäern, die den Überlieferungen einen höheren Stellenwert gaben als den Anweisungen in der Torah: ‚Warum übertretet denn ihr YHWHs Gebot um eurer

Satzungen willen?‘ Es ist jetzt die Zeit, wo das Original, die Torah, wiederhergestellt wird. ‚Ihn (Y'shua) muss der Himmel aufnehmen bis zu der Zeit, in der alles wiedergebracht wird, wovon YHWH geredet hat durch den Mund seiner heiligen Propheten von Anbeginn.‘ Das steht in Apostelgeschichte 3, Vers 21. Das heißt doch, dass alles, was die Propheten im Tenach von Anbeginn an geredet haben, wiederhergestellt wird, oder? Das, was wir Christen aus dem biblischen Kontext gemacht haben, ist haarsträubend.“

„Ich kann dir nicht folgen, Nicholas. Worauf willst du hinaus?“

„Das will ich dir jetzt zeigen. Lass uns miteinander lesen, was wirklich in den Schriften über Pessach steht, ja?“

„Ok, einverstanden. Ich bin sehr gespannt.“

„Aviad, siehst du es auch so, dass Y'shua das mosaische Pessach gehalten hat?“

„Ja, sicherlich! Worauf willst du hinaus?“

„Hör mal, was Paulus sagt. Dieser hat die Anweisungen über das Pessachfest selbst von Y'shua empfangen: ‚Denn was ich vom Herrn empfangen habe, ist eben das, was ich an euch weitergegeben habe – dass der Herr Y'shua in der Nacht, als er verraten wurde Brot nahm …“

„Steht in deiner Übersetzung wirklich Brot?“

„Ja!“

„Aber es war doch Pessach. Da hat Y'shua ungesäuertes Brot, also Mazze, genommen.“

„Du sagst es! Aber hör, was Paulus weiter ausführt: ‚Und nachdem er die Berachah gemacht hatte, brach er es und sagte: ‚Das ist mein Leib, der für euch gebrochen ist. Tut das als Erinnerung an mich; ebenso den Kelch nach dem Mahl, und er sagte: ‚Dieser Kelch ist der Neue Bund, wirksam geworden durch mein Blut. Tut das, sooft ihr ihn trinkt, als Erinnerung an mich.‘ Weißt du, Aviad, die Christen haben daraus abgeleitet, das Abendmahl zu feiern.“

„Wie bitte? Wie sind sie denn darauf gekommen? Der Kontext ist doch eindeutig der von Pessach.“

„Es war mir klar, dass du das sofort erkennen würdest. Eine Bestätigung für mich.“

„Y'shua hat gesagt, wenn ihr Pessach feiert, dann esst ungesäuertes Brot und trinkt den Kelch. Und immer ..."

„Ja", fiel ihm Nicholas zustimmend ins Wort. „Und immer, wenn ihr dies tut, also an Pessach, dann esst und trinkt als Erinnerung an mich."

„Ja, du hast Recht. Die Christen haben dies aus dem Zusammenhang gerissen. Das ist in der Tat revolutionär. Obwohl ich weiß, dass es viele gibt, die hier zwei Deutungen ablesen. Sie erkennen das Brotbrechen und das Trinken des Kelches im Zusammenhang mit Pessach, aber sie sehen es auch losgelöst davon, im Sinne von ‚immer, wenn ihr dies tut'. Ich kann beides nachvollziehen."

„Ja, ich verstehe. Ich habe auch kein Problem mit diesen unterschiedlichen Sichtweisen."

„Zurück zu Pessach. Ihr von jüdischer Seite habt vieles hinzugefügt, was nicht in den Schriften zu finden ist."

„Was meinst du damit?"

„Schau, ihr habt eine Haggada entwickelt und ich habe mir sagen lassen, dass es zig verschiedene Haggadas geben soll. Und die ganze Zeremonie, die am Sederabend abläuft. Was steht davon wirklich im Wort?"

„Lass uns die Einsetzung des Pessach nachlesen." Aviad fing in Schemot, Kapitel 12, Vers 11 an zu lesen: „‚So sollt ihr's aber essen: Um eure Lenden sollt ihr gegürtet sein und eure Schuhe an euren Füßen haben und den Stab in der Hand und sollt es essen als die, die hinwegeilen; es ist HaSchems Pessach'."

„Das ist ja interessant, Aviad. Hier steht nicht, dass es das Pessach der Juden, sondern HaSchems Pessach ist. Und wenn wir Lukas, Kapitel 22,1 dazu nehmen, finden wir eine weitere Bestätigung dafür, dass Y'shua das Pessach gehalten hat: ‚Es war aber nahe das Fest der ungesäuerten Brote, das Pessach heißt.'"

Sie lasen weiter in Schemot, Kapitel 12, Vers 14: ‚Ihr sollt diesen Tag als Gedenktag haben, sollt ihn feiern als ein Fest für YHWH, ihr und alle eure Nachkommen, als ewige Ordnung'.

„Ihr Juden macht das, aber die meisten Christen nicht. Dabei ist es eine ewige Ordnung. Und wie lange ist ewig?“

„Olam Habah? Olam Habah ist ewig!“

„Ja, eben: Olam Habah. Lass uns weiterlesen: ‚Und sollen das Fleisch essen in derselben Nacht, am Feuer gebraten, und ungesäuertes Brot dazu, und sollen es mit bitteren Kräutern essen.‘“

Aviad schaute Nicholas sehr nachdenklich an und wiederholte langsam: „Ewige Ordnung, Fleisch, ungesäuertes Brot und bittere Kräuter. Das ist alles, was da steht?“

„Und wir sollen jährlich, wenn wir Erev Pessach am 14. Nissan halten, ungesäuertes Brot essen und Wein trinken, und an Y'shua denken. Das ist alles.“

„Hmhmhm ...“

„Bist du bereit, Aviad, deine Traditionen aufzugeben?“

„Und du, Nicholas, dein Verständnis vom Abendmahl, was aus der Sederfeier abgeleitet wurde?“

Beide schwiegen lange.

„Warum übertretet denn ihr YHWHs Gebot um eurer Satzungen willen?“, murmelte Nicholas nochmals vor sich hin.

„Nicholas, wenn wir beide aufgeben, was nicht mit der Schrift übereinstimmt, dann treffen wir uns! Dann steht nichts mehr zwischen uns.“

„Zwischen uns? Du meinst zwischen den Juden und Christen, nicht wahr?“ Aviad blieb ihm die Antwort schuldig.

Je länger die beiden über den Pessach-Passagen grübelten, umso mehr verstanden sie die Zusammenhänge. Sie entdeckten in der Ordnung für das Pessach, dass ein Unbeschnittener nicht davon essen dürfe. ‚Ein- und dasselbe Gesetz gelte für den Einheimischen und den Fremdling, der unter euch wohnt. Wenn ein Fremdling bei dir wohnt und YHWH das Pessach halten will, der beschneide alles, was männlich ist; alsdann trete er herzu, dass er es halte, und er sei wie ein Einheimischer des Landes.‘ „Das heißt doch, dass einer, der nicht im Herzen beschnitten ist, nicht Pessach feiern darf, oder?“

„In einem Hause soll man es verzehren.“

„Aviad, dann darf man das Pessach doch nur zuhause feiern, oder?“ Die Verse wirkten wie Sprengstoff auf sie.

Sie saßen bis spät in die Nacht über den Passagen. Aviad öffnete Nicholas die Augen über weitere Aussagen von Rav Sha'ul, wie er Paulus nannte. „Rav Sha'ul hatte die Korinther aufgefordert, die ‚Übeltäter‘, solche, die Unzucht treiben, habgierig sind, sich betrinken oder stehlen, aus ihrer Mitte zu treiben. Weißt du auch, in welchem Zusammenhang er das sagte?“

„Hat er das nicht allgemein gemeint?“

„Nein, ganz speziell. Weil es um das Fest der ungesäuerten Brote ging und davor jeder Sauerteig aus dem Haus zu entfernen ist.“

„Das habe ich noch nie so gesehen. Ja, Aviad, das macht Sinn. Du bist genial, da wäre ich nie draufgekommen.“

„Und Rav Sha'ul fährt fort, dass wer auf unwürdige Weise das Afikoman Y'shuas isst oder seinen Kelch trinkt, sich der Entweihung des Leibes und Blutes Y'shuas schuldig macht. Er hat die Korinther ermahnt, weil sie sich während der Sederfeier im letzten Jahr betrunken hatten.“

Nicholas war sehr betroffen. Ihm fielen die vielen Predigten ein, die er zu diesen Aussagen von Paulus gehört hatte. Kein einziger Prediger hatte diese Zusammenhänge erkannt. Während seine Gedanken bei vergangenen Predigten weilten, hörte er Aviad vorlesen: „‚Und YHWH sprach zu Mosche und Aharon: Dies ist die Ordnung für das Pessach: Kein Ausländer soll davon essen ... ist er ein gekaufter Sklave, so beschneide man ihn; dann darf er davon essen ... In einem Haus soll man es verzehren ... Wenn ein Fremdling bei dir wohnt und YHWH das Pessach halten will, der beschneide alles, was männlich ist; alsdann trete er herzu, dass er es halte und er sei wie ein Einheimischer des Landes. Aber ein Unbeschnittener darf nicht davon essen. Ein- und dasselbe Gesetz gelte für den Einheimischen und den Fremdling, der unter euch wohnt.‘ Die Beschneidung hat etwas mit dem Bund zu tun, der Brit Mila.“

„Ja. Wenn wir in das Bündnis mit YHWH eingetreten und zu seinen Unterweisungen umgekehrt sind, sind die Tafeln unseres Herzens beschnitten worden. Aber Aviad, dann ist die

Sederfeier eine sehr heilige Angelegenheit. Wie oft habe ich schon gehört, dass aus evangelistischen Gründen zu Sederfeiern eingeladen worden ist und das geht doch dann überhaupt nicht. Die Unbeschnittenen sind nicht zu diesem Fest geladen."

„Ja, das ist eine sehr ernste Angelegenheit. Wir werden ab jetzt den Seder, wie es in den Heiligen Schriften heißt, immer in einem Privathaus feiern", stimmte Aviad zu.

„Das muss ich unbedingt in mein Buch aufnehmen, dass nur Beschnittene den Seder feiern dürfen, als eine ewige Ordnung."

„Dein Buch?"

„Ja, du weißt doch, ich schreibe gerne. Ich möchte zum ersten Mal ein richtiges Buch schreiben. Ich finde, dass all das, was wir gerade entdecken, unbedingt veröffentlicht gehört!"

Aviad zögerte kurz, lächelte dann aber und meinte: „Nun, wenn es tatsächlich so kommen sollte, dann gehört die Sederfeier auf alle Fälle in dieses Buch." Dann kam Aviad wieder auf das Thema ihres Gespräches zurück.

„Nicholas, der Ruach HaKodesch hat nicht nur dich bewegt, weiter über Pessach nachzudenken, sondern mich auch. Ich habe noch einige hochinteressante Zusammenhänge herausgefunden. Rav Sha'ul hat selbstverständlich auch die Feste gefeiert. Die Gläubigen baten Rav Sha'ul länger bei ihnen in Ephesus zu bleiben. Und was hat er ihnen geantwortet? Ich lese dir aus Apostelgeschichte 18,20-21 vor: ‚Doch er willigte nicht ein, sondern nahm Abschied und sagte: Ich muss auf alle Fälle die kommenden Feste in Jerusalem feiern, aber will's YHWH, so will ich wieder zu euch kommen.'"

„Spannend, dabei wird gerade Paulus – ich bleibe bei Paulus, ok? – oftmals unterstellt, dass er gegen das Einhalten der Festtage gewesen ist", seufzte Nicholas und zu seiner Überraschung fühlte er sich erleichtert: „Dabei war es ihm offensichtlich wichtig, während der Feste in Jerusalem zu sein!"

10 DER BUND ÜBER DER SCHWELLE

„Nicholas, als YHWH sagte, dass sein Volk Blut an die Türpfosten streichen sollte, war das eine klare Aufforderung für ein Bündnis.“

„Wieso? Das verstehe ich nicht. Was war daran ein Zeichen für ein Bündnis?“, wunderte sich Nicholas.

„Ich habe es mir schon gedacht, dass du das nicht nachvollziehen kannst“, entgegnete Aviad liebevoll. „Es gab in früheren Zeiten im Nahen Osten ein Bündnis, das über der Türschwelle eines Hauses geschlossen wurde.“

„Warum denn ausgerechnet über der Türschwelle?“, fragte Nicholas interessiert nach.

„Die Türschwelle galt als der heiligste Teil eines Hauses, weil sie das Innere vom Äußeren trennt. Sie war auch ein Platz des Schutzes. Hier schloss man Bündnisse miteinander und mit den eigenen Gottheiten. Damit das Bündnis rechtskräftig wurde, schlachtete der Besitzer des Hauses, in das der Bündnispartner eingeladen wurde, direkt vor dem Hauseingang ein Tier. Das Blut des Tieres wurde in einer runden Vertiefung, die sich direkt in der Eingangsschwelle befand, aufgefangen. Jeder, der als geladener Gast über die Schwelle ging und das aufgefangene Blut in der Schale sah und die mit dem Blut gefüllte Rinne überschritt, wusste, dass er zu einem Mahl ging, das das gegenseitige Bündnis besiegeln würde. Deswegen heißt es auch in der Schrift: ‚und nehmt ein Büschel Ysop und taucht es in das Blut in dem Becken‘. Dieses Becken war in die Schwelle eingelassen.“

„Das ist tiefgehend, Aviad. Wir mit unserer westlichen, griechisch-römisch geprägten Sichtweise, mit der wir die biblischen Dinge betrachten, bleiben da echt auf der Strecke. So oft begreifen wir die Zusammenhänge nicht."

„Ja, du hast Recht. Aber gerade das Konzept der Türschwellen findet sich auch im Römischen wieder. Es gab Sondergottheiten wie beispielsweise Cardea, die in der römischen Religion die Göttin der Schwellen, der Türscharniere und der Türgriffe war. Oder Forculus, der Gott der Türpfosten. Aber hast du wirklich verstanden, was ich dir nahe bringen wollte?"

„Wenn du so fragst, bin ich mir nicht sicher ..."

„Als YHWH seinem Volk auftrug, einen Büschel Ysop in das Blut in dem Becken zu tauchen und an die Pfosten ihrer Türe zu streichen und ihnen befahl, das Fleisch und das ungesäuerte Brot zu essen, hat er mit ihnen über der Schwelle der Tür nach alter Sitte einen Bund geschlossen."

„Verstehe. Sag mal, Aviad, heißt dann Pass-over nicht eigentlich über die Schwelle hinübergehen und nicht wie ich dachte, an der Tür vorbeigehen? In dem Sinne, dass er über die Schwelle des Hauses ging, wie bei einem Bündnis, und dann im Haus ein Bündnis schloss, so dass es dem Verderber nicht möglich war, ‚in eure Häuser zu kommen, um euch zu schlagen'. Das macht doch viel mehr Sinn oder?"

„Ja, Nicholas. Der geladene Bündnispartner achtete darauf, über die Schwelle ins Haus zu treten. Was gar nicht ging, war auf die Schwelle zu treten. Menschen, die anderen feind waren, trampelten auf der Schwelle des Hausbesitzers herum.

Pass auf, was Zefanja sagt im 1. Kapitel, Vers 9: ‚Auch will ich zur selben Zeit die heimsuchen, die über die Schwelle springen; die ihres Herrn Haus füllen mit Rauben und Trügen.' Und man musste über die Schwelle ins Haus gehen, um ein Bündnis zu schließen. Wenn man nur am Haus vorüberging, hat man kein Bündnis geschlossen. Jetzt macht es auch Sinn, was im Brief an die Hebräer steht im 10. Kapitel, Vers 29: ‚Eine wieviel härtere Strafe, meint ihr, wird der verdienen, der den Sohn YHWHs mit Füßen tritt und das Blut des Bundes für unrein hält, durch das er geheiligt wurde, und den Geist der Gnade schmäht?' Hier hast du wieder die Sprache des Bündnisses auf der Schwelle. Den Sohn mit Füßen treten heißt, auf der Schwelle herumtrampeln."

„Diese Zusammenhänge sind eine tiefe Offenbarung, Aviad. Es heißt auch im 2. Buch Mose 12,23, dass YHWH, wenn er das Blut sieht, über die Schwelle geht. Er allein kann das Bündnis schließen. Da ist von keinem Engel die Rede."

„Nicholas, es geht noch tiefer."

„Das kann ich mir nicht vorstellen! Aber mit dir, Aviad ..."

Aviad lachte und begann erneut: „Y'shua starb auf der Schwelle. Das Kreuz war der Türrahmen und das Blut floss nach unten auf die Schwelle. Wenn du das Pessachmahl mit ihm hältst, über die Schwelle gehst, wo das Kreuz steht, und das vergossene Blut auf die Pfosten deines Herzens streichst, dann trittst du in ein Bündnis mit ihm ein. Nach dem Muster, wie Bündnisse in alten Zeiten im Nahen Osten geschlossen wurden."

„Aviad, das war eine Geburt! Ich bin glücklich. Und du auch. Ich sehe es dir an. Haben wir uns nicht etwas Ordentliches zu essen verdient?"

11 DAS FEST DER UNGESÄUERTEN BROTE

Mit Erev Pessach begann auch das Fest der ungesäuerten Brote. Aviad las Nicholas aus Schemot, Kapitel 12, Verse 17 bis 19 vor: „‚Haltet das Gebot der ungesäuerten Brote. Denn eben an diesem Tage habe ich eure Scharen aus Ägyptenland geführt; darum sollt ihr diesen Tag halten, ihr und alle eure Nachkommen, als ewige Ordnung. Am vierzehnten Tag des ersten Monats am Abend sollt ihr ungesäuertes Brot essen bis zum Abend des einundzwanzigsten des Monats, sodass man sieben Tage lang keinen Sauerteig finde in euren Häusern.‘“

„Aviad, kannst du mir erklären, warum das Fest ausgerechnet sieben Tage lang gefeiert werden soll?“

„Gute Frage, Nicholas. Aber lass uns zunächst über die Zahl 14 sprechen. Meinst du, dass es Zufall ist, dass Erev Pessach am 14. Nissan gehalten werden soll?

„Wenn du schon so fragst, ganz bestimmt nicht. Spann mich nicht auf die Folter. Was bedeutet die Zahl 14?“

Aviad freute sich, Nicholas die Bedeutung der Zahl 14 aufzuschlüsseln: „Die Zahl 14 steht für Erlösung. In den Geschlechtsregistern im Matthäusevangelium findest du 14 Generationen. Und am 14. Nissan kam mit Pessach die Erlösung, zuerst aus der Sklaverei in Ägypten und dann mit Y'shua aus der Sklaverei der Sünde. Nun aber zurück zu deiner Frage, warum das Fest der ungesäuerten Brote sieben Tage gefeiert werden soll. Es dauerte sieben Tage, bis ein Priester völlig geweiht war. Er musste durch eine Mikwa – ein reinigendes Bad – gehen, seine Kleider wechseln und ein Mahl vor der Tür der Stiftshütte halten. Das erinnert mich übrigens wieder an das Bündnis über der Türschwelle. Dann musste er noch gesalbt und geweiht werden."

„Wo finde ich das in der Torah?", fragte Nicholas nach.

„Hör zu. Ich lese dir vor aus Schemot, Kapitel 29, Verse 29 bis 30: ‚Und die heiligen Kleider Aarons sollen nach ihm seine Söhne haben, dass sie darin gesalbt und ihre Hände gefüllt werden. Wer von seinen Söhnen an seiner Statt Priester wird, der soll sie sieben Tage anziehen, wenn er in die Stiftshütte geht, um im Heiligtum zu dienen.' Hier findet sich auch die Bibelstelle zu dem Mahl vor der Tür der Stiftshütte, Schemot, Kapitel 29, Vers 32: ‚Und Aaron mit seinen Söhnen soll das Fleisch des Widders samt dem Brot im Korbe essen vor der Tür der Stiftshütte.'"

„Die Bibelstellen kommen mir bekannt vor, aber ich kann keinen Bezug zu uns herstellen, Aviad. Was siehst du für Zusammenhänge?"

„Heißt es nicht im Buch der Offenbarung, Kapitel 1, Vers 5, dass Y'shua uns ‚zu Königen und Priestern gemacht hat vor YHWH, seinem Vater'? So durchlaufen wir als Priester der Brit Chadaschah im Wandel durch den Jahreskreislauf seiner Feste auch einen immer tieferen Reinigungs- und Heiligungsprozess."

„Willst du damit sagen, dass wir die sieben Tage des Festes der ungesäuerten Brote dazu benutzen sollten, selbst durch eine Mikwa zu gehen?"

„Ja, so kannst du es ausdrücken."

„Und wovon reinigen wir uns?"

„Das Fest heißt Fest der ungesäuerten Brote. Wir reinigen uns vom Sauerteig."

„Und was bedeutet das genau?", hakte Nicholas nach.

„Komm, lass uns das miteinander herausfinden", ermutigte Aviad Nicholas.

„Wir schlagen nach, was Sauerteig im Hebräischen bedeutet. Hier, schau mal. Das hebräische Wort für Sauerteig ist *se'or*, was vom Wurzelwort *sha'ar* kommt. Es bedeutet: zurückbleiben, Überrest. Wenn Brot gebacken wurde, dann wurde ein wenig zurückgelassen *(sha'ar)* und dieser Überrest wurde unter einen neuen Teig gemischt. Dieser Sauerteig wurde dem Teig zugesetzt, um das Gehen des Teiges zu bewirken."

„Aviad, jetzt müssen wir herausfinden, was der Sauerteig im Teig, dem er zugesetzt wurde, genau bewirkt hat, damit wir das Bild verstehen können."

„Gute Idee. Und anschließend schlagen wir in der Brit Chadaschah nach, ob es dazu Aussagen von Y'shua gibt."

„Warte, Aviad. Ich schaue einmal kurz im Internet nach, was es zu der physikalischen Wirkungsweise von Sauerteig zu sagen hat."

„Gut. Ich warte, Nicholas."

„Hier", meldete sich Nicholas nach wenigen Minuten zu Wort: „Ich habe etwas sehr Aufschlussreiches gefunden. Hör zu: ‚Sauerteig ist ein Ferment. Das Wirksame im Sauerteig sind lebendige Zellen, die den Gärungsprozess herbeiführen. Der Teig wird in einen Zustand der Verderbtheit gebracht. Diese Zellen ernähren sich von Kohlenhydraten. Dadurch entstehen Kohlendioxid und Alkohol, eine alkoholische Gärung. Eine Zelle, ein lebendiger Organismus, frisst die Energie der Zellen des Teigs und nimmt somit deren Energie und bringt eine alkoholische Gärung hervor, ein Gas, das den Teig aufgehen lässt.'"

„Wenn wir das auf uns als den Leib Y'shuas übertragen", dachte Aviad laut, „dann haben wir hier den Schlüssel: Wir sind alle Zellen eines Leibes und wenn dort Sauerteig hineinkommt, dann bringt das Zerstörung unter uns."

„Jetzt schauen wir uns an, was Y'shua über den Sauerteig ausgesagt hat", schlug Nicholas vor und las aus Matthäus, Kapitel 16, Verse 11 und 12: „‚Wieso versteht ihr denn nicht, dass ich nicht vom Brot zu euch geredet habe? Hütet euch vielmehr vor dem Sauerteig der Pharisäer und Sadduzäer! Da verstanden sie, dass er nicht gesagt hatte, sie sollten sich hüten vor dem Sauerteig des Brotes, sondern vor der Lehre der Pharisäer und Sadduzäer'."

„Ist das nicht wieder eine Bestätigung, dass es um die reine Lehre der Torah geht?", platze Aviad heraus.

„Ja!", entgegnete ihm Nicholas.

„Die Lehre der Pharisäer und Sadduzäer basierte nicht auf dem reinen Wort YHWHs, der Torah. Sondern es wurde hinzugefügt oder weggenommen. Das entspricht genau dem Baum der Erkenntnis von Gut und Böse im Garten Eden. Ich habe hierzu auch eine Aussage von Y'shua gefunden, in Matitjahu, Kapitel 23, Verse 2 und 3: ‚Da redete Y'shua zu dem Volk und zu seinen Talmidim und sprach: Auf dem Stuhl des Mose sitzen die Torahlehrer und Pharisäer. Alles nun, was sie euch sagen, das tut und haltet; aber nach ihren Werken sollt ihr nicht handeln; denn sie sagen's zwar, tun's aber nicht.' Nicholas, du musst Folgendes wissen: Solange die Torahlehrer und Pharisäer auf dem Sitz des Moses saßen, durften sie nur lesen, was in der Torah stand. Kein fremdes Wort durfte über ihre Lippen kommen. Aber sobald sie sich aus dem Sitz erhoben, waren sie daran nicht mehr gebunden. Dann lehrten sie ihre eigenen Auslegungen und Traditionen."

„Das muss man natürlich wissen, um diese Aussage Y'shuas verstehen zu können. Aviad, ich habe in der Brit Chadaschah noch eine weitere Bedeutung für den Sauerteig gefunden."

„Ich bin sehr gespannt. Schiess los!"

Nicholas schlug den ersten Brief an die Korinther auf im 5. Kapitel, Vers 7: „‚Euer Rühmen ist nicht gut. Wisst ihr nicht, dass ein wenig Sauerteig den ganzen Teig durchsäuert? Darum schafft den alten Sauerteig weg, damit ihr ein neuer Teig seid. Denn auch wir haben ein Pessachlamm, das ist der Messias, der geopfert ist.'"

„Weißt du, was mir dazu einfällt, Nicholas?"

„Nein, woher auch?", antwortete Nicholas pointiert. Solche aufgesetzten Fragesätze sind so gar nicht Aviads Art, dachte Nicholas. Aviad las aus Mischle 8,13 vor. Nicholas hatte den Anfang verpasst und schnappte auf: ‚… Hoffart und Hochmut, bösen Wandel und falschen Lippen bin ich feind.' Das musste die zusätzliche Beschreibung vom Sauerteig gewesen sein, kombinierte Nicholas.

Aviad fasste zusammen: „Falsche Lehre, Hochmut und böser Wandel. Nicholas, ich habe eine Idee!"

Nicholas lehnte sich erwartungsvoll zurück.

„Wir werden sieben Tage lang nicht nur ungesäuertes Brot essen, sondern beten und uns in seiner Gegenwart und seinem Licht reinigen."

„Wie die Priester. Einverstanden, Aviad. Aber jeder für sich, oder?"

„Ja, jeder für sich."

„Aber am Erev Schabbat des siebten Tages treffen wir uns und feiern Schabbat miteinander. Ja, Aviad?", seufzte Nicholas tief. Sechs Tage ohne Aviad erschienen ihm jetzt schon wie eine Durststrecke.

„Abgemacht. Wir treffen uns bei mir."

12 COUNT-UP

„Adonai hat angeordnet“, erklärte Aviad, ehe er sich von Nicholas verabschiedete, „dass ab Jom Hanafat HaOmer das Omer gezählt wird.“

Als Aviad ein großes Fragezeichen in dem Gesicht von Nicholas sah, empfand er Mitgefühl für seinen unwissenden Bruder und fing an, ihm die Zusammenhänge zu erklären: „Als der Tempel noch stand, markierte dieser Tag den Beginn der Ernte. Du kannst in Debarim 16,9 mehr darüber nachlesen. Die Halme wurden geschnitten und als Schwingopfer in den Tempel gebracht. Nicholas, du findest mehr darüber in Wajjikra, Kapitel 23, Verse 9 bis 14. Dieser Tag markiert den Beginn eines Count-ups. Ganz wichtig, Nicholas, man zählt aufwärts zu Schawuot. Jom Hanafat HaOmer wird als Tag eins gezählt und Schawuot als fünfzigster Tag. Es gibt verschiedene Methoden, diese fünfzig Tage zu zählen. In Debarim 16,9 heißt es: ‚Sieben Wochen sollst du zählen‘. Und in Wajikra 23,16: ‚Bis zu dem Tag nach dem siebenten Sabbat, nämlich fünfzig Tage, sollt ihr zählen.‘ Man zählt also sieben Wochen, sieben Schabbate, und auch die Tage von eins bis fünfzig. Das Wichtigste dabei ist, in einer Erwartungshaltung zu zählen.“

„Nichts leichter als das“, dachte sich Nicholas. Er war sowieso voller Erwartung auf den nächsten gemeinsamen Schabbatabend, seinen Flug nach Deutschland am darauf folgenden Tag und auf seinen Rückflug nach Israel. Nach seiner Rückkehr stand das Öffnen des nächsten Umschlags in der Abwicklung der Testamentsangelegenheit an. Mit jedem Tag, den er zählen würde, ging es ein Stück weiter den Berg hinauf, auf dem er die Geschenke Y’shuas entgegennehmen würde.

Am Sinai hatten die Israeliten die Ketuba, den Ehevertrag, erhalten. Was würde ihn erwarten, wenn die neunundvierzig Tage vorbei sein würden? Sicher wusste er nur, dass er am siebenundvierzigsten Tag nach Jerusalem zurückkehren würde.

Die beiden Männer sahen sich am Erev Schabbat wieder, der den letzten Tag des Festes der ungesäuerten Brote einleitete. Sie nahmen sich herzlich in die Arme. „Ich habe dich sehr vermisst." Dieses Mal war es Aviad, der Nicholas diese Worte zurief. Nicholas fühlte sich geehrt.

„Wie schön, das zu hören. Du hast mir auch sehr gefehlt." Nicholas übernachtete bei Aviad. Aviad hatte angeboten, ihn am nächsten Morgen in aller Frühe nach Tel Aviv zum Flughafen zu fahren.

Die Tage in Deutschland waren angefüllt mit Arbeit. Wie konnte er in dieser Anspannung ein geistreiches Feuilleton schreiben – und zwei Buchrezensionen? Wie sollte er die ungelesenen Bücher bewerten und eine erörternde Inhaltsangabe zum Werk machen, ohne das Ende zu verraten? Seine normale Arbeit fiel ihm ungewohnt schwer. Ihn beschäftigte viel mehr die Frage, wie es bei ihm weitergehen würde. Es war eine wahre Herausforderung, sich in andere Inhalte hineinzudenken und ein Resümee zu formulieren. Er lebte seit Monaten an seinem Limit. Die leeren Weinflaschen standen zwischen Stapeln von Papier. Nicholas quälte sich schreibend durch die Tage, und weil er so unkonzentriert und langsam war, kamen die Nächte dazu. Seine einzige Freude war, dass er beim Aufwärtszählen stetig weiterkam. Keine Mail von Aviad und kein Lebenszeichen von Livana. Drei Wohnsitze und nirgends ein richtiges Zuhause: Sein Einzimmerapartment im Frankfurter Westend, seine Wohnung mit dem traumhaften Ausblick in New York und seine kleine Zweizimmerwohung in Jerusalem. Trotz seiner Leidenschaft zu verreisen, fühlte er sich zerrissen. Wo war er wirklich zu Hause? Wo gehörte er hin? Mehr Fragen als Antworten. Er wollte einen Brief an Aviad formulieren, aber er fürchtete, dass dieser nicht beantwortet werden würde. Er ersparte sich die zusätzliche Arbeit. Immer wieder malte er sich eine Konfrontation mit Aviad aus. Er schätzte Aviad sehr, aber er wollte endlich Klarheit. Aviad konnte souverän Dinge vom Tisch wischen und ließ ihn immer wieder fassungslos zurück. Wie oft hatte er dies schon erlebt. Es musste sich etwas ändern!

Planmäßig, drei Tage vor Schawuot, dem Wochenfest, saß Nicholas wieder auf seinem Bett in der German Colony. Es fiel ihm die Bibelstelle aus 2. Mose 19,11 ein: ‚... und bereit seien für den dritten Tag, denn am dritten Tage wird YHWH vor allem Volk herabfahren auf den Berg Sinai.' Er holte seine Bibel und las ab Vers 14 weiter: ‚Mose stieg vom Berge zum Volk herab und heiligte sie, und sie wuschen ihre Kleider. Und er sprach zu ihnen: Seid bereit für den dritten Tag, und keiner rühre eine Frau an.'

Seine Gedanken wanderten zu Livana. Eine tiefe Sehnsucht breitete sich in seiner Seele aus und ein lauter Seufzer durchbrach die Stille im Schlafzimmer. Auf seinem Bett gab es neben ihm keine warme Abdruckstelle. Mit einem Mal konnte Nicholas den Herzschlag Gottes spüren, dort am Sinai, als er sich von ganzem Herzen wünschte, sich mit seinem Volk zu vermählen und zu ihnen sprach: ‚Seid bereit für den dritten Tag, und keiner rühre eine Frau an.' Wenn sie eine Frau angerührt hätten, hätten sie sich nicht auf ihn konzentrieren können. Eine liebevolle Anweisung eines Ehemanns. Er fühlte sich fast ein bisschen wie ein wartender Ehemann. Livana war nicht zu erreichen und sie rief auch nicht zurück. Aviad hatte ihn auch nicht vom Flughafen abgeholt bei seiner Rückkehr, sondern ihm eine SMS gesandt, dass er sich ein Taxi nehmen solle. Er würde sich bei ihm melden.

Die nächsten beiden Tage waren äußerst ungewöhnliche Tage für Nicholas. Er spürte in seinem Geist ein großes Drängen, sich zu reinigen. Ihm fielen Sünden ein, die ihm zur Last wurden. Er bekannte sie alle vor YHWH und bat um Vergebung. Er bat Y'shua, ihm zu vergeben, dass er so viele Jahre lang nicht den Schabbat geheiligt hatte. Es tat ihm plötzlich sehr leid, dass er vielen Frauen gegenüber eine sehr unverbindliche Haltung an den Tag gelegt hatte. Er spürte, dass im Angesicht einer bevorstehenden persönlichen Sinai-Begegnung, wo YHWH ihm die Ketuba überreichen würde, sein altes unverbindliches Leben zerbrechen würde. Er war bereit dazu. Die Heiligkeit dieser Tage bewirkte in ihm eine Absonderung. Es erschien ihm fast wie geplant von oben, dass Aviad sich bis jetzt noch nicht bei ihm gemeldet hatte.

,Als nun der dritte Tag kam und es Morgen ward, da erhob sich ein Donnern und Blitzen und eine dichte Wolke auf dem Berge und der Ton einer sehr starken Posaune. Das ganze Volk aber, das im Lager war, erschrak. Und Mose führte das Volk aus dem Lager Elohim entgegen und es trat unten an den Berg.' Nicholas fühlte die immer intensiver werdende Gegenwart YHWHs in seinem kleinen Schlafzimmer.

Nicholas nahm die Ketuba in seine Hand. ,Und Elohim redete alle diese Worte: Ich bin YHWH, dein Elohim, der ich dich aus Ägyptenland, aus der Knechtschaft, geführt habe. Du sollst keine anderen Götter neben mir haben. Du sollst dir kein Bildnis noch irgendein Gleichnis machen, weder von dem, was oben im Himmel, noch von dem, was unten auf Erden, noch von dem, was im Wasser unter der Erde ist: Bete sie nicht an und diene ihnen nicht. Denn ich, YHWH, dein Elohim, bin ein eifernder Elohim, der die Missetat der Väter heimsucht bis ins dritte und vierte Glied an den Kindern derer, die mich hassen, aber Barmherzigkeit erweist an vielen Tausenden, die mich lieben und meine Gebote halten. Du sollst den Namen YHWHs, deines Elohims, nicht missbrauchen; denn YHWH wird den nicht ungestraft lassen, der seinen Namen missbraucht. Gedenke des Schabbattages, dass du ihn heiligst. Sechs Tage sollst du arbeiten und alle deine Werke tun. Aber am siebenten Tage ist der Schabbat YHWHs, deines Elohims. Da sollst du keine Arbeit tun, auch nicht dein Sohn, deine Tochter, dein Knecht, deine Magd, dein Vieh, auch nicht dein Fremdling, der in deiner Stadt lebt. Denn in sechs Tagen hat Elohim Himmel und Erde gemacht und das Meer und alles, was darinnen ist, und ruhte am siebenten Tage. Darum segnete YHWH den Schabbattag und heiligte ihn.' Nicholas unterzeichnete die Ketuba und er spürte wie der Finger YHWHs die Bedingungen für den Ehevertrag auf seine Herzenstafeln zu schreiben begann. Er wusste, dass das erste steinere Tafelpaar, sein steinernes Herz, zerbrochen war. In diesem Moment hörte er buchstäblich Geräusche, so wie Steine zu Bruch gehen. Er erschrak. Große Ehrfucht kam über ihn. Das Wort ‚wem ich gnädig bin, dem bin ich gnädig, und wessen ich mich erbarme, dessen erbarme ich mich' vibrierte in ihm. Und eine Klarheit kehrte in seinem Geist ein. Er verstand, dass es ein prophetischer Akt war, als Mose das erste Paar Steintafeln, als er vom Berg Sinai herunterkam, aus der Hand warf und sie unten am Berg zerbrachen. Die beiden Tafeln des Gesetzes waren aus Stein und vom Finger YHWHs beschrieben. Sie waren aus Stein, so wie sein Herz aus Stein gewesen war, und sein Herz musste zerbrechen, damit es Platz machte für die Tafeln aus Fleisch. Die Wahrheit begann in seinem Herzen zu leuchten. Nicholas begann Verse aus Psalm 119 betend zu proklamieren: ‚Öffne mir die Augen, dass ich sehe die Wunder an deiner Torah. Ich schwöre und will's halten: Die Ordnungen deiner Gerechtigkeit will ich bewahren.' Die Gegenwart YHWHs war so stark in dem Zimmer, dass Nicholas alles um sich herum vergaß: Aviad, Livana und Schawuot.

Erst als sein Handy wiederholt klingelte, erreichte der Klingelton sein Ohr. Er nahm ab und hörte Aviads Stimme. Es fiel ihm unter der Salbung ungeheuer schwer, sich auf Aviad zu konzentrieren. Aviad hatte den Eindruck, dass Nicholas völlig betrunken sei. Er wiederholte zum dritten Mal seine Bitte: „Nicholas, ich stehe vor deiner Haustüre. Bitte mache mir auf!" Mit großer Kraftanstrengung gelang es Nicholas, auf den Türöffner zu drücken. Dann fiel er buchstäblich auf sein Bett. Bestürzt rannte Aviad in die Wohnung von Nicholas.

Nach durchwachter Nacht in der Synagoge war Aviad müde und abgespannt. Sie hatten dort das Buch Ruth gelesen. Die Geschichte jener Frau, die als Nichtjüdin wegen ihrer Treue zu ihrer jüdischen Schwiegermutter, ihrer Liebe zum Volk Israel und durch die Heirat mit Boas ins Volk YHWHs aufgenommen worden war. „Ist Schawuot nicht das Fest der aufgenommenen Nichtjuden in den Staatenbund Israel?", schoss es Aviad durch den Kopf. Er war gekommen, um Nicholas liebevoll als Nichtjuden in seine Arme zu schließen. Der Schock war für ihn zu groß, als dass er jetzt diesen Goi betrunken in die Arme hätte nehmen können oder wollen. Er ist voll süßem Wein!

Während er sich entsetzte, hörte er plötzlich ein Brausen vom Himmel wie von einem gewaltigen Wind und die kleine Wohnung wurde davon erfüllt. Ist das nicht ein Déjà-vu? Wo hatte er das schon mal gehört oder gelesen? Es kam ihm irgendwie bekannt vor. Er hörte sich auf einmal in anderen Sprachen sprechen, ohne dass er verstand, was er sagte. Wurde er jetzt verrückt? Das war das absonderlichste Schawuot-Fest, das er je erlebt hatte. Im Geist sah er jetzt, dass Nicholas nicht betrunken, sondern erfüllt war mit dem Ruach HaKodesch. War dies, was hier passierte, die Erfüllung des Propheten Joel? Wie viele Juden konnte er ganze Bücher und Passagen seines Tenach auswendig (Joel 3,1-2): ‚Und es soll geschehen in den letzten Tagen, spricht YHWH, da will ich ausgießen von meinem Geist auf alles Fleisch; und eure Söhne und eure Töchter sollen weissagen, und eure Jünglinge sollen Gesichte sehen, und eure Alten sollen Träume haben; und auf meine Knechte und auf meine Mägde will ich in jenen Tagen von meinem Geist ausgießen, und sie sollen weissagen.‘

Nicholas hatte sich inzwischen wieder etwas aufgerichtet und Apostelgeschichte 2,22 aufgeschlagen. Er rief in den Raum: „‚Ihr Männer von Israel, hört diese Worte: Y'shua von Nazareth, von YHWH unter euch ausgewiesen durch Taten und Wunder und Zeichen, die YHWH durch ihn in eurer Mitte getan hat, wie ihr selbst wisst – diesen Mann, der durch YHWHs Ratschluss und Vorsehung dahingegeben war, habt ihr durch die Hand der Heiden ans Kreuz geschlagen und umgebracht. Den hat YHWH auferweckt und hat aufgelöst die Schmerzen des Todes, wie es denn unmöglich war, dass er vom Tode festgehalten werden konnte.‘“

„Baruch haba b'schem Adonai. Baruch haba b'schem Adonai!“ Unter Tränen wiederholte Aviad unaufhörlich „Baruch haba b'schem Adonai.“

„‚Aber ich sage euch'", rief Nicholas ihm entgegen, „‚ihr werdet mich nicht mehr sehen, bis die Zeit kommt, da ihr sagen werdet: Gelobt ist, der da kommt in dem Namen YHWHs!'"

Aviad antwortete ihm und auch Y'shua: „Baruch haba b'schem Adonai."

Beide riefen: „Komm!"

Am Spätnachmittag las Nicholas Aviad aus Apostelgeschichte 2 vor: „‚Und als der Pfingsttag gekommen war, waren sie alle an einem Ort beieinander. Und es geschah plötzlich ein Brausen vom Himmel wie von einem gewaltigen Wind und erfüllte das ganze Haus, in dem sie saßen. Und es erschienen ihnen Zungen, zerteilt, wie von Feuer; und er setzte sich auf einen jeden von ihnen, und sie wurden alle erfüllt von dem heiligen Geist und fingen an, zu predigen in anderen Sprachen, wie der Geist ihnen gab auszusprechen.'"

Dankbar ordnete Aviad sein Déjà-vu ein. Und so wie damals mit dem Erlebnis zu Schawuot der Dienst der Jünger begann, spürten beide, dass die heutige Taufe im Ruach HaKodesch sie für den Dienst befähigte.

13 SCHAWUOT – IM GEIST UND IN DER WAHRHEIT

„Nicholas, wir müssen die Bedeutung von Schawuot erfassen. Ich glaube, das Geheimnis ist, im Geist und in der Wahrheit zu wandeln."

„Klingt sehr geheimnisvoll, Aviad. Aber was willst du mir damit praktisch sagen? Komm schon!", prustete Nicholas heraus.

„Schawuot ist das Geben des Ruach HaKodesch."

„Ja, in Apostelgeschichte. Ich stimme dir zu, Aviad."

„Nein, nicht nur. Ich verstehe das anders."

„Anders, anders ... Immer siehst du es anders. Man braucht schon sehr viel Demut, um das auszuhalten", stellte Nicholas seufzend und doch mit einem Lächeln fest.

„Lass uns zurück zum ersten Schawuot an den Berg Sinai gehen."

„Einverstanden. Ich gehe mit dir dorthin."

„Ich lese aus Schemot 19,16-18: ‚Als nun der dritte Tag kam und es Morgen ward, da erhob sich ein Donnern und Blitzen und eine dichte Wolke auf dem Berge und der Ton einer sehr starken Posaune. Das ganze Volk aber, das im Lager war, erschrak. Und Mose führte das Volk aus dem Lager YHWH entgegen, und es trat unten an den Berg. Der ganze Berg Sinai aber rauchte, weil YHWH auf den Berg herabfuhr im Feuer; und der Rauch stieg auf wie der Rauch von einem Schmelzofen, und der ganze Berg bebte sehr.' Fällt dir dabei irgendetwas auf, was du mit Schawuot in Verbindung bringen würdest, Nicholas?"

Nicholas überlegte. „Ja, Aviad. Feuer. ‚Und es erschienen ihnen Zungen, zerteilt, wie von Feuer; und er – der heilige Geist – setzte sich auf einen jeden von ihnen.'"

„Beide Feste, das am Berg Sinai und das in der Apostelgeschichte, ereigneten sich am 50. Tag. Und das gemeinsame Element ist Feuer. Ich glaube, dass YHWH jeweils den gleichen Plan hatte, am ersten Schawuotfest und am Schawuotfest 1200 Jahre später. Er wollte schon damals seinem Volk den heiligen Geist geben."

„Aviad ... Mir fehlen die Worte. Wenn das so ist, warum hat YHWH es dann offensichtlich nicht getan?"

„Weil sie den Ruach HaKodesch nicht wollten, der persönlich zu ihnen gesprochen hätte. Ich lese es dir vor, ich bin noch in Schemot 20,18-19: ‚Als sie aber solches sahen, flohen sie und blieben in der Ferne stehen und sprachen zu Mose: Rede du mit uns, wir wollen hören; aber lass YHWH nicht mit uns reden, wir könnten sonst sterben.'"

„Das ist heftig. Darüber habe ich noch nie nachgedacht. Und das hat YHWH dann 1200 Jahre später nachgeholt."

„Nicholas, die Unterweisungen allein, ohne den Ruach HaKodesch, sind nur die Hälfte der Wahrheit. Die Torah und der Ruach HaKodesch gehören zusammen. Wir müssen in eine Ausgewogenheit hineinkommen. Schau, wir Juden haben die Unterweisungen, aber der Geist fehlt uns, der uns Y'shua aufschließt. Und die Christen haben sich für den Geist geöffnet, aber sich gegenüber der Torah verschlossen. Das ist in sich schon ein Paradoxon. Das ergibt eine große Schieflage."

„Wie wahr, Aviad", antwortete Nicholas nachdenklich. „Beide Seiten müssen sich durch den Ruach HaKodesch gemäß der Torah bewegen lassen und das annehmen, was ihnen fehlt, damit das Königreich aufgerichtet werden kann."

„For such a time as this", ergänzte Nicholas euphorisch. Er sann über die Geschichte der Königin Ester nach, die gerade um jener Zeit willen zu königlicher Würde gekommen war.

14 DIE TESTAMENTS-ERÖFFNUNG

„Nicholas, heute ist der große Tag, an dem ich dir aus dem Testament vorlesen darf. Der Tag, den du so sehr herbeigesehnt hast, ist endlich da!“

„Aviad, Aviad, bitte, lass uns unbedingt etwas essen gehen. Ich brauche eine Stärkung. Ich halte das sonst nicht aus!“

Aviad wollte etwas sagen, entschied sich aber dagegen.

Kopfschüttelnd wartete er, bis Nicholas geduscht hatte und fertig war. Der Geist erfüllte ihn so sehr, dass er überhaupt keinen Hunger verspürte.

Kurze Zeit später verließen beide das Haus. In der Abenddämmerung sahen sie die Lichter der Restaurants. Ohne sich auszutauschen, steuerten sie auf ein kleines Restaurant in der Emek Refaim zu. Beide bestellten Hummus, Carignan, einen vollmundigen trockenen Rotwein aus dem Gebiet des Mount Tabor, und eine große Portion Oliven. Als sie mit einem *l'chaim* einander zuprosteten, leuchtete der Wein rubinrot in ihren Gläsern. Fast synchron führten sie die Gläser zum Mund. In diesem feierlichen Moment zog Aviad ein hebräisch verfasstes Dokument hervor. Nicholas wurde unruhig. Er nahm einen so kräftigen Schluck Wein, dass danach die rubinrote Farbe aus dem Glas verschwunden war. Er drängte den irritierten Aviad, noch eine weitere Flasche zu ordern.

Nicholas fühlte sich erschöpft und gleichzeitig sehr angespannt. Irgendwie fühlte er sich noch nicht bereit für diesen besonderen Moment. Aviad konnte das Verhalten von Nicholas nicht nachvollziehen, aber er hatte die Fähigkeit, es so stehen zu lassen.

Tausend Gedanken schossen Nicholas durch den Kopf. Was würde auf ihn zukommen? Welche Verpflichtungen müsste er noch eingehen? Was würde der Testamentsschreiber, den er noch nicht einmal gekannt hatte, von ihm fordern? Welchen Part spielte Aviad darin und welchen er?

„Am liebsten würde ich jetzt davonlaufen", gestand sich Nicholas ein. Er bat Aviad, ihm so ein himmlisches Dessert zu bestellen, serviert in Kugeln, bestehend aus einer Art Quark, Rosinen und Zitronat. Aviad bestellte etwas unwillig das Dessert und sagte: „Was ist los, Nicholas? Hör bitte mit deinen Spielchen auf."

Nicholas löffelte schweigsam sein Dessert.

Aviad nahm einen neuen Anlauf. Er hatte den Eindruck, dass seine Worte sich einen Weg durch das Dessert zu Nicholas bahnen mussten. Am liebsten hätte Aviad das Dessert geschnappt und in die Küche zurückbringen lassen. „Nicholas, du und ich sind beauftragt, in Israel einen Film zu drehen. Der Filmtitel lautet: *Die Matrix des Messias.* Alle Finanzen für die Filmproduktion sind durch das Testament hinterlegt. Der nächste Schritt wird sein, dass wir gemeinsam das Drehbuch schreiben."

Nicholas löffelte immer langsamer weiter und spülte jeden Löffel mit einem Schluck Wein hinunter.

„Ein Drehbuch schreiben?", wiederholte er. „Aviad und ich als Drehbuchautoren?", murmelte er vor sich hin. *Die Matrix des Messias* – löffelweise ließ er die Worte mit dem Nachtisch im Mund zergehen. Als die Dessertschale leer war, stand Nicholas auf, verließ das Restaurant und ließ den perplexen Aviad zurück. An diesem Abend lief Nicholas durch die Straßen des German Quarters, bis er in einen in der Nähe gelegenen Park kam. Dort schüttete er Y'shua sein Herz aus und endete mit einem „Dein Wille geschehe ..."

Kurz vor Mitternacht kam er in die Lloyd George zurück. Aviad saß auf den Stufen vor seiner Haustür. In diesem Moment wusste Nicholas, dass Aviad, der Vater, auf ihn, den verlorenen Sohn, gewartet hatte und dass er mit Aviad die Torah hochhalten und das Drehbuch schreiben würde. Aviad nahm ihn in seine Arme und küsste ihn auf die Stirn.

„Gute Nacht, Nicholas. Bis morgen!“

Nicholas vergrub sich in seinem Bett in der German Colony. Aviad machte sich auf den Heimweg nach Mea Schearim. Er musste an die vor ihnen liegenden Wochen und Monate denken. Die Zeit nach Schawuot bis zu den Herbstfesten würde eine heiße, dürre Zeit sein. Eine regenlose Zeit.

II. TEIL

1 DIE MATRIX

Am nächsten Morgen riss der monotone Klingelton der Haustür Nicholas aus dem Schlaf. Tastend griff er nach seinem Wecker. Erst kurz nach 8.00 Uhr! Verärgert drehte er sich auf die andere Seite und zog die Bettdecke fester an sich. Aber der unverwechselbare Klingelton drang erneut an sein Ohr. Schließlich stand er auf und öffnete die Tür. Aviad kam herein, voller Energie und Tatendrang. Er warf wie immer die Tüte mit den Brötchen auf den Tisch und fing an, Kaffee zu kochen. Nicholas verschwand im Badezimmer und duschte nach Aviads Empfinden endlos. Nach einer halben Stunde kam er wieder aus dem Bad, gehüllt in eine Duftwolke von Sculpture Homme Eau de Toilette. Der ausdrucksstarke Duft erfüllte den Raum und Nicholas fühlte sich wie ein Fels in der Brandung.

„Wir beginnen", sagte er entschlossen zu Aviad, „aber lass uns erst einmal frühstücken."

„Wir beginnen", wiederholte Aviad bestätigend. Nicholas' Erregung übertrug sich auf Aviad. Beide hatten einen Bärenhunger und stürzten sich auf das Frühstück.

Zunächst sprachen sie über die Drehbuchentwicklung für den Film. Sie waren sich schnell einig, dass sie die nächste Zeit mit der Stoffentwicklung verbringen würden und den dramaturgischen Aufbau, die Struktur und Entwicklung ihrer Filmgeschichte und ihrer Protagonisten festlegen müssten. Nicholas hatte einen glorreichen Einfall.

„Wir verwenden die Geschichte unserer persönlichen Begegnung als Nebenhandlung, die zur Haupthandlung führt. Das Skript für die Nebenhandlung wird ganz natürlich aus unserer Beziehung heraus geschrieben."

Aviad fand diese Idee glänzend und sie vereinbarten, dass Nicholas fürs Erste die Geschichte ihrer persönlichen Beziehung aufzeichnen würde.

„Ich werde für den Film *Die Matrix des Messias* eine Stoffsammlung anlegen. Was hältst du davon, Nicholas?"

„Ein ausgezeichneter Gedanke. Ich könnte mir vorstellen, dass sich daraus die Haupthandlung ergibt. Ich bin gespannt darauf, was du entdecken wirst."

Damit kam das Rad ins Rollen. Beide hatten für das Projekt Feuer gefangen und machten sich mit Eifer an die Arbeit.

Aviad fuhr nach Mea Schearim und verschwand unverzüglich in sein Arbeitszimmer. Was war naheliegender, als mit dem Wort Matrix zu beginnen? *Rechem* ist das hebräische Wort für Matrix und bedeutete Mutterschoß oder Gebärmutter. Das Wort *Matrix* selbst kommt ursprünglich aus dem Lateinischen. Es hat eine Vielzahl von Bedeutungen, wie Quelle, Ursache, Muttertier oder Gebärmutter. Weiter fand Aviad heraus, dass eine Matrix in der Datentechnik Datenfelder beschreibt, die mit einem gemeinsamen Variablennamen gekennzeichnet sind. Aviad dachte über die Bedeutungen und den Zusammenhang zum Filmtitel nach. Wahrscheinlich war ihr Auftrag, in Anlehnung an eine Datenbank, eine Art geistliche Matrix zu erstellen. Sie müsste genügend Infomaterial beinhalten, um den falschen von dem richtigen Messias unterscheiden zu können. Er fing an, in Gedanken die verschiedenen Puzzleteile hin- und herzubewegen und zusammenzusetzen.

Einer Eingebung folgend machte er sich auf die Suche nach dem Wort *rechem* im Tenach. In Tehillim 110,3 las er: ‚Dein Volk wird voller Willigkeit sein am Tage deiner Macht; in heiliger Pracht, aus dem Schoße der Morgenröte wird dir der Tau deiner Jugend kommen.' Hier steht im hebräischen Urtext *rechem* für das Wort Schoß. Aviad jubelte über die Entdeckung, dass es eine Matrix der Morgenröte gibt. YHWH zeugt aus dem Schoß oder der Matrix der Morgenröte ein Volk, das in heiliger Pracht geht.

Seine überschwängliche Freude wurde getrübt, als er in Tehillim 58,4 las, dass es ein Volk gibt, dass von dieser Matrix abweicht: ‚Abgewichen sind die Gottlosen von Mutterschoße, von der Matrix, an, es irren von Mutterleibe an die Lügenredner'.

In Hiob 24, Verse 20 und 17, wird der Schoß oder die Matrix der Morgenröte dem Schoß der Finsternis gegenübergestellt: ‚Ihn vergisst der Mutterleib – die Matrix –, Gewürm labt sich an ihm, nie mehr wird seiner gedacht – so muss das Unrecht wie Holz zerbrechen.' ‚Denn ihnen allen miteinander gilt als Morgen die Finsternis, ja, jeder von ihnen kennt die Schrecken der Finsternis.' Der Schoß der Finsternis ist im Kontrast zum Schoß der Morgenröte ein schrecklicher und düsterer Ort.

Aviad fasste zusammen: Die Matrix des Messias ist der Schoß der Morgenröte. Aus diesem Schoß der Morgenröte wird ein heiliges Volk gezeugt. Diesem Schoß wird ein Schoß der Finsternis gegenübergestellt. Tehillim 58,4 formuliert es wunderbar: ‚Abgewichen sind die Gottlosen von Mutterschoße – Matrix – an, es irren von Mutterleibe an die Lügenredner'.

Welche Variable kennzeichnet das Datenfeld „Matrix der Morgenröte" und welche das Datenfeld „Matrix der Finsternis"? Eine spannende Frage, auf die er eine Antwort finden musste.

Entgegen seinen Gewohnheiten packte er seine Notizen als einen losen Zettelstapel in seine Mappe und eilte zu Nicholas. Später würde er seine gesamten Aufzeichnungen in OneNote, seinem heißgeliebten Spitzenprogramm, abspeichern. Aviad liebte bei diesem Programm, dass jede Notiz verschoben, abgeändert oder auch kombiniert werden konnte, und man nicht wie bei Word auf eine Bahn festgelegt ist. Aviad riss Nicholas aus seinem Schreibfluss.

„Hör dir das an, Nicholas! Matrix bedeutet im Hebräischen *rechem*."

„Und was bedeutet das?", hakte Nicholas sogleich nach.

„Mutterschoß oder Gebärmutter!"

„Was fangen wir nun damit an?", runzelte Nicholas seine Stirn.

„Das wirst du gleich verstehen", meinte Aviad geheimnisvoll und erklärte Nicholas die Zusammenhänge.

„Also du meinst, wenn es eine Matrix der Morgenröte und eine Matrix der Finsternis gibt, aus der die jeweiligen Söhne geboren werden, dann gibt es auch eine geistliche Matrix für beide und mehrere Variablen oder auch nur eine, worin sie sich unterscheiden?"

„Ja, genau das meine ich! Und wir müssen die Variable herausfinden, die den Unterschied ausmacht", fügte Aviad hinzu.

„Ich staune, auf welche Zusammenhänge du gekommen bist! Nun hör einmal zu, wie weit ich mich vorgetastet habe." Nicholas las Aviad das erste Kapitel „Boarding Time" der Rahmengeschichte vor.

„Perfekt. Mach weiter so. Welch eine schöne Erinnerung! Wer hätte gedacht, dass unsere erste Begegnung am Frankfurter Flughafen den Auftakt für das Drehbuch einer Filmstory liefern würde! Lass uns noch weiterarbeiten. Heute Abend nehme ich dich mit zum Tisch meines Rebbes."

„Ach ja!", freute sich Nicholas. „Heute ist Schabbat. Das hätte ich fast vergessen."

Die nächsten Tage nach dem Schabbat waren angefüllt mit Recherchieren und Schreiben. Nicholas füllte eine Seite nach der anderen, und Aviad war fieberhaft auf der Suche nach der Variablen. Er brütete über Matitjahu 24,10-12: ‚Zur gleichen Zeit werdet ihr gefangengenommen und ausgeliefert werden, man wird euch bestrafen und hinrichten, und alle Völker werden euch um meinetwillen hassen. Zu der Zeit werden viele in den Irrtum verfallen, einander zu verraten und zu hassen, viele falsche Propheten werden auftreten und viele Menschen täuschen, und die Liebe vieler Menschen wird erkalten, weil die Torah ihnen immer ferner rückt'.

„Nicholas", rief er euphorisch, „ich habe die Variable gefunden."

„Spann mich nicht auf die Folter. Raus damit! Ich kann es kaum erwarten!"

„Hör dir das an: ‚weil die Torah ihnen immer ferner rückt'. Torah ist die Variable für die Matrix der Morgenröte bzw. Torahlosigkeit für die Matrix der Finsternis."

„Das musst du mir näher erklären!"

„Matitjahu zählt auf, was passiert, wenn die Torah ihnen immer ferner rückt: Falsche Propheten, falsche Messiasse mit großen Zeichen und Wundern, Täuschung, Abfall, Irtum, Verrat, Hass der Völker gegenüber den Jüngern, Erkalten der Liebe, Gräuel der Verwüstung im Tempel, Gefangenschaft, Strafe, Hinrichtung und Untergang."

Nicholas war sprachlos. Immer wieder las er Matthäus 24,10-12. Er rätselte, wie er sein Leben lang diesen entscheidenden Hinweis hatte übersehen können: Die Ferne zur Torah, – in seiner Übersetzung hieß es die Gesetzlosigkeit –, war der Grund für all die aufgezählten Übel.

„Das ist wirklich unglaublich. Hier steht es klipp und klar. Hier wird genau diese Grundsubstanz der schlechten Matrix beschrieben: Torahlosigkeit. Und deine Nähe bzw. Entfernung zur Torah bestimmt, wo du dich befindest", staunte Nicholas. „Das muss man sich mal auf der Zunge zergehen lassen. Du bist genial, Aviad!"

Aviad musste grinsen: „Das war ja nicht meine Erkenntnis. Matitjahu hat es brillant formuliert. ‚Weil die Torah ihnen immer ferner rückt.'"

„Du, Aviad, mit der *Matrix des Messias* können wir den falschen von dem richtigen Messias unterscheiden."

„Ja, genau, denn das Unterscheidungsmerkmal ist weder die Salbung noch sind es irgendwelche besondere Gaben, wie etwa Prophetie oder die Gabe, Wunder oder Wundertaten zu vollbringen. Das ist uns Juden sowieso klar."

Gewichtig ergänzte Nicholas: „Die Kenntnis der Matrix bewahrt uns davor, zum Narren gehalten oder verführt zu werden."

„Ja, aber ich befürchte, dass schon viele verführt worden sind. Erkennst du, wie wichtig unser Film sein wird?"

„Ungemein wichtig. Wir haben eine Aufgabe, zu der wir berufen worden sind. Dieser Film wird vielen die Augen öffnen."

„Ja, aber er wird auch viele Gegner auf den Plan rufen und Wellen des Hasses auslösen."

„Aber die Kenntnis der Matrix wird lebenswichtig sein zu jener Zeit, wie Matitjahu schreibt."

Nicholas las dann den Vers 21 laut vor: „,Denn dann wird sein eine Not, schlimmer, als es je gewesen ist von Anbeginn der Welt bis jetzt, und es wird nie wieder etwas Ähnliches sein!'"

„Und dann heißt es, wenn es zu der Zeit, die so charakterisiert worden ist, heißen wird, hier ist der Messias, so lasst euch nicht verführen. Denn es werden genau dann in dieser schlimmsten Zeit seit Menschengedenken Gesalbte aufstehen, die durch große Zeichen, Wunder und prophetische Worte Hilfe anbieten. Sie haben ein Ziel, warnt Matitjahu: Die Auserwählten zu verführen."

Aviad machte eine lange Pause. Es war still in dem kleinen Raum. Jeder hing seinen Gedanken nach. Der Wind, der Ruach HaKodesch, brütete über ihnen, so wie dieser zu Beginn der Schöpfungsgeschichte über den Wassern gebrütet hatte. Das hebräische Wort für über dem Wasser schweben ist *rachaf* und bedeutet glucken, so wie eine Henne über ihren Küken gluckt.

„Die Endzeit wird eine Zeit der Täuschung und des Abfalls sein. Und es wird stockdunkel sein. Dies hat schon der Prophet Jescha'jahu vorausgesagt. Hör dir das an, Nicholas. Schlag mit mir Kapitel 60, Vers 2 auf: ‚Denn siehe, Finsternis bedeckt die Erde und Dunkel die Völker.' Es wird Tag und Nacht zur gleichen Zeit sein, wie Jescha'jahu 21,12 bezeugt: ‚Der Wächter sagt: Der Morgen ist gekommen und ist doch noch Nacht'.

„Das wird so kommen, Aviad, aber wir werden nicht überrascht sein. Ich zitiere aus dem Brief der Thessalonicher: ‚Ihr aber, Brüder, seid nicht im Finstern, so dass der Tag euch überraschen könnte wie ein Dieb, denn ihr alle gehört zum Licht, gehört zum Tag. Wir gehören nicht zur Nacht noch zur Finsternis.' Also, wir werden nicht in der Finsternis sein!"

„Im Gegenteil. Und unser Film wird mit seiner Botschaft ein helles Licht sein. Gerade in dieser Zeit wird die Herrlichkeit YHWHs mitten in der tiefsten Dunkelheit sichtbar sein."

„Ja! Und so wie ich das bis jetzt verstanden habe, Aviad, wird diese Endzeit eine Zeit der Wiederherstellung sein, damit wir durch diese Wiederherstellung ein helleres Licht gewinnen. Unser Licht in Y'shua wird dadurch an Intensität zunehmen.

Jetzt zitiere ich aus deinem Propheten: ‚Aber über dir strahlt YHWH auf, und seine Herrlichkeit erscheint über dir.'"

„Ja", so fuhr Aviad fort, „Jescha'jahu prophezeit, dass das Volk, das im Dunkeln lebt, ein großes Licht sieht. ‚Die im Land der Finsternis wohnen, Licht leuchtet über ihnen.'"

Aviad und Nicholas sahen sich an. Mit einem Mal verstanden beide, wie tief der Geist Adonais in ihnen neue Gedankengänge entfacht hatte. Sie spürten, wie sie immer mehr eins wurden. Der Geist YHWHs benutzte sie als ein Gefäß.

Aviad fasste zusammen: „Je intensiver die Dunkelheit ist, Nicholas, desto intensiveres Licht brauchen wir auch. Wenn die Dämmerung hereinbricht, kann man sich durch die Helligkeit, die da ist, zurechtfinden. Aber in stockdunkler Nacht braucht man eine zusätzliche Hilfsquelle. Und so ist die Wiederherstellung, die Y'shua in Matitjahu 17 ankündigt – ‚Elijahu kommt und wird alle Dinge zurechtbringen' –, diese zusätzliche Hilfsquelle, die intensiveres Licht erzeugt. In dem Maße, wie wir uns mit der Wiederherstellung beschäftigen, gewinnen wir an Licht."

„Die Frage, Aviad, die mich und sicherlich viele andere beschäftigt, ist: Wie werden wir in der Zeit der größten Bedrängnis, wo wir verzweifelt nach Hilfe suchen werden, nicht in die Hände der falschen Messiasse fallen?"

„Mir fällt dazu ein, Nicholas, dass man in der Zeit der Bedrängnis schon fest stehen und klar sehen muss. Da braucht man eine absolute innere Sicherheit, ein Wissen im Geist, wer der richtige und der falsche Messias ist. Man muss die Matrix des richtigen Messias schon vorher kennen, als Identifizierungsmaßstab, wenn es darauf ankommt. Die Zeichen und Wunder der Verführung werden so gewaltig sein, dass viele definitiv verführt werden. Matitjahu versichert es uns: ‚und viele falsche Propheten werden aufstehen und werden viele verführen'."

„Übrigens bestätigt Paulus oder Scha'ul, wie du ihn nennst, dass die Entfernung zur Torah ein aussagekräftiger Maßstab über den Abfall und die Verführung ist: ‚Denn der Tag (das Kommen) unseres Herrn wird erst dann kommen, wenn der

Abfall gekommen ist und der Mensch, der sich selbst von der Torah entfernt hat, offenbart wurde, der, der für den Untergang bestimmt ist."

„Wow, das schreibt ausgerechnet euer Paulus! Ich kann kaum glauben, dass ihr Christen von ihm sagt, er habe gegen die Torah gelehrt. Und ich schäme mich dafür, dass ich früher genauso über Y'shua, unseren Messias, gedacht habe", fügte Aviad kleinlaut an.

„Die Wiederherstellung", nahm Nicholas den Faden wieder auf, „betrifft dich und mich. Sie betrifft die Juden und die Gläubigen aus den Nationen."

„Ja, das stimmt. Wir als Juden brauchen die Offenbarung, dass Y'shua der Messias ist. Und ihr braucht eine Erkenntnis und Offenbarung darüber, dass die Torah niemals aufgehoben wurde!"

„Aviad, ich möchte Y'shua in der Torah finden. Das ist mein großer Herzenswunsch. Aber lass uns jetzt bitte eine Pause machen. Ich brauche dringend Frischluft und etwas zum Essen."

Aviad lachte. „Ist in Ordnung. Ich habe auch Hunger."

Dieses Mal nahm Aviad Nicholas mit nach Mea Schearim. Seine Frau Rahel war mittlerweile aus Amerika nachgekommen. Ihnen war es beiden nach einem langen Papierkrieg und vielen Behördengängen gelungen, Alijah zu machen. Seine älteste Tochter stand auch kurz davor, nach Israel zu ziehen. Nicholas war erstaunt, weil er von dieser Einwanderungsphase der Familie wenig mitbekommen hatte. Aviad hatte nur einmal am Rande von den vielen Hürden gesprochen, die seine Familie zu nehmen hatte.

Nach dem üppigen Essen zogen sich die beiden Männer in Aviads Arbeitszimmer zurück. Nicholas liebte dieses Zimmer. Im Grunde genommen war es eine kleine Bibliothek. Sie spiegelte Aviads waches Interesse für die jüdische Geschichte wieder. Aber es gab auch gängige Kommentar- und Nachschlagewerke und eine Sammlung aus Belletristik jüdischer Autoren und Autorinnen. Die Mehrzahl des Bestandes waren hebräisch geschriebene Werke, aber ein Teil war auch in jiddischer und englischer Sprache verfasst. Das Herzstück des Arbeitszimmers bildete ein hübsch geschmückter Kasten, in dem die Torahrollen aufbewahrt wurden. Dieser Kasten war ein ganz besonderer Kasten, der von einer sehr bekannten talentierten israelischen Künstlerin, Zehava Benyamin, angefertigt worden war. Trotz der Tatsache, dass sie keine praktizierende Jüdin und eine Frau ist, bekommt sie von Rabbinern und Gemeindevorstehern immer wieder Aufträge, den Aharon HaKodesch des Beit Midrasch, dem Studierhaus, und der Synagoge auszuschmücken. Aviad war sehr stolz darauf, dass er den Kasten für die Torahrollen von ihr hatte anfertigen lassen.

„Nicholas, ehe wir weiterarbeiten, fasse ich das erste Ergebnis unserer Recherche nochmals zusammen. Ich schreibe das direkt in meinem OneNote-Programm mit: Durch die Warnungen Matitjahus und Scha'uls haben wir verschiedene Begriffe der Matrix des wahren Messias gewonnen: Irrtum, Täuschung, Torah, Ausharren bis zum Ende, Gute Nachricht über das Reich, Erwählte, Narren, falsche Propheten, Sohn des Menschen, Abfall und Untergang. Die Matrix des richtigen Messias enthält also Aussagen über Irrtum und Täuschung, über die Gute Nachricht über sein Reich, über die Auserwählten und Narren und über die Torah. Bei dieser Aufzählung finden wir ein Schlüsselwort, nämlich *Torah*, das wir nur in der Matrix des richtigen Messias finden werden. Denn in der Matrix der falschen Christusse ist sie so ferne gerückt, dass von ihr gar nicht mehr die Rede sein wird: Denn, so Matitjahu, ‚zu der Zeit werden viele in den Irrtum verfallen, einander zu verraten und zu hassen, viele falsche Propheten werden auftreten und viele Menschen täuschen; und die Liebe vieler Menschen wird erkalten, weil die Torah ihnen immer ferner rückt'."

„Und wie geht es jetzt weiter, Aviad? Da ist so eine Fülle an Materialien. Was ist der nächste Schritt? Ich bin inzwischen beim sechsten Kapitel unserer Rahmengeschichte angelangt: Die Straße nach Amma-us. Ich lasse dir die ersten fünf Kapitel da."

„Es wird mir ein Vergnügen sein, sie zu lesen. Ich bin schon sehr gespannt. Weißt du, worüber ich heute mit dir sprechen wollte?"

„Nein, woher auch?"

„Wir sollten uns unbedingt parallel zu unseren Recherchen und zu deinen Aufzeichnungen Gedanken über die Filmdarsteller, Produzenten und den Regisseur machen."

„Jetzt schon? Ist das nicht zu früh? Die wollen doch bestimmt die fertige Filmstory sehen."

„Nein, wir werden diese an der Stoffentwicklung beteiligen. Auf diese Weise können sie sich jetzt schon Gedanken machen, wie die praktische Umsetzung aussehen kann und weitere Leute beauftragen, die an der Realisierung des Films beteiligt sein werden: Kameraleute, Szenen-, Kostüm- und Maskenbildner und viele andere mehr. Ich habe verschiedene Kontakte und nehme das in Angriff. Bist du einverstanden, Nicholas?"

„Ja, auf jeden Fall." Nicholas war sichtlich erleichtert, dass Aviad ihn nicht mit diesem Part beauftragt hatte.

„Hast du so laut geseufzt?"

Nicholas blieb ihm eine Antwort schuldig.

Aviad schenkte ihm ein breites, fröhliches Lächeln.

2 ALISAH

„Tu mir bitte einen Gefallen, Nicholas, und sag jetzt bitte nicht, dass du gehen möchtest. Ich kann an deinen Augen ablesen, dass es dir zu viel ist", entschlüpfte es Aviad mitfühlend. Nicholas war gerührt, dass Aviad so verständnisvoll reagierte. „Ich muss heute noch nach Tel Aviv, um meine Tochter Alisah vom Flughafen abzuholen. Möchtest du mich nicht begleiten?"

Wie oft hatte Aviad ihm schon geholfen! Er konnte ihm unmöglich diese Bitte abschlagen, auch wenn er lieber Livana angerufen und sich mit ihr verabredet hätte. Wie lange hatte er sie schon nicht mehr gesehen? Viel zu lange, empfand er. Er sandte ihr schnell eine SMS: „Hast du morgen Zeit? Ich sterbe vor Sehnsucht nach dir." Dann begleitete er Aviad zum Sherut-Taxi und beide fuhren nach Tel Aviv. Die Dämmerung war bereits angebrochen, und ohne den Lärm und Trubel des Tages strahlte die Altstadt eine besondere Atmosphäre aus. Nicholas versuchte, das Lichtermeer der Stadt in sich aufzunehmen und Eindrücke für seinen Drehbuchteil festzuhalten. Die fast mystische Atmosphäre dieser sonst so gebeutelten Stadt müssen wir im Film einfangen, dachte er bei sich. Er hörte, wie Aviad sich mit dem Taxifahrer unterhielt.

Am Flughafen war Nicholas sehr schweigsam.

„Weißt du was, Nicholas, setze dich doch da drüben ins Café. Ich warte am Gate auf Alisah. Wenn sie da ist, holen wir dich im Café ab und fahren zurück nach Jerusalem."

„Gerne, wie du meinst." Und schon war Nicholas ins Café entschwunden. Hatte Livana geantwortet? Nichts. Wo konnte sie nur sein? So lange war sie mit einer Reisegruppe noch nie unterwegs gewesen. Ob ihr etwas passiert war oder sie vielleicht sogar krank war? Nicholas ärgerte sich jetzt fast ein wenig, dass er in Tel Aviv war. Er schickte eine weitere SMS an Livana: „Wo bist du bloß? Warum meldest du dich nicht? Ich mache mir ernsthaft Sorgen. I miss you."

Als Nicholas aufschaute, sah er Aviad mit einer jungen Dame auf sich zukommen. Sie begrüßte ihn herzlich. Nicholas war völlig perplex. Er hatte sie nie zuvor gesehen. Sie trug ein schlichtes, langes Kleid, war also eigentlich in keinster Weise aufreizend gekleidet, und doch erschien sie ihm so wunderschön und anziehend, wie er es selten erlebt hatte. Hatte er jemals eine so schöne Frau gesehen? Waren ihre Augen grün, braun oder grau? Er nahm nur das geheimnisvolle Leuchten in ihnen wahr und hatte den Eindruck, in ihrem Blick zu versinken. Nicholas war ganz benommen. Aviad legte sanft seine Hand auf Nicholas Arm und bewegte ihn zum Weitergehen.

Er hörte Alisah mit Aviad auf Hebräisch plaudern. Ihre Stimme klang melodisch. Nicholas musste an Aviads Frau, Alisahs Mutter, denken. Die Ähnlichkeit war verblüffend. Beide hatten eine natürliche innere und äußere Schönheit. Er konnte besser als jemals zuvor verstehen, dass Aviad seine Frau immer noch über alles liebte. Wie anmutig Alisah sich an der Seite Aviads bewegte. Nicholas bemühte sich, sie nicht anzuschauen. Wie kunstvoll sie ihre langen dunklen Haare geflochten und unter einem kecken Hütchen platziert hatte. Alisahs Warmherzigkeit und Fröhlichkeit faszinierten ihn. Er fühlte sich leicht und beschwingt neben ihr. Aviad war so in dem Gespräch mit seiner Tochter vertieft, dass er Nicholas völlig vergessen hatte. Als sie nach Jerusalem zurückgekehrt waren, ließ Aviad Nicholas vor seiner Haustür aussteigen und versprach ihm, dass sie bald weiter an ihrem Drehbuch schreiben würden. Nicholas drückte Alisahs Hand ganz sanft zum Abschied. Als er im Bett lag, konnte er kaum einschlafen. Warum nur war er so aufgewühlt? Was hatte Aviads Tochter an sich, das ihn so in den Bann zog? Sie war doch nicht die erste schöne Frau, die ihm über den Weg lief! Ja, er kannte die Welt da draußen auch etwas zu gut, sein Leben vor Israel, mit dem Gemeindeleben auf der einen und vor allem den Parties auf der anderen Seite. Wie viele nette, hübsche und attraktive Frauen hatte er schon kennengelernt? Doch Alisah erschien ihm auf ihre eigene Art völlig atemberaubend, sowohl äußerlich als auch innerlich. Nicholas fragte sich, ob er nicht völlig verrückt geworden war. Außerdem: Sie war Aviads Tochter, eine Jüdin. Diese neue Konstellation konnte ja heiter werden. Er atmete tief durch. Hatte sie ihm nicht zugelächelt zum Abschied? Ganz sanft drückte er seine Bettdecke an sich.

3 EIN MIKRE

Nicholas musste an den hebräischen Ausdruck „ein Mikre“ denken, was so viel bedeutet wie: Es gibt keinen Zufall! Auf Englisch würde man sagen „not by accident“. Es kann kein Zufall sein, dass Alisah gerade jetzt in Jerusalem angekommen war. Aber wie sollte alles weitergehen? Das Drehbuch schreiben, die gemeinsamen Verabredungen mit Aviad und mittendrin Alisah. Er könnte sie gar nicht wiedersehen, ohne dass Aviad dabei wäre. Aviad wäre nie und nimmer damit einverstanden, dass er um Alisah warb. Seine argwöhnischen Blicke, sobald es darum ging, dass er noch nicht verheiratet war, waren gut in Nicholas Gedächtnis abgespeichert. Außerdem war Aviad darüber informiert, dass er sich ab und an mit Livana traf. Ein Mikre! Es gibt einfach keine Zufälle. Das sagen selbst die Juden … Es konnte ihm jetzt nur einer helfen, und das war Y'schua. Er bat Y'schua inständig, dass er einen Weg bahnen möge, dass er Alisah wiedersehen konnte. Er wollte sie so gerne besser kennenlernen. Dann fügte er seinem Gebet kleinlaut hinzu, sofern es auch Y'schuas Wille war. Nicholas hatte es zum ersten Mal satt, sein Leben selbst in die Hand zu nehmen und ebenso seine Unverbindlichkeit in Bezug auf Frauen. Hatte er nicht schon genug Livana-Geschichten hinter sich und hatte er nicht vermutlich etliche Frauen dabei tief verletzt? Er tat Buße darüber und fiel endlich in einen unruhigen Schlaf.

An diesem Morgen hatte Nicholas überhaupt keine Lust, an der Rahmenhandlung zum Drehbuch weiterzuschreiben. Er war plötzlich, „ein Mikre“, zur Hauptperson der Nebengeschichte avanciert. So kam es ihm zumindest vor. Spätestens in einer halben Stunde würde Aviad Sturm klingen, wie immer. Und so war es auch. Er musste sich seiner Arbeit widmen, ob er wollte oder nicht. Die frisch duftenden Brötchen, die Aviad mitbrachte, steigerten seine Motivation auch nicht besonders. Aviad wollte wie immer voller Tatendrang an die gemeinsamen Recherchen gehen. Es fiel ihm nicht einmal auf, dass Nicholas heute sehr einsilbig war. Aviad stellte ihm verschiedene Leute vor, die im Film mitspielen sollten. Namen, die Nicholas mit keinen Gesichtern verbinden konnte. Er hörte nur halbherzig zu, bis Aviad sagte: „Nicholas, was hältst du davon, dass Alisah eine Rolle im Film bekommt? Sie ist extra deswegen aus der Schweiz angereist, um die Geschichte des Drehbuchs, soweit wir sie schon fertig haben, zu lesen und mitzugestalten."

„Alisah", Nicholas zuckte innerlich zusammen. „Alisah?"

„Ja, ich meine Alisah. Bist du dagegen?"

„Nein, nein", beeilte sich Nicholas zu sagen. „Das ist eine ausgezeichnete Idee."

„Hast du heute Nacht schlecht geschlafen oder bist du krank?"

„Nein, es ist alles in bester Ordnung", entgegnete Nicholas bestimmt. „Es ist wirklich alles in bester Ordnung."

Aviad konnte das Verhalten von Nicholas an diesem Morgen nicht einordnen. Er beschloss, Nicholas im Auge zu behalten und nun einfach zur Tagesordnung überzugehen. Irgendetwas stimmte doch nicht mit ihm. Aviad fuhr seinen Laptop hoch, um Nicholas voller Begeisterung seine neuesten Überlegungen mitzuteilen: „Hör dir das an. Zu Beginn der Matrix, ehe wir überhaupt etwas anderes zeigen, muss der Satz *Bereschit bara Elohim et haSchamajim v'et haAretz* stehen." Nicholas erinnerte sich an seine Hebräischstunden in New York und war froh, dass er nicht nachfragen musste. Aviad fuhr fort: „Denn dieser Satz ist der wichtigste Satz überhaupt!"

„Wieso denn?"

„Weil schon der Umgang mit diesem ersten Satz der Bibel darüber entscheidet, in welcher Matrix man landet. Schau, wenn du glaubst, dass Elohim Himmel und Erde geschaffen hat, dann glaubst du auch, was danach über ihn ausgesagt wird. Wenn du das nicht annehmen willst, weichst du schon von Anbeginn an von der Matrix ab."

„Leuchtet ein."

„Und das Wort *Bereschit* heißt nicht nur ‚am Anfang', sondern da steckt so viel mehr drin. Der ganze Satz führt direkt zum Messias hin."

Wie aus dem Nichts fragte Nicholas plötzlich: „Sag mal, Aviad, was für eine Rolle soll denn Alisah im Film spielen?"

Das brachte Aviad völlig aus dem Konzept. Er musterte Nicholas eingehend. „Wie kommst du denn jetzt auf Alisah? Wir sind doch gerade beim Herausarbeiten, wo sich der Messias im ersten Satz der Torah verbirgt. Welche Rolle Alisah im Film spielen soll? Eine durchaus berechtigte Frage. Du schreibst doch die Nebenhandlung zum Film. Lass dir mal was einfallen."

Das ist ja grandios, dachte Nicholas. Wie soll ich denn mit dieser Doppelrolle umgehen? Einen Part für Alisah im Film schreiben und das als emotional Betroffener. Wenn Aviad sich über die Konsequenzen klarer wäre, hätte er Alisah bestimmt gleich wieder zurück in die Schweiz geschickt. Es rutschte Nicholas ein „ein Mikre" aus dem Mund, womit Aviad just in diesem Moment nichts anfangen konnte.

„Ich bin davon überzeugt, dass das erste Wort eigentlich ‚in einem Anfang' heißt und nicht ‚am Anfang', wie es immer übersetzt worden ist."

„Willst du damit sagen, dass es möglicherweise mehrere Anfänge gegeben haben könnte?"

„Ja. Wenn es wirklich heißen würde, am Anfang, also ein konkreter Anfang, würde das erste Wort mit einem Qamatz unter dem Bet sein und es würde dann Bareschit ausgesprochen werden. Das Qamatz dient als bestimmter Artikel. Es gibt ja im Tenach keine Vokalzeichen, aber was traditionsgemäß weitergegeben worden ist, ist die Aussprache von *Bereschit,* was eben den unbestimmten Artikel verkörpert. Schon im 11. Jahrhundert hat Rashi auf dieses Problem aufmerksam gemacht. Eine naheliegende Schlussfolgerung wäre, dass der Schöpfungsbericht von einer möglichen Schöpfung unter vielen spricht. Wenn es mehrere Schöpfungen gegeben hätte, könnte man vieles erklären. Aber das nur nebenbei."

„Hochinteressant", räumte Nicholas ein. Er ahnte, dass vieles, was er gelehrt worden war und was er als Erkenntnis verinnerlicht hatte, durch die gemeinsamen Recherchen über den Haufen geworfen würde.

„Das Spannendste kommt jetzt, Nicholas. Die gesamte Botschaft der Matrix ‚von der Schöpfung bis zum Pfahl' ist im ersten Vers von Bereschit enthalten."

„Übertreibst du jetzt nicht ein bisschen? Das klingt mir doch sehr weit hergeholt." Nicholas starrte auf seine deutsche Übersetzung von 1. Mose 1,1 und war etwas ratlos.

„Pass mal auf. Du wirst gleich deine Meinung revidieren. Um das große Ganze des ersten Verses zu verstehen, musst du wissen, dass jeder einzelne hebräische Buchstabe eine bildhafte Bedeutung, einen Zahlenwert hat und eine Zahl darstellt. Somit ist jedes einzelne Wort durch die Konzeption der hebräischen Sprache ein Träger mehrerer Bedeutungen. Und das Hebräische wird durch eine Bildsprache verkörpert. Der erste Satz hat genau sieben Worte. Zähl mal nach, stimmt's?"

„Ja, richtig, sieben Worte. Und was bedeutet dies?"

„Die Zahl sieben steht für die Vollständigkeit von HaSchem. Und so vollständig ist der Satz selbst." Aviad schrieb den ersten Satz auf einen Zettel und schob diesen Nicholas hin:

Bereschit bara Elohim et haSchamajim v'et haAretz.

„Zähl mal mit. An der vierten Stelle steht *et,* also die beiden Buchstaben Alef und Tav des hebräischen Alphabets. Normalerweise wird das *et,* also das Alef und das Tav, nicht mit übersetzt. Es steht als Hinweis für ein direktes Objekt und zeigt ein Akkusativobjekt an. In Jescha'jahu 41,4 bezeichnet sich YHWH als der Erste und der Letzte. Ebenso in Kapitel 44, Vers 6: ‚Ich bin der Erste, und ich bin der Letzte, und außer mir kein Elohim ist'. Und Y'shua bezeichnet sich, wie du im Buch der Offenbarung 22,13 nachlesen kannst, als das Alpha und das

Omega. Nur war Y'shua Jude. Also sprach er sicherlich nicht Griechisch, sondern sagte, er sei das Alef und das Tav. Hier ist die Verbindung zum Alef und Tav im ersten Satz. Das Alef und Tav steht nicht zufällig da, sondern ist ein Hinweisschild auf denjenigen, der das Alef-Tav ist, auf den Sohn Elohims."

„Das ist unglaublich. Mach weiter, Aviad."

„Das Alef-Tav steht an vierter Stelle im ersten Satz. Auch das ist kein Zufall. Was wurde nach dem Schöpfungsbericht am vierten Tag erschaffen?"

„Die Sonne und der Mond. Was für einen Zusammenhang siehst du da?"

„Langsam. Lass uns mal in Mal'achi 4,2 nachlesen: ‚Euch aber, die ihr meinen Namen fürchtet, soll aufgehen die Sonne der Gerechtigkeit und Heil unter ihren Flügeln.' Hier findet sich die Verbindung: Der Sohn wird als Sonne der Gerechtigkeit bezeichnet. Aber es geht noch weiter."

Aviad wies erneut auf den Zettel hin: *Bereschit bara Elohim et haSchamajim v'et haAretz.*

„Direkt nach dem Wort Alef-Tav haben wir haSchamajim. Also die Himmel. Es bedeutet: Elohim und Alef-Tav, Y'shua, erschufen die Himmel. Hast du gewusst, dass wir im Hebräischen sechs Worte für Himmel haben?"

„Was? Sechs Worte?", erwiderte Nicholas erstaunt.

„Hier im Vers ist das sechste Wort dem Alef-Tav ähnlich, aber davor steht noch ein weiterer Buchstabe, das Wav. Das Wav stellt eine Konjunktion, eine Verbindung dar.

Bereschit bara Elohim et haSchamajim v'et haAretz.

Und wer wurde am sechsten Tag erschaffen? Der Mensch. Der paleohebräische Buchstabe, der im Alphabet an sechster Stelle steht, ist ein Wav und stellt in seiner bildhaften Sprache einen Nagel dar.

Das *sechste Wort* beginnt mit dem *sechsten Buchstaben* und am *sechsten Tag* wurde der Mensch erschaffen. Dreimal die Zahl sechs. YHWH kannte die Zahl des Tieres lange, ehe das Buch der Offenbarung geschrieben worden ist. Erkennst du die Notwendigkeit eines Retters?

Wir kommen zu folgender Aussage

In einem Anfang

schuf (Verb im Singular)

die Pluralität der Gottheit (Elohim ist ein Pluralwort) – Y'shua

die Himmel

und die Erde.

Elohim verband Himmel und Erde durch den Kreuzestod seines Sohnes Y'shua, symbolisch durch das Zeichen des Nagels, das Wav, ausgedrückt.

Und lies jetzt mal Offenbarung 13,8 und erkenne ganz neu den Sinnzusammenhang, wenn es heißt, dass das Lamm schon vor Grundlegung der Welt geschlachtet worden ist. Das heißt, dass Y'shua schon der Erretter der Welt war vor Grundlegung der Welt, auch wenn er noch nicht im physischen Sinn an den Pfahl gegangen war."

Aviad machte eine Pause.

Nicholas war überwältigt. „Ist es dann nicht so, dass YHWH einen Schlüssel in den ersten Satz der Bibel versteckt hat? Wenn man diesen Schlüssel entdeckt, kommt alles an seinen richtigen Platz."

„Wie meinst du das, Nicholas?"

„Schau, wenn Alef-Tav, also Y'shua, die Welt erschaffen hat und von Anfang an mit auf dem Plan war, liest sich der Tenach völlig anders. Dann ist er als das Lamm, das schon vor Grundlegung der Welt geschlachtet worden war, mit seiner Erlösung schon immer da gewesen, auch in der Torah. Außerdem müssen dann die Christen anerkennen, dass die Gnade schon immer da war."

„Ja, dieser erste Satz rückt die Schieflage, die falschen Einstellungen beiderseits, zurecht. Y'shua, der Messias, ist schon immer da gewesen. Und in der Torah ist ganz konkret von ihm die Rede. Wir können nicht mehr sagen, wir warten auf Y'shua, den Messias. Und die Christen können nicht mehr behaupten, dass die Torah nicht mehr gilt. Sonst radieren sie den ersten Satz aus, der die ganze Botschaft von der Schöpfung der Welt bis hin zum Pfahl enthält."

„Wunderbar, die beiden Häuser rücken zusammen."

„Wir werden in der Filmeinstellung an dieser Stelle die beiden verschiedenen Matrixformen aufzeigen sowie den Schlüssel zur Matrix des Messias."

„Ja, Aviad, das ist wunderbar! Aber jetzt einmal was anderes. Kannst du mir bitte sagen, welche Rolle Alisah in dem Film spielen könnte?"

Aviad wunderte sich über die Hartnäckigkeit, mit der Nicholas an der Frage dran blieb. „Das wird sich entwickeln. Denk dir gerne was aus. Du schreibst schließlich die Nebenhandlung."

Nicholas war ratlos. Er hatte auch das dumpfe Gefühl, ja, die Hoffnung, dass sich der Ablauf der Nebenhandlung weiter entwickeln müsste. Nur ganz anders, als Aviad das jetzt gemeint hatte. Aber wie, das war die große Frage.

„Ivan Panin hat eine erstaunliche Untersuchung gemacht. Er hat den ersten Satz des Tenach untersucht und ein unglaubliches Phänomen entdeckt. Die Zahl Sieben und ein Vielfaches von ihr kommen in einer so großen Häufung vor, dass man nicht mehr von „by accident" sprechen kann. Ein Mikre, kann ich nur sagen. Hier ist noch einmal unser Satz mit Umschrift, damit du mir gut folgen kannst. Natürlich geht es Ivan Panin um die hebräischen Buchstaben. Hier sind die meisten Vokalzeichen ja nur unterhalb der Buchstaben als Punkte und Striche markiert. Das zählt dann nicht als eigener Buchstabe.

בְּרֵאשִׁית – Bereschit

בָּרָא – bara

אֱלֹהִים – Elohim

אֵת – et

הַשָּׁמַיִם – haSchamajim

וְאֵת – v'et

הָאָרֶץ – haAretz.

Folgendes hat Panin herausgefunden:

1. Die Anzahl der hebräischen Worte ist 7.
2. Die Anzahl der Buchstaben beläuft sich auf 28 (7x4 = 28).

3. Die ersten drei hebräischen Worte ‚in einem Anfang schuf Elohim' haben 14 hebräische Buchstaben (7x2 = 14).
4. Die letzten vier hebräischen Worte *et haSchamaim v'et haAretz* haben ebenfalls 14 Buchstaben (7x2).
5. Das vierte und fünfte Wort zusammen ergibt sieben Buchstaben.
6. Das sechste und siebte Wort zusammen haben sieben Buchstaben.
7. Die drei Schlüsselwörter *elohim, haSchamaim* und *haAretz* haben auch zusammen 14 Buchstaben (7x2).
8. Die Anzahl der Buchstaben der vier verbleibenden Worte ist auch 14 (7x2).
9. Addiert man die hebräischen Zahlenwerte des ersten und letzten Buchstabens aller sieben Worte, erhält man 1393. Beim ersten Wort *Bereschit* addiert man also beispielsweise die Zahlenwerte von Bet und Tav, 2 plus 400. So wird mit allen Wörtern fortgefahren und dann kommt 1393 als Summe heraus. 1393 ist wiederum ein Vielfaches von 7 (7x199 = 1393).

Auch durch andere Kombinationen lassen sich noch vielerlei weitere Vielfache der Zahl 7 finden! Und jetzt hör dir das an. Als man Professoren der Mathematischen Fakultät der Harvard Universität dieses biblische Phänomen vorgelegt hat, haben sie versucht, die Bedeutung als Beweis göttlicher Urheberschaft zu widerlegen. Trotz wiederholter Versuche gelang es den Professoren nicht, dieses unglaubliche mathematische Phänomen zu duplizieren. Die Wissenschaftler bedienten sich dabei der englischen Sprache und ordneten ihr für ihre Versuche künstliche Zahlenwerte zu. Sie hatten für ihre Versuche über 400.000 englische Worte zur Verfügung. Es gelang ihnen nicht, 30 mathematische Vielfache von 7 zu bilden."

„Ich bin sehr beeindruckt, um nicht zu sagen sprachlos. Ohne dich als Juden könnte ich diese Zusammenhänge niemals entdecken."

„Deine Bescheidenheit ehrt dich. Weißt du, dass du mit dieser Aussage eine alte Prophetie Secharjas erfüllst?"

„Nein. Was hat Sacharja denn vorausgesagt?“

„‚Zu der Zeit werden zehn Männer aus allen Sprachen der Heiden einen jüdischen Mann beim Zipfel seines Gewandes ergreifen und sagen: Wir wollen mit euch gehen, denn wir hören, dass YHWH mit euch ist.‘“

„Dann bin ich gespannt auf die anderen neun, die bald an dem Zipfel deines Gewandes hängen werden.“

Aviad musste lachen. Er schlug Nicholas vor, dass sie auswärts essen gehen sollten. Sie machten sich auf. Zu Nicholas großer Überraschung warteten Aviads Frau und Alisah schon auf sie. Rahel und Alisah sahen sich sehr ähnlich und waren beide wunderschön. Alisah trug einen schlichten langen schwarzen Rock und eine unauffällige schwarze Seidenbluse. Die schlichte Kombination sah eher wie ein Maxikleid aus und unterstrich ihre Figur. Sie trug eine orangefarbene Tasche im Step-Look zu ihrem dunklen Outfit. Ein echter Hingucker. Ihr dunkles langes Haar war dieses Mal lässig zu einem seitlich getragenen Zopf geflochten. Ihre Augen waren dezent, aber doch edel schimmernd geschminkt. Sie begrüßte ihn liebevoll mit einem „Schalom, Nicholas“, wobei sie das *a* lang zog, was ein wenig fremdländisch klang. Ihr Lächeln machte ihn verlegen. Er fühlte sich unsicher. Es war ihm noch nicht passiert, dass ihn eine Frau in Verlegenheit gebracht hatte.

Zu seinem Erstaunen erfuhr er an diesem Abend, dass insbesondere das osteuropäische Judentum die Frau niemals „ins Haus“ verwiesen hatte, sondern ihr im Gegenteil ausdrücklich den „Marktplatz“ als Wirkungsbereich zugeordnet hat. Die idealtypischen Persönlichkeitsmerkmale Tatkraft, Selbständigkeit und Durchsetzungsfähigkeit, die die Kultur des Ostjudentums von Frauen erwartete, befähigten besonders die Ostjüdinnen, sich Zugang zur Universität zu verschaffen. Alisah war zwar keine Ostjüdin, aber sie hatte nun jahrelang in Luzern gewohnt und die schweizerische Talmudhochschule in Kriens besucht, weil es dort auch ein Seminar für Frauen gab. Sie hatte an der Hochschule Luzern Design und Kunst studiert und den Bachelor „Visuelle Kommunikation“ erlangt. Alisah erklärte ihm, dass sie in diesem Studiengang auch Handwerk, gestalterische Kompetenz und theoretisches Wissen in verschiedenen Bereichen der Film-Realisation erlernt hatte. „Danach habe ich auf meinen Bachelor aufgebaut. Im Masterstudium wählte ich den Schwerpunkt Major Animage, der sich an visuelle Gestalter richtet, also all jene, die sich vertieft mit visuellem Erzählen auseinandersetzen, eine persönliche Bildsprache entwickeln und ihre Kompetenzen in der Bildanwendung erweitern möchten."

„Hochinteressant", hörte sich Nicholas erwidern. Das ist ja perfekt, dachte er. Alisah könnte ihm helfen, die Rahmenhandlung zu gestalten.

„Außerdem habe ich bereits Erfahrung als technische Mitarbeitende in verschiedenen Filmproduktionssparten. Mein Vater hat mir bereits von eurem Filmprojekt erzählt. Durch bestimmte Studienschwerpunkte wie Visual Effects und praxisnahe Kenntnisse werde ich euch bei der Umsetzung der Matrix helfen. Nicholas, darf ich mir die bisherigen Manuskriptseiten einmal ansehen?"

„Natürlich, gerne. Was möchtest du damit machen?"

„Ich werde sie überarbeiten und so umschreiben, dass wir bereits eine Filmvorlage haben. Ich werde einen First Draft schreiben, wo die endgültigen Dialoge eingefügt und alle Sequenzen in Szenen aufgelöst worden sind. Dann folgt der Final Draft und der Shooting Draft. Das ist eine Wissenschaft für sich. Aber ich werde dir später zeigen, worum es geht."

Nicholas atmete durch. Alisahs Kompetenz verblüffte ihn und machte ihn einmal mehr sprachlos. Er hob sein Glas. „Ich freue mich auf unsere Zusammenarbeit." Er stieß mit Alisah, Rahel und Aviad an.

Aviad war zufrieden. Sehr sogar. Die nächste Etappe war genommen und er konnte sich in Ruhe seinen Recherchen widmen. Nicholas hingegen ging an diesem Abend mit sehr gemischten Gefühlen nach Hause. Er war bis über beide Ohren in Alisah verliebt und fühlte sich in ihrer Gegenwart unsicher. Dann saß sie ihm als Fachfrau gegenüber. War er überhaupt kompetent genug, die Vorlage für ein Drehbuch zu schreiben? Es ging ja nicht nur um irgendein Drehbuch, sondern um *Die*

Matrix des Messias. Eine Herausforderung nach der anderen. Und nicht zu vergessen, dass er Alisah in die Rahmenhandlung mit einbauen sollte. Er schickte ein tiefes Seufzen nach oben und bat inständig um Weisheit in allen Bereichen. Er drehte sich lange von einer Seite auf die andere. Endlich schlief er vor Übermüdung ein.

Am nächsten Morgen fand er eine SMS von Livana vor. Er war so dankbar, dass sie sich nicht näher gekommen waren. Er erlebte dies im Nachhinein als Bewahrung. Er ging auf ihren Vorschlag ein, mit ihr eine Runde spazieren zu gehen. Es war zwar noch früh am Morgen, aber sie musste vormittags wieder zu ihrer Reisegruppe zurück. Nicholas erzählte ihr, dass er zur Zeit sehr mit Schreibarbeiten beschäftigt sei. Sie fragte nicht weiter nach, weil sie spürte, dass er ihr keine weiteren Details sagen wollte. Für sie war das in Ordnung. Sie hatten sich längere Zeit nicht gesehen. Nicholas war froh, dass er nicht viel erklären musste. Überhaupt war das Treffen einfach nett, freundschaftlich. Livana überraschte Nicholas mit der Neuigkeit, dass sie einen Mann kennengelernt habe, in den sie sehr verliebt sei. Ein Jude, der in Israel geboren war und seitdem hier lebte. Er habe in Tel Aviv ein kleines Restaurant, direkt an der Strandpromenade. Nicholas konnte sich ehrlichen Herzens mit ihr freuen und ihr alles Gute wünschen. Livana war erleichtert. Nicholas brachte Livana bis zum David Tower in der Altstadt, wo ihre Reisegruppe bereits auf sie wartete. Sie verabschiedeten sich herzlich voneinander. Beide wussten, dass sie sich längere Zeit nicht mehr sehen würden.

Nicholas schlenderte langsam zurück zum German Quarter. In der Emek Refaim/Ecke Lloyd George sah er Aviad auf sich zukommen, bepackt mit Laptop und seinen Unterlagen. Nicholas sah einen langen arbeitsreichen Tag vor sich liegen.

4 DER SCHLÜSSEL ZUR MATRIX

Aviad war hocherfreut, ihn zu sehen. „Heute wirst du aus dem Staunen nicht mehr herauskommen. Ich bin auf Zusammenhänge gestoßen, die überwältigend sind.“

„Dann lass uns zuerst mal einen Kaffee zum Wachwerden trinken, ehe wir loslegen.“

Aviad ging in Gedanken schon seine Aufzeichnungen durch, während Nicholas Kaffee kochte und die köstlichen Eclairs auspackte, die Aviad vom Markt mitgebracht hatte. Eine ganze Schachtel voll. Er liebte dieses mit Sahne gefüllte und Schokoladencreme überzogene Gebäck. Er ließ gerade ganz genüsslich einen Liebesknochen, wie seine Mutter dieses Gebäck immer nannte, im Mund zergehen, als Aviad bereits seinen Labtop hochfuhr und voller Vorfreude eine Datei öffnete. Nicholas schaute Aviad über die Schulter. Er hatte den Dateinamen registriert: Schlüssel zur Matrix.

„Nicholas, wir machen da weiter, wo wir aufgehört haben. Ich habe Zusammenhänge gefunden, die einfach umwerfend sind. Der Schlüssel liegt immer noch in Bereschit 1,1. Erinnerst du dich, dass wir zu folgendem Ergebnis kamen:

In einem Anfang

schuf (Verb im Singular)

die Pluralität der Gottheit (Elohim ist ein Pluralwort) – Y'shua

die Himmel

und die Erde.

Elohim verband Himmel und Erde durch den Kreuzestod seines Sohnes Y'shua, symbolisch durch das Zeichen des Nagels, das Wav, ausgedrückt.

HaSchem hat in dieser Aussage noch mehr verborgen."

„Noch mehr? Kaum zu glauben. Ich bin gespannt. Leg los."

„Also, pass auf. In diesem Vers beschreibt er seinen Sohn näher. In dem Wort *bereschit* בְּרֵאשִׁית steckt das Wort *shayit* שַׁיִת, geschrieben Schin, Yud, Tav, also die letzten drei Buchstaben des Wortes *bereschit.* Und weißt du, was dieses Wort heißt?"

„Nein. Wie sollte ich!"

„Es kommt in Jescha'jahu 10,17 vor. Ich lese dir vor: ‚Und das Licht Israels wird ein Feuer sein, und sein Heiliger wird eine Flamme sein, und sie wird seine Dornen und Disteln anzünden und verzehren auf einen Tag.' Hier steht für Dornen das hebräische Wort *shayit* שַׁיִת. Der Sohn HaSchems, der alles erschuf, hat eine Krone aus Dornen. Wenn du das Schin und Yud allein nimmst, bekommst du das hebräische Wort *shay,* was Geschenk heißt. Dieses Wort kommt in Tehillim 68,30 vor: ‚um Jerusalems willen werden dir Könige Geschenke bringen'. Und das Geschenk des Sohnes ist, dass er sein Leben für uns gab.

Wenn du von *bereschit* das Bet abtrennst, kommt man zum Wort *reschit* רֵאשִׁית, was Erstlingsfrüchte heißt. Dieses Wort steht in Wajikra 23,10: ‚Sage den Israeliten und sprich zu ihnen: Wenn ihr in das Land kommt, das ich euch geben werde, und es aberntet, so sollt ihr die erste Garbe eurer Ernte zu dem Priester bringen.' Hier steht für Erstlingsgabe das Wort *reschit.* So erfahren wir über den Sohn, der eine Dornenkrone trägt, dass er die Erstlingsgabe und das Geschenk des Bundes ist. Das hebräische Wort für Bund steckt auch in *bereschit* und heißt *brit.* Ach ja, und *bar* heißt auch Korn oder Getreide. Das erscheint mir sehr wichtig. Beinahe hätte ich es vergessen zu erwähnen."

„Das ist ja unfassbar. Ich hätte nie gedacht, dass in diesem allerersten Vers so viele Details über den Sohn ausgesagt werden. Das ist genial. YHWH ist wunderbar."

„Ja, er ist wunderbar. YHWH hat in der hebräischen Sprache den ersten Satz der Heiligen Schriften mit allen wichtigen Aussagen über seinen Sohn und über seinen Plan kodiert. Und wer diesen Code versteht, liest den gesamten Tenach mit anderen Augen. Das Verständnis des ersten Satzes entscheidet darüber, ob das Herz des Tenach verstanden wird oder nicht. Es war YHWHs Plan von Anfang an, ein Haus zu bauen, mit und durch seinen Sohn, und durch ihn einen Bund aufzurichten. Einen Bund mit der Braut, um Söhne und Töchter hervorzubringen. Das hebräische Wort für Haus heißt *beit* und dieser Buchstabe Bet ist der erste Buchstabe von *bereschit*. Das Wort beit kommt im Wort *bayit* בַּיִת vor, was für Tempel gebraucht wird. In 2. Samuel 7,25 lesen wir ‚So, bekräftige nun, YHWH, Elohim, das Wort in Ewigkeit, das du über deinen Knecht und über sein Haus (bayit) geredet hast, und tu, wie du geredet hast!'

Wir können unsere Kernaussage erweitern:

In einem Anfang

schuf (Verb im Singular)

die Pluralität der Gottheit (Elohim ist ein Pluralwort) – Y'shua (der Sohn mit einer Dornenkrone, als Gabe des Bundes und als Erstlingsfrucht)

die Himmel

und die Erde (das Wav symbolisiert den Kreuzestod von Y'shua und ist eine Verbindung zwischen Himmel und Erde).

Ich bin überzeugt davon, dass noch mehr Aussagen in diesem Eröffnungssatz stehen."

„Aviad, ich bewundere dich", sagte Nicholas anerkennend und fuhr nachdenklich fort: „Wenn der Vater schon zu Beginn so deutlich von seinem Sohn spricht, muss überall im Tenach von ihm die Rede sein."

„Ja, das glaube ich auch. Und genau dies ist die Kernaussage des Tenach."

„Aviad, noch einmal eine ganz andere Überlegung. Wir müssen unbedingt die jüdische Seite der Evangelien herausarbeiten, sie sozusagen in ihrem jüdischen Kontext erläutern. Das erscheint mir extrem wichtig, auch wenn diese Idee überhaupt nicht neu ist. Ich habe eine aufregende Entdeckung gemacht. Bereits 1877 wurde durch einen Landsmann von mir, Franz Delitzsch, eine hebräische Übersetzung des Neuen Testaments veröffentlicht. 51 Jahre seines Lebens hatte er daran gearbeitet. Eines von Delitzsch' Zielen war es, den Juden das Neue Testament bekannt zu machen. Daran müssen wir in der *Matrix des Messias* anknüpfen. Der Film muss den jüdischen Kontext der Evangelien verdeutlichen."

„Ja, das ist ein ganz wichtiger Aspekt! Was hast du noch über diesen Delitzsch herausgefunden?"

„Er wurde 1813 in Leipzig geboren, als Sohn des Händlers und Tagelöhners Johann Gottfried Delitzsch. Er war das jüngste von drei Kindern und das einzige, das das frühe Säuglingsalter überlebte. Man erzählt sich folgende Geschichte über ihn. Er wurde am 4. März 1813 in der Nikolaikirche in Leipzig getauft. Ein jüdischer Freund, der Antiquar Lewy Hirsch, war angeblich sein Taufpate. Dieser soll sich hinter dem Namen Friedrich Julius Hirsch verborgen haben. Der jüdische Händler wohnte im gleichen Haus und stand der Familie Delitzsch sehr nahe. Dass Delitzsch trotz der kleinen Verhältnisse, aus denen er stammte, Schule und Universität besuchen konnte, verdankt er Lewy Hirsch, den er seinen ‚Wohltäter von Jugend an' nannte."

„Und dann, wie ging die Geschichte mit Delitzsch weiter?", fragte Aviad hochinteressiert.

„Delitzsch studierte Theologie und wurde zum außerordentlichen Professor für Altes Testament an der Universität in Leipzig berufen, später nach Rostock, Erlangen und wieder zurück nach Leipzig. Er galt als großer Kenner der rabbinischen Literatur und hatte außerordentlich gute Kenntnisse der hebräischen Sprache. Viel mehr weiß ich nicht, aber er hat wie gesagt ein Neues Testament mit jüdischen Bezügen herausgegeben."

Aviad lobte Nicholas: „Gut recherchiert. Das klingt alles sehr spannend. Du hast recht. Wir müssen die Brit Chadaschah in einen jüdischen Kontext zurückgeben, so dass meine Landsleute beim Lesen ein jüdisches Buch lesen bzw. – wenn sie den Film sehen – sofort das Jüdische daran sehen."

„Ja, wir müssen von beiden Seiten kommen. Zum Einen den Sohn in der Torah aufzeigen und zum Anderen das Neue Testament in ein neues altes Licht rücken, sodass es als jüdischer Kommentar zur Torah erkennbar wird."

„Aviad, kannst mir sagen, wie wir das bewältigen können?"

„Ich habe eine Idee!"

„Du hast immer hilfreiche Einfälle. Nur raus damit!"

„Wir werden ein Team von Spezialisten beauftragen, die verschiedene Teilgebiete übernehmen. Wir werten dann die Ergebnisse aus."

„Das wird ein Mammutprojekt! Wo fangen wir an? Wo hören wir auf?"

„Anfangen? Lass uns nochmals zum Anfang zurückgehen. Hör dir das an: ‚Und Elohim sprach: Es werde Licht! Und es ward Licht.' Im Hebräischen hört sich das so an: *Wayomer Elohim yehi or wayehi or.* Er sagte *yehi or* und was war? Natürlich *yehi or.* In der Übersetzung sieht es fast so aus, als ob Elohim zu dem Licht spricht, aber das gibt das Hebräische nicht her. Wenn Elohim nicht zu dem Licht spricht, zu wem spricht er dann? Als Elohim *yehi,* ‚es werde' sagte, hat er drei Buchstaben verwandt, nämlich Yud, He und Yud und was bedeuten diese Buchstaben? Yud und He ergeben die Kurzfassung des Namens YHWHs, Yah. In Schemot 15,2 heißt es ‚Yah ist meine Stärke und mein Lobgesang' und in Tehillim 68,5 steht ‚Er heißt Yah'. Elohim kontrolliert die Schöpfung durch drei Buchstaben, *yehi,* und benutzt so durch dieses Wort *yehi* zwei Buchstaben seines eigenen Namens. Das ist so verdichtet und du kannst das nur im hebräischen Text sehen."

„Einfach nur genial. Das kann man weder im Englischen noch im Deutschen noch in irgendeiner anderen Sprache wiedergeben."

„Die Essenz des Namens von Elohim besteht aus vier Buchstaben, nämlich YHWH, was übersetzt wird mit ‚ich werde sein, der ich sein werde'. Und in dem Wort YHWH steckt die Vergangenheits-, die Gegenwarts- und die Zukunftsform. Nicholas, kannst Du verstehen, welche Kraft in der hebräischen Sprache liegt?"

Begeistert fuhr Aviad fort: „Die Übersetzungen sind auf jeder Seite mit Fehlern gepflastert. Du findest locker fünf bis zehn Fehler pro Seite."

„Ja, ich verstehe. Beten kann man sicherlich in jeder Sprache zu Elohim, aber die hebräischen Worte sind in sich Kraftpakete."

Aviad musste lachen. „Kraftpakete, kein schlechter Ausdruck. Zumal ein Paket etwas enthält und das ist mit den hebräischen Worten auch so. Ein einziges Wort transportiert viele verschiedene Bedeutungen. Ein weiteres Beispiel. Wenn du sagst, du betest zu Elohim, meinst du damit, dass du zu oder mit ihm sprichst. Aber im Hebräischen steckt das Wort *nazar* darin und es bedeutet hochheben. Das heißt, wenn du betest, hebst du deine Gebete empor. Übrigens heißt das Wort *nazar* auch heiraten und bedeutet seine Frau emporheben, sie zu lieben und für sie zu sorgen."

„Alisah!", schoss es Nicholas durch den Kopf. Er sah sie vor sich, voller Leben und Freude. Wie konnte er nur Aviad beibringen, dass er Interesse an ihr hatte. Er hatte sich inzwischen schlau gemacht und herausgefunden, dass alles über den Vater läuft. Er konnte nicht direkt mit Alisah Kontakt aufnehmen oder ihr näher kommen. So viel hatte er inzwischen erfahren. Ja, nicht einmal an ein einziges Treffen zu zweit war zu denken. „Ausgerechnet mir muss so etwas passieren", dachte er trübsinnig. „Ich kann Aviad nicht einmal sagen, dass ich an seiner Tochter interessiert bin. Ich muss ganze Sache machen oder es bleiben lassen." Den Gesetzen der Torah zufolge besteht die Hochzeit aus zwei Teilen. Der erste Schritt wird Kidduschin genannt, gewöhnlich als Verlobung übersetzt, der zweite Schritt ist als Nisu'in bekannt, die Finalisierung des Hochzeitsaktes. Es fehlte ihm an Mut und auch an Weisheit. Seitdem er sie zum ersten Mal gesehen hatte, hatte er Tag für Tag und in mancher schlaflosen Nacht um eine Richtungsweisung von oben gebetet. Wie ging es nur weiter?

Aviad hörte einen tiefen Seufzer neben sich. „Was ist dir denn über die Leber gelaufen?" Nicholas warf ihm einen vielsagenden Blick zu und verschwand eilig ins Badezimmer. In letzter Zeit war Nicholas so oft abwesend, sinnierte Aviad vor sich hin und nahm sich vor, möglichst schnell herauszufinden, was der Grund für Nicholas Verhalten war. Steckte er am Ende in Problemen?

Als Nicholas aus dem Badezimmer kam, nach einer halben Ewigkeit, so schien es zumindest Aviad, schlug er ihm vor, gemeinsam eine Kleinigkeit essen zu gehen. „Wie wäre es mit einem Glas trockenen Gamla Merlot?"

„Eine ausgezeichnete Idee. Lass uns gehen!" Nicholas hoffte bei einem netten Plausch, Wein und Essen auf andere Gedanken zu kommen. Doch er hatte die Rechnung ohne Aviad gemacht. Als sie es sich so recht gemütlich gemacht hatten, schaute Aviad ihn lange an: „Sag mal, Nicholas, was ist denn los mit dir? Du wirkst oft abwesend, wenn ich mit dir die wichtigsten Sachen der Welt bespreche. Hast du Sorgen? Kann ich dir helfen? Rück schon damit raus. Wenn wir nicht zusammen arbeiten, können wir das Filmprojekt gleich an den Nagel hängen. Und gerade jetzt, wo Alisah aus der Schweiz gekommen ist, um die Dialoge aufzuarbeiten, müssten wir eigentlich doppelt so viel arbeiten wie sonst."

Nicholas fühlte sich in die Enge getrieben. Konnte er Aviad die Wahrheit sagen? Was würde dann passieren? Er bestellte sich noch einen Gamla Merlot und schwieg. Aviad schüttelte den Kopf. Er packte Nicholas fest an den Schultern. „Hast du so wenig Vertrauen zu mir? Jetzt kennen wir uns schon lange und haben gemeinsam einige Hürden genommen. Wir brüten über einem Riesenprojekt. Sag doch einfach, was los ist."

„Gut, Aviad, aber nur, weil du es unbedingt wissen willst! Ich finde es überhaupt nicht weise. Aber ich weiß einfach nicht weiter. Und du wirst mir wahrscheinlich sowieso keine Ruhe lassen. Den Rückzug kann ich auch nicht antreten, weil wir gemeinsam in diesem Mammutprojekt hängen. Da liegt genau mein Problem."

„Wie? Das verstehe ich nicht, was ist denn daran problematisch? Hast du plötzlich etwas gegen meine Gesellschaft?"

„Nein, überhaupt nicht. Es geht nicht um dich."

„Um wen denn dann? Wir sind doch nur zu zweit!"

„Du hast Alisah vergessen. Es geht um sie. Auf einmal hast du sie hier angeschleppt. Das macht mich wirklich fertig.“ Wie sollte er es sagen? Welche Formulierung war angemessen? „Ich glaube, ich liebe sie“, fügte er leise an. Jetzt war es raus!

„Alisah. Du liebst meine Tochter? Meine Tochter?“ Aviad war so platt, dass er eine weitere Flasche Gamla Cabernet Sauvignon orderte. Nicholas beobachte ihn von der Seite. Aviad hatte Mühe, sich zu sortieren. Jetzt war er völlig durcheinander. Ihm fehlten die Worte. Und das kam selten vor. Die beiden saßen sich schweigend gegenüber. Die Situation war äußerst unangenehm. Nicholas stand auf, nickte ihm zu und ging.

Aviad ließ ihn ziehen. Es purzelten ihm tausend Gedanken durch den Kopf, bis er plötzlich seine Tochter vor Augen hatte. Was war mit ihr? War sie etwa auch an Nicholas interessiert? Wie sollte er jetzt mit dieser Situation umgehen? Er brauchte Nicholas. Sie hatten einen Auftrag und mussten daran weiterarbeiten, aber mit so einer ungeklärten Situation im Hintergrund, das war nahezu unmöglich. Der Junge war ja so abgelenkt. Er musste dringend nach Hause und mit seiner Frau sprechen. Vielleicht wusste diese einen Rat.

Nicholas lief unterdessen ziellos durch die Straßen seines heißgeliebten Wohnviertels. Er fühlte sich benommen und doch unendlich erleichtert, dass Aviad nun Bescheid wusste. „Wenn ich nur mit jemandem sprechen könnte! Livana. Sie wäre genau die Richtige.“ Er rief sie an und erzählte ihr die ganze Geschichte. Livana musste schmunzeln. Er hörte ihr Lachen am anderen Ende. „Lachst du mich etwa aus?“

„Nein, das mache ich nicht, aber das ist wahrlich eine verzwickte Situation.“ Sie erfragte noch das eine oder andere Detail und sagte schließlich: „Weißt du was?“

„Nein, deswegen rufe ich dich ja an.“

„Warum riskierst du nicht alles und gehst aufs Ganze, ehe sich Aviad was weiß ich alles zurechtlegt. Er muss sich dann nicht damit auseinandersetzen, dass du an seiner Tochter interessiert bist, sondern damit, ob er sie dir zur Frau gibt oder nicht. Dann habt ihr klare Verhältnisse. Zieh deinen neuen schwarzen Anzug an und fahr zu Aviad. Das ist in diesen Kreisen nicht unüblich. Du stellst damit deine Ernsthaftigkeit unter Beweis."

„Hm, nicht schlecht. Ich werde darüber nachdenken. Danke, Livana. Eigentlich habe ich ja nichts zu verlieren."

Er war sich sicher, dass er Alisah zur Frau haben wollte. Ganz sicher. Er ging nach Hause. Kurzentschlossen zog er seinen schwarzen Anzug an und fuhr zu Aviad. Er klingelte Sturm. Er musste und wollte dies jetzt durchziehen. Jetzt oder nie. Aviad war äußerst erstaunt, Nicholas an der Tür vorzufinden. Er bat ihn herein. Dunkler Anzug, mitten in der Woche? Aviad wusste unmittelbar, warum Nicholas gekommen war. Er hatte noch keine Zeit gefunden mit seiner Frau zu sprechen. Verlegen sah Nicholas Aviad an. „Ich möchte an unser Gespräch im Restaurant anknüpfen." Aviad bat ihn in seine kleine Bibliothek.

„Aviad", begann Nicholas nervös, „Aviad, ich halte hiermit um die Hand deiner Tochter an." Jetzt war es raus. Nicholas schaute Aviad erwartungsvoll an. Aviad hatte plötzlich den Eindruck, dass das Drehbuch gerade live von einem anderen Regisseur geschrieben wurde. So hatte er sich das ganz sicher nicht vorgestellt, aber plötzlich erfüllte ihn ein tiefer Schalom. Er dachte nach. Er hatte mit seiner Frau und Alisah ihre Entdeckungen geteilt, und auch sie hatten inzwischen Y'shua in der Torah entdeckt. Seine Frau hatte sogar einmal die Thematik angeschnitten, dass es nun nicht leicht sein würde, für Alisah einen passenden Mann zu finden, und das auch noch mitten in Mea Schearim. Ein Jude, der an Y'shua als Messias glaubt? Sie schienen rar gesät ... Doch hatte YHWH am Ende einen ganz anderen Plan für Alisah?

„Nicholas, ich werde ein Treffen mit meiner Frau, Alisah, dir und natürlich mir vereinbaren. Dann kannst du dein Anliegen vor Alisah bringen. Wir werden hören, wie ihre Entscheidung ausfällt. Ihre Antwort soll die meine sein."

„Danke, Aviad. Ich danke dir so sehr!"

„Aber es gibt eine Bedingung, Nicholas." Nicholas seufzte erneut ganz laut. „Und die wäre?"

„Wir arbeiten weiterhin mit Feuereifer an unserem Projekt."

„Abgemacht!" Nicholas verabschiedete sich und ging erleichtert und beschwingt durch Mea Schearim. Er konnte kaum glauben, was er da soeben getan hatte. Er hatte innerhalb weniger Minuten um die Hand der schönsten Frau der Welt angehalten und ihr Vater Aviad war sogar bereit dazu, sie ihm als Frau zu geben. War das nicht alles völlig verrückt? Er legte das Treffen mit Alisah in Y'shuas Hände. Entweder dieser würde sie ihm geben oder nicht. Er spürte, dass diese Entscheidung nicht in seinen Händen lag. Es war spät geworden und auf dem Heimweg dachte Nicholas schon an den nächsten Morgen. Sicherlich würde Aviad am nächsten Morgen mit frisch gebackenen Brötchen vor der Tür stehen, um ihre normalen Arbeitstreffen fortzuführen.

5 KIDDUSCHIN

Als Nicholas erwachte, war es schon Mittag. Nicht das Klingeln Aviads hatte ihn geweckt, sondern die Sonnenstrahlen. Verwundert tastete er nach seinem Handy. Tatsächlich hatte ihm Aviad eine SMS gesendet: „Heutiges Arbeitstreffen fällt aus. Hast Du nächste Woche Zeit? Am Dienstagabend, 20 Uhr, bei mir Zuhause?“ Was um alles in der Welt hatte dies nun zu bedeuten? Fast eine Woche lang alle Meetings mit Aviad gestrichen. Was hatte dieses abendliche Treffen auf sich? Die Woche verging zäh wie Kaugummi. Nicholas war nervös und unruhig. Er machte lange Spaziergänge und verbrachte viel Zeit in der Gegenwart Y'shuas. Eine Woche ohne Aviad brachte ihn völlig aus dem Konzept. Und er war sich so unsicher, wie es weitergehen würde. War Aviads Frau vielleicht gegen eine Hochzeit? Hatte sie überhaupt mitzuentscheiden? Wie ging es jetzt weiter?

Am Dienstagabend warf er sich in Schale und war pünktlich um 20 Uhr vor Aviads Haus. Aviad öffnete die Tür und hatte einen so ernsten Gesichtsausdruck, dass Nicholas am liebsten wieder gegangen wäre. Aviad führte ihn ins Wohnzimmer, wo Rahel und Alisah saßen. Als Nicholas die Weinflasche auf dem Tisch entdeckte, dämmerte ihm, wozu der vereinbarte Termin sein sollte. Er erinnerte sich an das letzte Gespräch mit Aviad. Aus dem Internet und von Livana wusste er, dass in diesen Kreisen das Heben und Austrinken des Weinglases die Antwort für ihn sein würde. Das sprengte einfach alles, was er erwartet hatte. Er hatte keine Ahnung, was das Protokoll nun vorgab. Nicholas war dankbar, dass er einem inneren Impuls folgend Alisah einen wunderschönen, schlichten

Ring, ohne Stein, gekauft und ihn auch eingesteckt hatte. Er sah das jetzt wirklich als Führung von oben an. Aviad kam ihm zu Hilfe und bat ihn, sein Anliegen vorzubringen. Ob Alisah bereits informiert war? Er suchte ihren Blick, vergeblich. Nicholas war sehr verunsichert. Nervös fragte er Aviad, ob er ihm Alisah zur Frau geben würde. Aus dem erstaunten Blick von Alisah zog er den Rückschluss, dass sie nicht informiert worden war. Da nun alle Blicke auf Alisah gerichtet waren, wusste sie, dass sie gefordert war. Ihre Antwort wurde erwartet. Keiner der Anwesenden konnte wissen, dass sie sich, seitdem sie Nicholas damals am Flughafen begegnet war, mit dieser Frage auseinandergesetzt hatte. Allerdings hatte sie nicht damit gerechnet, dass er ihr – vor allem nach so kurzer Zeit – einen Antrag machen würde. Sie war durchaus an Nicholas interessiert, ja, weit mehr als das, aber sie war sich sehr unsicher, ob er der richtige Mann für sie sein könnte. Ein Mann, der so wenig von ihrer Kultur und ihrem Glauben verstand, ob das ein Fundament für eine Ehe sein könnte? Andererseits, wenn ihr Vater sie ihm zur Frau geben würde, dann konnte sie seinem Entschluss vertrauen. Sie schloss die Augen, um kurz zu beten, und ein großer Schalom erfüllte sie. Die Anspannung im Wohnzimmer war so sehr gestiegen, dass Nicholas am liebsten im Boden versunken wäre. Aber dieses Mal ging es einfach nicht. Er musste die Situation aushalten. Sein ganzes Leben hing von dieser Entscheidung ab. Wie gern hätte er ein Glas Wein getrunken. Endlich! Es kam ihm wie Stunden vor. Alisah nahm das Weinglas und leerte es. Ihre Blicke begegneten sich. Sie strahlte ihn mit einer festen Gewissheit an. Nicholas durchströmte eine Freude und eine Wärme. Er war überglücklich und strahlte zurück. Nicholas steckte ihr nun den Ring an den Finger. Aviad erklärte sie für miteinander verlobt und sagte den beiden, dass er ihnen zu gegebener Zeit den Termin für ihre Hochzeit mitteilen würde. Rahel wischte so unauffällig wie möglich ihre Tränen ab. Sie strahlte aber ebenfalls. Sie war also einverstanden. Die Anspannung war gewichen. Nicholas war erleichtert und unglaublich glücklich.

Aviad schlug vor, dass sie miteinander ausgehen könnten, um etwas zu Abend zu essen. Was Nicholas an diesem Abend mit nach Hause nahm: Es war eine übernatürliche Freude in ihrem kleinen Kreis ausgegossen gewesen. Sie hatten viel gelacht und waren fröhlich gewesen. Aviad war wieder der Alte gewesen. Nicholas fiel wie ein Träumender ins Bett und fand erst in den frühen Morgenstunden Schlaf. Er schlief noch wie ein Murmeltier, als Aviad wieder einmal Sturm an seiner Haustüre klingelte.

III. TEIL

1 DIE MATRIX UND DIE TORAH

„First things first.“ Aviad war gerade zur Tür hereingeplatzt und ließ Nicholas nicht zu Wort kommen. Er hatte auch keine Tüte mit frischen Brötchen mitgebracht.

„Was ist los, Aviad?“ Nicholas hasste diese Wechselbäder der Gefühle. Stimmte etwas nicht?

„Bei meinen Studien über mögliche Variablen der Matrix des Messias habe ich die genaueste Kopie der Torah gefunden.“

„Was willst du damit sagen?“, fragte Nicholas überrascht.

„Die Matrix des Messias ist lebendig und sie ist identisch mit der Torah.“

„Meinst du damit, wir hätten uns die Recherchen sparen können?“

„Nein, auf keinen Fall. Wir brauchen nur keine Variablen wie beispielsweise Torah versus Torahlosigkeit zu erarbeiten.“

„Bahnhof, ich verstehe nur noch Bahnhof.“

„Lass es mich anders ausdrücken. Die Torah ist die Matrix des Messias, weil sie von dem Messias spricht, detailliert.“

„Und das heißt? Hören wir jetzt auf, an unserem Thema zu arbeiten?“

„Natürlich nicht!“

„Dann erkläre es mir genauer.“

„Mit der Matrix wollten wir doch nachweisen, was den Messias von den falschen Christussen unterscheidet, oder?“

„Ja, genau. Das war unser Anliegen.“

„Und die Antwort ist die Torah. Sie selbst ist die Matrix.“

„Wieso denn das?“

„Weil sie alles von ihm enthält.“

„Dann erkläre mir bitte, warum so viele Christen Y'shua nicht in der Torah erkennen? Und viele Juden auch nicht?"

„Wegen jahrhundertelanger falscher Lehre! Wegen menschengemachter Traditionen!"

„Und wie geht es jetzt weiter?"

„Wir dekodieren die Matrix der Torah!"

„Was meinst du damit?"

„Y'shua ist überall präsent. Nur ist es so, wenn wir seinen Namen Y'shua eingeben, kommen wir zu keinem direkten Ergebnis. Sicherlich kommt das Wort Y'shua zigmal im Tenach vor und heißt Errettung. Aber wenn wir darüber hinausgehend die Personen, Geschichten, Verknüpfungen und Bilder analysieren, erkennen wir, dass sie für Y'shua stehen. Die Torah ist ein großes Bilderbuch über den Messias Y'shua."

„Zeigen wir dann exemplarisch, dass Y'shua in der Torah kodiert ist?"

„Ja. Genau."

„Wir suchen sozusagen den Torah-Matrix-Code Y'shua? Und wie gehen wir vor?"

„Wir könnten beispielsweise Themen eingeben wie Sohn Elohims, Erlöser, Tod und Auferstehung, seine Feste und weitere."

„Und dann den Zusammenhang zwischen Personen, Geschichten, Unterweisungen und Y'shua zeigen?"

„Ja!"

„Dann ist es unser Ziel, Y'shua aus der Torah heraus zu erklären?"

„Ja. Wir können für das Drehbuch festhalten, dass wir eine lebendige Matrix zeigen, aus der Y'shua hervortritt."

„Alisah wird dazu bestimmt eine geniale Idee haben."

Aviad lächelte Nicholas liebevoll an. Er konnte gut nachvollziehen, wieso Nicholas sich ausgerechnet in seine Tochter verliebt hatte.

„Hast du Hunger, Nicholas?"

„Ja. Es wird Zeit, dass wir frühstücken. Hast du keine Brötchen mitgebracht?"

„Nein, habe ich doch glatt vergessen. Weißt du was? Wir gehen heute einmal frühstücken!"

„Eine prima Idee." Sie gingen um die Ecke in ein kleines, gemütliches Café. Aviad bestellte sich den typisch israelischen Kaffee mit Milch, während Nicholas sich schlicht und einfach für einen Cappuccino entschied. „Leider", so dachte er bei sich, „kommt der bei weitem nicht an meinen Latte von Starbucks ran." Dafür war die Auswahl an Frühstücksspeisen reichhaltig und schmackhaft. Am Büffet gab es Eierspeisen aller Art, Fisch, Brote, Früchte, Joghurt, Kuchen und Süßspeisen. Natürlich fehlte auch eine bunte Auswahl an frisch gepressten Fruchtsäften nicht. Sie beschlossen, gleich zu brunchen. So würden sie sich das Mittagessen sparen. Aviad und Nicholas waren beide guter Dinge und erfreuten sich an dem ausgiebigen Frühstück, aber auch an ihrem neuen Konzept für das Drehbuch. Spontan lud Aviad Nicholas zum Abendessen nach Hause ein. Das würde ein krönender Abschluss für den heutigen Tag sein. Nicholas strahlte Aviad an. Voller Vorfreude dachte er an ein Wiedersehen mit Alisah.

Nach dem ausgiebigen Brunch verabschiedeten sich die beiden Männer bis zum Abendessen in Aviads Haus. Sie wollten jeweils alleine mit der Arbeit vorankommen. Nicholas fuhr früher nach Mea Schearim und bummelte durch die Straßen des Viertels auf der Suche nach einem kleinen Geschenk für Alisah. Er blieb vor einem Hutgeschäft stehen, in dem Hüte von fünfzig Euro aufwärts bis einige hundert angeboten wurden und sah einen Stand mit Hüten in allen Variationen: mit braunen, schwarzen und dunkelroten Netzen, Hüte mit rosa, hellblauen und beigen Verzierungen, und solche mit Tüchern. Er wählte einen schwarzen Hut mit schwarzem Netz und einem schmalen orangefarbenen Tuch, geschlungen um die Hutkrempe. Alisah würde ihn lieben. Er war sich sicher. Froh ging er weiter durch die Straßen, vorbei an verfallenen zweistöckigen Häusern, die oberen Wohnungen durch Stiegen und Galerien von der Straße aus erreichbar. Es herrschte großes Gedränge. Überall liefen Männer in schwarzen, braunen oder gestreiften Kaftanen umher mit Kippa und Hut, manche mit Stutzen und mit langem Bart. Hungrig ging er an den winzigen Imbissstuben vorbei, wo man Fisch, Huhn, gefillte Fisch,

Salziges, Scharfes oder Süßes kaufen konnte. Auffällig war, so stellte er wieder einmal fest, dass es hier kein einziges Café gab. Vergnügen ist nicht erlaubt. Er musste noch die Kreuzung überqueren. Dann war er bei Aviads Haus angelangt.

Voller Erwartung und gut gelaunt klingelte er. Aviad führte ihn ins Esszimmer. Um den Familientisch standen Alisah und Rahel. Alisah sah hinreißend aus. Schlicht und elegant, wie immer. Nicholas gab ihr das Geschenk, das sie sorgfältig öffnete. Mit einem kleinen Aufschrei der Begeisterung setzte sie den neuen Hut auf. Sie sah bezaubernd aus. Am liebsten hätte Nicholas sie in seine Arme genommen.

Beim Abendessen weihte Aviad Rahel und Alisah in ihre neuen Gedanken über die *Matrix des Messias* ein. Alisah war Feuer und Flamme und versprach, ein Filmkonzept zu entwickeln. Es wurde ein gelungener Abend voller guter Ideen und Einfälle. Zufrieden fuhr Nicholas nach Mitternacht zurück in seine Wohnung. Dort drückte er ganz sanft seine Bettdecke an sich und wünschte sich, Alisah wäre bei ihm. Er bummelte in Gedanken durch Mea Schearim. Die Frauen, die er heute dort gesehen hatte, hatten durchweg sechs, sieben, acht, neun und zehn Kinder. Auf was hatte er sich da nur eingelassen! Er versuchte, sich auf Alisahs Gesicht zu konzentrieren.

In den folgenden Wochen schrieb Nicholas an der Rahmengeschichte des Films weiter. Alisah arbeitete am Drehbuch und Aviad betrieb Torahstudien. Und jede Woche fand ein Meeting statt, in dem sie sich austauschten. Alisah schrieb die Rahmengeschichte in Szenenbeschreibungen mit Angaben für Zeit und Orte des Geschehens um, erfand Figurennamen und entwarf Dialoge. Sie waren sich alle drei einig, dass es zwei Nebenhandlungen und eine Haupthandlung geben solle. Die beiden Nebenhandlungen bildeten einerseits die Beziehung zwischen Nicholas und Aviad und andererseits – wie sollte es jetzt anders sein? – Nicholas und Alisah. Die Haupthandlung umfasste die Torah als Matrix des Messias. Alle Handlungen liefen auf ein Ziel zu: Eine Torah und ein Messias. Nicholas, ein Gläubiger aus den Nationen, freundet sich mit Aviad, einem Juden, an. Sie entdecken, dass die Torah und der Messias sie verbinden und dass sie einen gemeinsamen Auftrag haben. Nicholas, ein Gläubiger aus den Nationen, heiratet eine Jüdin. Beide arbeiten an einem gemeinsamen Auftrag: Ein Drehbuch über *Die Matrix des Messias* zu schreiben. Die Haupthandlung: Y'shua und die Torah und sein Auftrag, die beiden Häuser, das Haus Israel und das Haus Juda, zusammenzuführen. Und natürlich wird dies ganz praktisch umgesetzt: Es sind Personen aus beiden Häusern, die in ihm, dem Messias, zusammengeführt werden. Spannend!

2 ANOMOS

Wie immer, ohne Vorankündigung, riss ein durchdringender Klingelton Nicholas aus dem Schlaf. Er hörte es dem Klingelton an, dass Aviad mit einer besonderen Botschaft angerückt war. Inzwischen konnte er selbst die Art, wie Aviad auf den Klingelknopf drückte, unterscheiden. Und er sollte Recht behalten. Voller Elan stürmte Aviad ins Zimmer. Aus den Augenwinkeln nahm er war, dass Nicholas immer noch im Bett lag. Es hatte ihn nie gestört, dass Nicholas immer so spät aufstand, aber an diesem Morgen nervte es ihn sehr. Wie konnte ein Mann in voller Mannesblüte sich morgens so lange im Bett aalen!

„Nicholas, steh auf!“ Und ganz typisch für Aviad fiel dieser mit der Tür ins Haus: „Weißt du, auf welche Weise die meisten Bibelübersetzer das hebräische Wort Torah ins Griechische übersetzt haben?“

Das war schon ein Kaliber am frühen Morgen, ohne Frühstück und Dusche!

„Torah, Torah? Mit *nomos* meine ich. Ja, *nomos!*“

„Exakt. Und stell dir vor, sie haben auch ein neues Wort eingeführt, indem sie ein ‚a‘ vor nomos gesetzt haben: *Anomos.* Die griechische Vorsilbe ‚a‘ bedeutet nein, nicht und ohne. Wenn diese Silbe ‚a‘ an ein Wort angehängt wird, bekommt das Wort eine negative Ausrichtung.“

„Dann heißt das griechische Wort *anomos* doch ohne Gesetz oder gesetzlos?“

„Ja, genau. Im Hebräischen gibt es aber kein Wort, dass Antitorah heißt! Jetzt pass mal auf, was die Brit Chadaschah über *anomos* sagt. Um bei diesem Wort zu bleiben, ich möchte kein ‚Anomosianer‘ sein.“

„Kein was?" Nicholas befürchtete, dass Aviad jetzt wieder abzuheben begann.

„Nicholas, wenn du die Zusammenhänge zu verstehen beginnst, die ich dir jetzt zeige, kommst du – und nicht ich – auf den Boden der Realität zurück! Wir werden im Film ganz klar den Gegensatz von Torah und Ungerechtigkeit und Freveltaten zeigen."

„Damit die Leute besser den Unterschied von Torah und einem Wandel ohne Torah erkennen?"

„Ken, ken, ja, ja!"

„Aber der Hintergrund ist auch, dass sie Y'shua besser verstehen und kennenlernen!"

„Ken, ken! ‚Nicht jeder, der zu mir sagt: ›Herr, Herr!‹ wird das Reich des Himmels betreten, sondern nur die, die tun, was mein Vater im Himmel will. An dem Tag werden viele zu mir sagen: ›Herr, Herr! Haben wir nicht in deinem Namen geweissagt? Haben wir nicht in deinem Namen Dämonen ausgetrieben? Haben wir nicht in deinem Namen viele Wunder vollbracht?‹ Dann werde ich ihnen ins Gesicht sagen: ›Ich habe euch nie gekannt! Weichet von mir, ihr Handlanger der Gesetzlosigkeit!‹'"

„Wo steht denn das?", fragte Nicholas nach.

„In Matitjahu 7,21-23. Aber die interessantere Frage ist, zu wem spricht Y'shua das?"

„Offensichtlich nicht zu Ungläubigen, oder? Denn diese treiben ja keine Dämonen in seinem Namen aus und vollbringen keine Wunder in seinem Namen."

„Ja. Die vielen, von denen hier die Rede ist, sind bestimmt keine Ungläubigen oder Hinduisten oder Buddhisten. Sie haben Y'shua mit ‚Herr' angesprochen. Sie dienten in den Kirchen und erwarteten, ewiges Leben zu haben. Diese fanden sich plötzlich vom Königreich ausgeschlossen. Der Jesus, den sie kannten, war eine Fälschung."

„Und was war der Beweis, dass sie ihn nicht kannten?", hakte Nicholas nach.

„Darauf will ich hinaus. Sie waren *Anomosianer,* also Handlanger der Gesetzlosigkeit."

„Du meinst damit, sie bewegten sich außerhalb der Bestimmungen der Torah?“

„Ja! Hier wird es sehr ernst. Pass auf, Nicholas, was Y’shua über die Handlanger der Gesetzlosigkeit in Matitjahu 13,41–43 sagt: ‚Der Sohn des Menschen wird seine Engel aussenden, und sie werden aus seinem Reich alles heraussammeln, was die Menschen sündigen lässt, und alle Menschen, die der Torah fernstehen; und sie werden sie in den Feuerofen werfen, wo die Menschen wehklagen und mit den Zähnen knirschen werden. Dann werden die Gerechten leuchten wie die Sonne im Reich ihres Vaters.‘“

„Hilfe ... Hilfe!“, rief Nicholas betroffen aus, gefolgt von einem ganz tiefen Seufzer.

„Ja, ich bin auch sehr betroffen. Das Königreich ist ein verborgener Schatz. Nur wer Ohren hat, kann es hören und nur wer Augen hat, kann es sehen. Deswegen hat Y’shua in Gleichnissen gesprochen. Selbst seine Talmidim haben es nicht verstanden und baten ihn darum, ihnen die Gleichnisse zu erklären.“

„Dann liegt ja der Abfall in vielen Gemeinden in der Zurückweisung der Torah, oder?“, fragte Nicholas bestürzt nach.

„Ja! Oder vielleicht könnte man besser sagen, dass viele Gemeinden all die Elemente der Torah abgelehnt haben, die ihnen zu jüdisch erschienen.“

„Steht nicht im 1. Johannes, dass jeder, der sündigt, die Torah verletzt?“

„Ja, deswegen ist jegliches Übertreten der Torah falsch und Sünde! Also, Nicholas, ich sehe Rav Sha-ul in einem völlig anderen Licht, als mir immer aus der Ferne erzählt wurde. Er hat in seinem Brief an die Römer gesagt, dass er zu denen spricht, die die Torah verstehen.“

„Wo steht denn das, das habe ich ja noch nie gehört, noch gelesen?“, wollte Nicholas wissen.

„Ich lese es dir aus dem 7. Kapitel, Vers 1 vor: ‚Sicher wisst ihr, Brüder – denn ich spreche zu denen, die die Torah verstehen –, dass die Torah nur so lange Vollmacht über einen Menschen hat, wie er lebt?"

Nicholas schwieg betroffen. Er hörte, wie Aviad nachlegte: „Rav Sha-ul unterstrich damit sehr deutlich, dass er nicht zu Leuten sprach, die die Torah nicht kennen."

„Ist doch sehr weise von ihm, oder nicht? Er muss geahnt haben, dass die anderen, die die göttlichen Unterweisungen nicht kennen, ihn missverstehen würden."

3 MATRIX DER MORGENRÖTE UND DER FINSTERNIS

Aviads Handy klingelte. Es war Alisah. „Warte, ich stelle dich laut.“

„Hört mal zu. Ich habe mir aufgrund eurer bisherigen Unterlagen Folgendes ausgedacht: Wir stellen im Film die Matrix des Messias als eine lebendige Gebärmutter dar. Oder anders ausgedrückt, wir veranschaulichen die Torah, die die Matrix des Messias ist, in Form einer Gebärmutter; von außen beschrieben mit den fünf Büchern Mose. Zu Beginn highlighten wir den ersten Satz der Torah, indem wir ihn visuell heraustreten lassen. Das Verständnis des ersten Satzes ist der Schlüssel dafür, wie ein Mensch die Torah liest. Es muss deutlich werden, dass der Messias schon im ersten Satz verborgen ist. An späterer Stelle im Film werden Menschen, die die Torah lesen, ohne den Messias darin zu erkennen, falsche Schlüsse ziehen. Im Kontrast zu der Gebärmutter der Morgenröte wird die Gebärmutter der Finsternis dargestellt. Wir zeigen, dass Leben aus der Gebärmutter der Morgenröte kommt und Tod aus der Gebärmutter der Finsternis. Wir gehen dann in die Gebärmutter der Morgenröte hinein und ziehen Geschichten und Unterweisungen visuell heraus, die auf den Messias hinweisen. Wir stellen dar, dass alles, was außerhalb der Torah passiert, gesetzlos ist und ordnen es der anderen Gebärmutter zu. Das klingt ein bisschen verrückt, aber das lässt sich filmisch gut inszenieren. Was meint ihr dazu?“

Die beiden Männer sahen sich ein wenig skeptisch an. Ihnen fehlte das Vorstellungvermögen, wie man dies umsetzen könnte. Aber sie ermutigten Alisah, in der angedachten Richtung weiterzumachen.

„Ok, ich habe viele Ideen. Wann können wir uns treffen?“

„Ein Treffen wäre sicherlich sinnvoll“, äußerte Nicholas. „Wie wäre es in einer Stunde?“ Aviad nickte und machte mit Alisah einen Treffpunkt aus.

Bald saßen alle drei über Alisahs Laptop gebeugt.

„Die Idee mit den beiden Gebärmuttern weist auf die beiden Gegenspieler hin. Schaut mal, es gibt von Anfang an zwei entgegengesetzte Mächte. Schon im Garten Eden haben wir den Baum des Lebens und den Baum der Erkenntnis von Gut und Böse. Diese Thematik zeigt sich immer und immer wieder in den Heiligen Schriften. Fallen euch weitere Beispiele ein?“

„Ja, Ismael und Isaak.“

„Oder Esau und Jakob. Oder David und Goliath.“

„Ja. Dieser Kampf zwischen den beiden Samen ist von Anfang an da. YHWH sprach zur Schlange: ‚Und ich will Feindschaft setzen zwischen dir und dem Weibe und zwischen deinen Nachkommen und ihrem Nachkommen; der soll dir den Kopf zertreten, und du wirst ihn in die Ferse stechen.‘ Es gibt die Matrix des Messias und seiner Gerechten und die Matrix des Herrschers dieser Welt und seiner Anhänger. Die eine bringt Leben und die andere Tod hervor. Und jede Matrix bewirkt das, was in ihr ist. Dies ist ein göttliches Prinzip: ‚ein jedes nach seiner Art, und Bäume, die da Früchte tragen, in denen ihr Same ist, ein jeder nach seiner Art‘.“

Aviad fand ihre Gedankengänge wunderbar: „Alisah, du hast Recht. Und wir können das mit den Worten des Messias auch auf geistliche Früchte übertragen und natürlich so wiederum der Matrix zuordnen: ‚So bringt jeder gesunde Baum gute Früchte hervor, aber ein kranker Baum bringt schlechte Früchte hervor. Ein gesunder Baum kann keine schlechten Früchte tragen oder ein schlechter Baum keine guten Früchte.‘“

„Ja, Vater. Deswegen kommen aus der Matrix des Messias auch nur gute Früchte hervor.“

Nicholas schaltete sich in das Gespräch ein. „Hast du daran gedacht, dass wir veranschaulichen müssten, dass wir zunächst alle aus der Matrix der Finsternis kommen?“

„Wie meinst du das?“, erkundigte Alisah sich.

„Wir kommen doch erst durch die Wiedergeburt in die Matrix des Messias."

„Ja, das ist wahr. Mir fällt dazu das Gespräch von Y'shua und Nakdimon ein", fiel ihnen Aviad ins Wort.

„Wer ist denn Nakdimon?" Nicholas runzelte seine Stirn.

„Ihr bezeichnet ihn als Nikodemus, aber er war ein Jude und hieß Nakdimon. Sein Name bedeutet übrigens ‚der, der Erleuchtung bringt'. Hört mal zu, ich lese euch das Gespräch vor: ‚Ja, wahrhaftig, antwortete Y'shua ihm, ich sage dir, dass ein Mensch, wenn er nicht wiedergeboren ist von oben, das Reich Gottes nicht sehen kann. Nakdimon sagte zu ihm: Wie kann ein erwachsener Mensch geboren werden? Kann er in den Schoß seiner Mutter zurückkehren und ein zweites Mal geboren werden? Y'shua antwortete: Ja, wahrhaftig, ich sage dir, dass ein Mensch, wenn er nicht geboren ist aus Wasser und Geist, nicht in das Reich Elohims eingehen kann. Was vom Fleisch geboren ist, ist Fleisch, und was aus dem Geist geboren ist, ist Geist. Hör auf, dich über meine Worte, dass du von oben wiedergeboren werden musst, zu wundern! Der Wind weht, wo er will, und du hörst sein Wehen, aber du weißt nicht, woher er kommt oder wohin er geht. So ist es mit jedem, der vom Geist geboren wird.'"

„Wir könnten im Film zeigen, dass jeder Mensch durch die natürliche Geburt in die Matrix der Finsternis hineingeboren wird."

„Das stimmt, Alisah. Allerdings wird das richtig heftig, wenn man es so plastisch vor Augen sieht."

„Ja, du liegst sicher richtig mit deiner Einschätzung, aber es ist auch eine aussichtslose und erschreckende Realität, wenn da nicht ..."

„Wenn da nicht dieser Übergang, die Wiedergeburt, in die Matrix der Morgenröte wäre. Wir werden diesen Übergang herausheben wie eine große Befreiung."

„Wie stellen wir das dar? Das ist ein wirklich schwieriges Unterfangen", gab Aviad von sich.

Alisah, die eine besondere Gabe der Visualisierung hatte, machte einen praktischen Vorschlag: „Wir könnten beispielsweise allen Bewohnern der Matrix der Finsternis schwarze Kleider anziehen. Denjenigen, die sich der gegenüberliegenden Matrix der Morgenröte bewusst werden und die dort hineinkommen wollen, müssen im Glauben das Blut des Messias anwenden und über die Türen ihres Herzens streichen. Indem sie das tun, fallen die schwarzen Kleider ab und sie bekommen ein neues, weißes Kleid gereicht."

Aviad folgte den Ausführungen seiner Tochter und schob ein: „Wäre es nicht sinnvoll in der Szene, wo die Menschen ihre Herzenstüren mit Blut bestreichen, ein Szenenelement einzuspielen, das den Leitgedanken der Matrix, keine Sühne ohne Blutvergießen, verdeutlicht. Um deine Visualisierungsideen aufzugreifen; in dem Moment, wo die Menschen ihre Herzenstüren mit Blut bestreichen, sehen diese eine filmische Einspielung über die Bedeutung des Opfersystems."

„Vater, ich bin total stolz auf dich. Du hast meine Visualisierungsideen bereits verinnerlicht und arbeitest mit ihnen. Kompliment!"

Aviad lächelte seine Tochter an. Er freute sich an ihr und ihren Begabungen. Er sah zu Nicholas hinüber. Er konnte an seinem Gesicht ablesen, dass er ähnliche Gedanken über Alisah hatte. Beide sahen sich wie zwei Verbündete an. Nicholas war nicht nur von Alisahs Schönheit, sondern auch von ihren Begabungen fasziniert. Er bewunderte ihre Zielgerichtetheit, mit der sie versuchte, die Matrix drehbuchreif zu verwirklichen. Er liebte sie aufrichtig. Alisah erwiderte seinen Blickkontakt mit einem warmen, einladenden Lächeln. Sie schauten sich lange und innig an. Alisah seufzte und wendete sich wieder der Arbeit zu: „An dieser Stelle werden wir eine Lehre einspielen, die zeigt, dass Y'shua, der sein Blut für uns vergoss, die Wirklichkeit der fünf Opfer aus dem 3. Buch Mose ist."

Alisah nahm mit dieser Aussage den Faden auf, den Aviad und Nicholas über Monate verfolgt und geknüpft hatten. Das war nicht abgesprochen. Beide Männer freuten sich sehr darüber. Aviad sprach aus, was beide dachten: „Das kann nur der Ruach HaKodesch sein. Alisah, du entwickelst weiter, was wir auf dem Herzen haben. Unser Anliegen für den Film ist es, zu zeigen, dass die Heilige Schrift, die Torah, ein überdimensional großes, facettenreiches Bild von Y'shua ist. Er ist die Realität dieses Buches. Die hebräischen Heiligen Schriften sind ein Bild oder viele Bilder einer Person. Der Messias lebte die Bilder vollkommen aus. Alle Opfer, um deinen Gedankengang aufzunehmen, weisen auf ihn hin."

„Wenn es uns mit dem Film gelingt", fügte Nicholas hinzu, „die Brücke zu Y'shua zu schlagen, und wenn wir es schaffen, dass ihn die Menschen in den Heiligen Schriften entdecken, dann legen wir damit ein entscheidendes Fundament, auf dem beide, Christen und Juden, eins werden können. So wie Aviad und ich, und in einer besonderen Weise, du, Alisah, und ich. Wir sind sozusagen Erstlingsfrüchte, lebendig gewordene Knochen, wie Hesekiel das so treffend beschreibt."

„Lasst uns jetzt mal bei der filmischen Einblende zu dem Thema Opfer bleiben. Sonst kommen wir vom Hundertsten ins Tausendste und wir verlieren uns so, dass am Ende keiner mehr durchblickt."

„Wie stets behalten die Frauen die Fäden in der Hand", warf Aviad schmunzelnd ein.

Alisah ging nicht darauf ein. „Meine Herrn, wenn ich bitten darf! Wir sind immer noch bei der Szeneneinblende über das Opfer und dass es keine Sühne ohne Blutvergießen gibt."

„Man könnte so viel dazu einspielen, mit Adam und Chavah beginnend, aber das wird zu komplex", überlegte Aviad laut. „Wir zeigen, dass man, indem man Blut auf die eigenen Herzenstüren streicht, Y'shua als Friedensopfer persönlich anwendet."

„Vater, ich habe eine Idee. Hört mal beide zu. Der wichtigste Gedanke aus Wajjikra zu den Opfern ist, dass wir unseren Elohim nicht zufriedenstellen müssen wie die Heiden, die ihren zahlreichen Göttern aus diesem Grunde opfern. Wir zeigen, dass es zwischen den beiden Matrizen ein Korban gibt und dass dieses Korban Y'shua ist."

„Was ist denn ein *Korban?*", fragte Nicholas Alisah.

„Korban ist eines der hebräischen Worte für Opfer und es bedeutet, ‚durch den, der nahe ist, nahezubringen'. Ganz konkret heißt das, wir nahen uns YHWH durch und in Y'shua, der YHWH nahe ist und uns auch."

„Das ist sehr schön und einleuchtend ausgedrückt."

„Ich fasse zusammen. Wenn jemand im Glauben Blut auf seine Herzenstüren streicht, wendet er Y'shua, *das* Korban, an. Oder anders ausgedrückt, er nimmt das Opfer, das dem Vater und uns nahe ist, und nähert sich in Y'shua dem Vater oder der Matrix der Morgenröte. Y'shua ist der Weg, der in die Matrix des Lebens führt. Wir zeigen dann später in der Matrix des Lebens, dass Y'shua als das Brand- und Dankopfer, als das Übertretungsopfer und das Speisopfer angewandt werden kann."

„So könnten unsere Landsleute Y'shua in den Opfern erkennen", ergänzte Aviad.

„Ja, sie könnten, Vater. Zurück zu den Menschen, die Y'shua als Friedensopfer anwenden. Sie hören anschließend eine Stimme, die ihnen befiehlt und hilft, sich aus der Matrix der Finsternis zu lösen: ‚Er hat uns aus dem Reich der Finsternis befreit und uns in das Reich seines lieben Sohnes geholt.' Indem die Neubekehrten sich lösen, sehen sie in einer Szene ein Volk, dass ebenfalls Blut im Glauben an die Türpfosten ihrer Häuser streicht. Eine laute Stimme ist dabei zu vernehmen: ‚Dann aber soll das Blut euer Zeichen sein an den Häusern, in denen ihr seid. Wo ich das Blut sehe, will ich an euch vorübergehen, und die Plage soll euch nicht widerfahren, die das Verderben bringt, wenn ich Ägyptenland schlage.'"

Aviad stieß seine Tochter aufgeregt mit dem Ellbogen an. „Hört euch den hebräischen Text an. Das ist mir selber noch nie aufgefallen. Aber unter der Salbung des Geistes des Elija fällt es mir wie Schuppen von den Augen."

„Mach es nicht so spannend. Rück schon damit raus, was dir aufgefallen ist."

„Kaffee?" Nicholas reichte Kaffee herum. Etwas unpassend, aber ein praktischer Versuch, Vater und Tochter auf den Boden zurückzuholen. Nicholas betrachtete Alisah nachdenklich. Offenbar hatte sie das gleiche Temperament wie ihr Vater, gepaart mit einer gewissen Gabe, dann und wann abzuheben.

Aviad schüttelte fast ärgerlich den Kopf über diesen unpassenden Moment des Kaffeeangebots. Alisah schenkte ihm ein Lächeln, bei dem sie ihre Augen verdrehte und dann den Kopf zu ihrem Vater wandte. „Missglückt“, schmollte Nicholas und wandte sich den beiden erhitzten Gemütern zu. Er hörte Aviad zu und schlürfte dabei genüsslich seinen schwarzen Kaffee.

„‚Dann aber soll das Blut euer Zeichen sein an den Häusern.‘ Hier steht im Hebräischen für ‚das Blut‘ *hadam.* Und was jetzt kommt, das ist nicht zu toppen. ‚Wo ich das Blut sehe‘ – hier steht *et-hadam.* Hier haben wir es wieder mit der Einfügung alef-tav, die auf Y'shua hinweist, zu tun.“

„Das ist wirklich nicht zu überbieten“, ereiferte sich Alisah ihrerseits. „Das heißt ja, dass YHWH das Blut von seinem Sohn sah, repräsentiert durch das Alef-Tav. Als sie im Glauben das Blut an die Türpfosten ihres Hauses strichen, sah es YHWH – durch ihren Glauben – als das Blut seines Sohnes an. Genial! Das ist das Evangelium pur in der Torah.“

Nicholas folgte dem Bild, das die beiden zu zeichnen begannen. „Die gute Nachricht!“, ergänzte er. Bei sich dachte er, dass er dringend eine Pause brauchte. Einfach eine Verdauungspause. Er wagte nicht, die anderen beiden zu fragen. Die Ablehnung des Kaffees war noch zu frisch, kaum einige Minuten her.

„Weißt du eigentlich, Nicholas, was gute Nachricht auf Hebräisch heißt?“ Nicholas lächelte schwach. Typisch Aviad. Er konnte sich doch denken, dass er es nicht wissen konnte. Ihre Blicken trafen sich und Alisah sprang für ihn ein: „Basar, basar!“

„Jetzt kommt die Trumpfkarte, Vers 8 aus Schemot, Kapitel 12. Nicholas, lies doch mal die Verse 7 und 8 vor“, bat Aviad mit leidenschaftlicher Stimme.

„‚Und sie sollen von seinem Blut nehmen und beide Pfosten an der Tür und die obere Schwelle damit bestreichen an den Häusern, in denen sie's essen, und sollen das Fleisch essen in derselben Nacht …‘“

„Moment. Für Fleisch steht das hebräische Wort *basar. Basar* heißt gute Nachricht und die gute Nachricht ist, dass das Volk im Glauben sein Fleisch gegessen hat.“

„Was soll das denn heißen? Gehst du jetzt ein wenig zu weit, Aviad?"

„Nein, Nicholas, es steht hier buchstäblich. Der gleiche Fall wie bei dem Blut. Es heißt hier *et-habasar*. Also das Fleisch von Alef-Tav. Oder anders ausgedrückt, der Vater sah das Fleisch seines Sohnes."

Entgeistert starrte Nicholas ihn an. „Offensichtlich, es ist so offensichtlich! Das Gesamtbild ergibt, dass hier das Evangelium pur verkündet wird."

„Das ist so eine große Sache! Wir werden sie richtig groß in Szene setzen." Alisah war völlig begeistert.

Nach diesem Hochgefühl war es schwer, den Anschluss zu finden, aber Alisah blendete erneut die Szene ein, wo sie stehengeblieben waren. „Das Volk der Israeliten war dabei, das Blut an die Türpfosten zu streichen. Anschließend verließen sie ihre Matrix der Finsternis, sprich das Land Ägypten. Sie wurden von einer Wolkensäule geführt und gingen durch ein Meer. Während die Neubekehrten diese Szene sahen, hörten sie eine Stimme, die sprach: ‚in Verbindung mit der Wolke und dem Meer tauchen sie sich alle in Mosche hinein, außerdem essen sie alle die gleiche Speise vom Geist und sie alle trinken den gleichen Trank vom Geist, denn sie trinken aus einem vom Geist gesandten Felsen, der ihnen folgt. Und dieser Felsen ist der Messias'."

„Alisah, das ist eine großartige Idee und lässt sich sehr anschaulich darstellen", meinte Aviad anerkennend. „Wir untermalen das vordergründige Geschehen der Bekehrung mit den historischen Ereignissen des Volkes Israels und geben durch diese Visualisierung ein tieferes Verständnis von den Abläufen."

„Vater, warte. Das ist noch nicht alles – wir tauchen anschließend die Bekehrten, die einverstanden sind, in ein Tauchbad aus Wasser. Und indem sie das tun, sehen sie in ihrem Geist, wie die ägyptischen Feinde im Wasser umkommen. Denn erst im Meer wurden die Feinde restlos ertränkt. Sie vollziehen durch die Taufe im Wasser eine Trennungslinie zu den Feinden aus der Matrix der Finsternis."

„Ja, jeder Getaufte muss das persönlich erfahren. Immer wenn HaSatan ihn angreifen will – so müssen wir es ihnen lehren – muss er die Wirklichkeit der Taufe in seinem Geist berühren und HaSatan und der Macht der Finsternis mit Kühnheit verkünden, dass er eins mit dem Messias ist und dass die Mächte schon durch den Tod des Messias gerichtet und zunichte gemacht wurden."

„Sehr gut, Vater. Wir können zeigen, dass, indem einer der Getauften dies proklamiert, die Mächte der Finsternis vor ihm fliehen."

„Das ist in der Tat eine wunderbare Erfahrung, die wir machen dürfen. Wir glauben in den Messias hinein, auch wenn sich das merkwürdig anhört, aber im griechischen Text heißt es so", erwiderte Aviad.

„Das ist wirklich ein sehr einleuchtender Gedanke. Das habe ich noch nie so gesehen", murmelte Nicholas vor sich hin. „Wichtig dabei ist, dass die Bekehrten völlig untertauchen, kniend wegen des Herrschaftswechsels."

„Habt ihr beide gewusst, dass das griechische Wort für taufen *baptizo* völliges eintauchen, untertauchen bedeutet?"

„Ja, wissen wir. Ein bloßes Besprengen mit Wasser wird weder dem biblischen Begriff noch dessen symbolischer Bedeutung gerecht."

„Grandios. Wir müssen den Bekehrten unbedingt bewusst machen, dass sie einen Machtwechsel vollziehen, wenn sie von einer Matrix in die andere gehen. Sie sehen in einer Szene, dass sie aus der Herrschaft HaSatans herauskommen und sich unter die Herrschaft des Messias begeben."

„Ja, das stimmt, Nicholas."

„Ihr beiden habt noch etwas vergessen. Es steht ja geschrieben, dass wir in Verbindung mit dem Meer, also der Taufe im Wasser, in Mosche eintauchen. Das müssen wir ihnen noch erklären", fügte Aviad hinzu.

„Durch die szenischen Einspielungen lässt sich das viel schneller klar machen als durch reine Worte", warf Alisah ein.

„Hmhm. Was heißt denn das, in Mose eintauchen?", fragte Nicholas verwundert. „Das habe ich noch nie gehört!"

„Die Kinder Israels folgten Mose", erklärte Aviad geduldig, „aber als sie einwilligten, Mose durch das Schilfmeer zu folgen, erforderte das von ihnen ein höheres Glaubensniveau. Es war nicht selbstverständlich, dass sie in diesem Moment alle zustimmen würden, Mose zu folgen. Sicherlich wäre es der Tod von denjenigen gewesen, die nicht bereit gewesen wären, ihm zu folgen. Mit der Durchquerung des Schilfmeers gingen sie eine Verpflichtung ein, Mose zu gehorchen und YHWH zu dienen. Und obwohl alle durch Glauben und Gehorsam gerettet worden sind, sind die meisten derjenigen, die durch das Schilfmeer gingen, in der Wildnis umgekommen, weil sie YHWH ungehorsam wurden, nachdem sie durch das Schilfmeer gegangen waren. YHWH hat durch die Wolke und das Schilfmeer sein Volk abgetrennt. Genauso sind und werden wir in den Messias hinein getauft und so von der Welt getrennt."

„Wie wäre es", schlug Nicholas vor, „wenn die Neubekehrten auf dem Weg zur Matrix des Messias, zur Matrix der Morgenröte, durch Wasser gingen? Ich meine, völlig eingetaucht in Wasser sich den Weg bahnen zur Matrix des Lebens?"

„Genial, eine super gute Idee! Aber das hatten wir bereits festgehalten. Sicherlich hast du das einfach überhört bei der Vielfalt der Punkte, die wir erarbeitet haben." Alisah freute sich, dass Nicholas mit ihr so schnell in den Prozess der Visualisierungen eingestiegen war. Sie wusste aus Erfahrung, dass dies vielen Leuten schwerfällt.

„Habt ihr Hunger? Ich lade euch zum Abendessen ein", bot Nicholas großzügig an.

„Gerne. Was meinst du, Abba?"

„Ich bin dafür, werde aber deine Mutter anrufen und bitten, dass sie mit uns ausgeht. Wollen wir zu Luciana gehen, einem koscheren italienischen Restaurant in der Emek Refaim?"

Alisah strahlte die beiden an. „Ich weiß schon, was ich dort essen werde. Sie haben leckere Fettuccine mit Artischocken, Spinatblättern und Zitronensauce."

Sie fanden auf der Terrasse einen freien Tisch für vier Personen. Nicholas setzte sich neben Alisah. Er fühlte sich sehr wohl in ihrer Gegenwart. Er spürte ihre tiefe Anerkennung und Wertschätzung für ihn. Und sie strahlte Lebensfreude und Lebendigkeit aus, die ansteckend waren. Sie lächelte oft und lachte viel, was auf ihre Umwelt ansteckend wirkte. Nicholas stellte immer wieder fest, dass er neben ihr ausgeglichener und lebendiger wurde und einfach mehr Lebensfreude verspürte. Durch ihre fröhliche Gegenwart wurde die Spirale seiner zeitweisen unangenehmen Gefühle unterbrochen. Er sollte bald feststellen, dass sich seine negativen Gefühlsmuster aufzulösen begannen, dauerhaft. Er fing an, mit einer neuen Leichtigkeit durchs Leben zu gehen. Er lernte es durch die Art, wie Alisah mit sich selbst umging. Es gelang ihm, Sorgen und Anspannungen schneller loszulassen. Er entdeckte an ihr, dass sie fähig war, über Schwierigkeiten und manchmal auch auf eine versöhnte Art über sich selbst zu lachen. An ihrer Seite entwickelte er allmählich ein freundliches Verhältnis zu seinen eigenen Gefühlen. Alisah war sehr feinfühlig und ihr blieb die Veränderung an Nicholas nicht verborgen. Sie konnte förmlich sehen, wie sich seine Gedanken von Ballast befreiten und er mehr Klarheit gewann. Sie dankte Y'shua dafür. Sicherlich würde diese neue Ausgeglichenheit ihrer Ehe gut tun.

Sie schaute immer optimistischer in ihre gemeinsame Zukunft. Ihr Leben zu zweit würde abwechslungsreich und lebendig sein, zentriert auf den Auftrag, den Y'shua in ihre Hände legen würde. Sie spürte, dass sie einander gut taten und darüber freute sie sich sehr. Auch sie konnte von ihm lernen, war etwas ruhiger und überlegter geworden. Sie merkte Nicholas an, dass er an sich arbeitete. „Was kann ich tun, um mich schon bald besser, lebendiger, optimistischer, mutiger und stärker zu fühlen?" – Diese Frage war zu Alisahs Gewohnheit geworden, und er schien sie in sein Leben übernommen zu haben. Das Leben hatte Alisah gelehrt, dass Lebensfreude, Glück und Erfüllung in erster Linie das Resultat von vielen kleinen Angewohnheiten waren, mit denen man täglich gut für sich sorgte. Und sie hatte dies regelrecht trainiert. Ihrer Erfahrung nach war dies kein komplizierter aufwendiger Prozess gewesen, in dem sie sich jeden Tag krampfhaft neu aufmachen musste, um bestimmte Ziele diszipliniert zu verfolgen.

Sie meinte tatsächlich die vielen Kleinigkeiten in ihrem Leben, wie Spaziergänge an der frischen Luft, dass sie ihre Sorgen regelmäßig auf Zettel schrieb und diese dann, indem sie sie Y'shua gab, zerriss, um so ganz bewusst alles loszulassen. Sie selbst fand diese kleinen Beispiele „zu einfach" klingend, aber es hatte sie als emotionalen Menschen enorm weitergebracht. Sie dankte Y'shua täglich für so vieles, dass sie über dem Danken keine Zeit mehr hatte für irgendwelche Klagen. Ihr Lebensstil war ansteckend und dies blieb nicht verborgen. Wie oft hatten Kommilitoninnen sie nach dem Geheimnis ihrer Lebensfreude gefragt. Sie war sich sicher, dass sie jetzt an Ausstrahlung und Fröhlichkeit zugenommen hatte. Ihre Quelle lag nun im Wort *und* in Y'shua, dem Messias, den sie endlich gefunden hatte.

Beim Abendessen weihten sie Rahel in die neuen Filmszenen ein.

„Wow, heute habt ihr wirklich einen Durchbruch gehabt", kommentierte Rahel sichtlich beeindruckt ihre Ausarbeitungen. Ihre anerkennenden Worte taten den Dreien gut. Sie waren müde, abgekämpft, aber dennoch fröhlich. Nicholas legte seine Hand auf Alisahs Arm. Ihr Lächeln blieb und sie hielt seinem Blick stand. Mutig nahm er beide Hände von Alisah in seine. Aviad kniff die Augenbrauen zusammen. Doch als Rahel ihm zuflüsterte, dass sie einen kleinen Spaziergang machen und anschließend die beiden hier abholen könnten, erwärmte er sich für die Idee. „Ihr beiden, wir bummeln noch ein wenig miteinander und holen euch in einer guten halben Stunde hier ab."

„Großartig, Aviad!" Nicholas betrachtete die Wende des Abends als grünes Licht und streichelte Alisah zärtlich über ihre Hände.

„Ich sehe, ich bin in guten Händen", zwinkerte ihm Alisah zu.

„Du siehst umwerfend aus."

Die Art, wie er sie dabei ansah, machte sie verlegen. Das war ihr noch nie passiert. Sie versuchte durchzuatmen, aber es gelang ihr nicht. Nicholas sah, dass sie aufgewühlt war und ließ ihre Hände los.

„Ich … Du bringst mich durcheinander. Ich bin gleich wieder da", sagte Alisah und stand auf.

Nicholas schwieg. Er hatte nicht damit gerechnet, dass sie so direkt war. Es verblüffte ihn, aber es gefiel ihm auch, sie so zu sehen. Alisah gestand sich auf dem Weg zur Toilette ein, dass sie es sich immer gewünscht hatte, dass ihr zukünftiger Mann sie so ansehen konnte, dass sie die Fassung verlor und ihre Gefühle einfach durcheinander wirbelten. Es fühlte sich gut an. Amüsiert über sich selbst kam sie zurück. So verliebt, dachte sie. Bereit, ein neues Leben zu beginnen. Ihr Blick flog zu Nicholas. All das, was jetzt zwischen ihnen passierte, stand noch nicht im Drehbuch. Oder doch?

Aviad lag in dieser Nacht noch lange wach. Er war mit dem Auszug der Kinder Israels aus Ägypten beschäftigt. Warum nur musste sein Volk durch das Schilfmeer gehen? YHWH hätte sie auch einen anderen Weg führen können. Warum kamen die Feinde im Wasser um? Aviad spürte, dass es einen tieferliegenden Grund geben musste als die bloße Tatsache, dass YHWH ein Wunder tun wollte. Das Eintauchen ins Wasser als Bild für eine Mikwe war wichtig, aber dazu hätten sie auch ein Wasserbad an einem Gewässer nehmen können. Wozu diese gewaltige und großartige Demonstration, dass das Schilfmeer sich teilte? Aviad spürte die Gegenwart YHWHs und sein eigenes Drängen um eine Antwort. Wie konnte er diese Geschichte verstehen? YHWH erbarmte sich und führte Aviad in eine offene Vision. Plötzlich befand sich Aviad zurückversetzt in den Kulturkreis der alten Völker und in die Zeit, in der die Kinder Israels aus Ägypten auszogen. Aviad sah, dass der Nil und die Gottheit des Nils verehrt wurden. Api galt als die Personifizierung des Nils. Er wurde verantwortlich gemacht für die Nilflut, die fruchtbaren Schlamm zurückließ. Er wurde als Schöpfergott und Vater der Götter verehrt. Das Wasser war aber auch ein machtvoller Ort, in den man als Strafe hineingeworfen wurde. Wenn man lebend wieder herauskam, zeigte es, dass der Gott des Wassers ihn für nicht schuldig erklärt hatte. Aviad verstand, dass YHWH die Rituale und Glaubenssätze der antiken Völker nahm, weil sie diese Sprache verstanden.

Jetzt gab der Auszug durch das Schilfmeer einen anderen Sinn. Die Israeliten gingen hinein ins Meer und sie kamen dort nicht um. D. h., sie wurden nicht der Anklagen der Ägypter für schuldig erklärt. Aber der Pharao und sein Heer kamen im Wasser um. In ihrer eigenen Sprache hieß dies, dass sie vom Elohim Israels schuldig gesprochen worden waren. Aviad stellte sich die Nationen vor, die hörten, dass Israel durch das Schilfmeer gezogen war und dabei nicht umgekommen war. Das war ein gewaltiges Zeugnis für sie und das Volk der Israeliten war gerechtfertigt vor ihren Augen. YHWH hatte sichergestellt, dass alle ringsherum klar verstanden, was sich da abspielte.

Aviad begriff, dass die Geschichte seines Volkes in den Kontext der damaligen Zeit eingebettet war. Alles, was geschah, war tief in das Umfeld der damals existierenden Völker und Bräuche verwurzelt. Aviad entdeckte in dieser Nacht, dass dieser Kontext von entscheidender Bedeutung war, wenn man die Geschichten des Tenach, aber auch der Brit Chadaschah, richtig verstehen wollte.

Y'shua erinnerte ihn an ein weiteres Beispiel, über das er schon einmal mit Nicholas gesprochen hatte. Die Tatsache, dass die Israeliten damals das Blut an die Türpfosten strichen, war mit der Art und Weise verbunden, wie in den alten Völkern Bündnisse geschlossen wurden. In der antiken Welt wurde an der Türschwelle ein Bündnis geschlossen. Dort wurde ein Tier geschlachtet und das Blut lief auf die Türschwelle und wurde in einer Vertiefung auf der Türschwelle gesammelt. Es war sichtbar für alle, dass das Opfern eines Tieres vor einer Türschwelle das Schließen eines Bundes anzeigte. Der Bundesschluss wurde mit einem Mahl besiegelt. Und so war es auch mit Pessach gewesen: Nachdem die Israeliten die beiden Pfosten der Tür und die obere Schwelle damit bestrichen hatten, sollten sie das Fleisch mit ungesäuertem Brot essen. Jeder, der außen an den Türen vorbeiging, wusste aufgrund der Sitten und Gebräuche, dass dort in diesen Häusern ein Bündnis geschlossen worden war.

Aviad fiel jetzt ein, dass es in der Torah immer heißt, dass die Priester die Opfer vor die Tür der Stiftshütte bringen mussten. „Wieso?“, hatte er sich oft gefragt. Jetzt hatte er die Antwort gefunden. Bei einem Bundesschluss wurde vor der Tür geopfert. Das machte alles so viel mehr Sinn. „Wie weise von Elohim“, dachte Aviad, „alles in die Sprache und Rechtspraktiken der damaligen Zeit einzubetten, so dass es jeder verstehen konnte.“ Aviad freute sich schon darauf, seiner Frau und seiner Tochter und Nicholas diese neuen Erkenntnisse mitzuteilen.

4 AUF DER TENNE

Alisah wachte in der folgenden Nacht von einem sehr eindrücklichen Traum auf. Sie sah ihren Vater, Nicholas und sich selbst auf einer Tenne. Sie hatten alle eine Worfschaufel in der Hand, mit der sie jeweils Weizen in die Luft warfen, damit der Wind die leichtere Spreu wegblasen konnte. Sie hatte im Traum den Eindruck, dass es jetzt noch Zeit auf der Tenne zum Worfeln gab. Bald würde diese Zeit ablaufen. Ihr fiel der Prophet Jeremia ein und sie hörte im Traum klar seine Worte aus Kapitel 4, Verse 11-12: ‚Zu der Zeit wird man diesem Volk und Jerusalem sagen: Es kommt ein heißer Wind von den kahlen Höhen aus der Wüste, geraden Weges zu der Tochter meines Volks, nicht zum Worfeln noch zum Sichten. Ja, ein Wind kommt auf mein Geheiß, der ihnen zu stark sein wird; da will ich dann mit ihnen rechten.‘

Sie verstand die Botschaft des Traumes ganz klar. Wind heißt im Hebräischen *ruach.* Der Wind YHWHs war jetzt dabei, die Spreu in ihren Leben wegzutragen. Ihr fiel die biblische Geschichte von Ruth und Boas ein. Boas worfelte seine Gerste am Abend, als es mehr Wind gab. Und dieser verstärkte Wind war auch jetzt am vorgerückten Abend, kurz vor Mitternacht, geschichtlich und biblisch gesprochen, notwendig, um die Spreu wegzublasen. Kurz vor Mitternacht? Ja, es würde bald Mitternacht in der Geschichte der Menschheit sein. Dessen war sie sich gewiss.

Am Frühstückstisch erzählte sie ihren Eltern den Traum.

Nachdenklich schauten Aviad und Rahel ihre Tochter an. „Warte. Ich hole meine Brit Chadaschah.“ Es war Aviad deutlich anzusehen, dass er die Botschaft begriffen hatte. Er las vor: „‚Es ist wahr, dass ich euch in Wasser eintauche, damit ihr euch von der Sünde zu Elohim wendet; doch der, der nach mir kommt, ist mächtiger als ich – ich bin nicht einmal wert, seine Sandalen zu tragen –, und er wird euch in den Ruach HaKodesch und in Feuer tauchen. Er hat seine Worfschaufel bei sich; und er wird seinen Dreschboden reinigen, seinen Weizen in die Scheune sammeln und das Stroh mit unlöschbarem Feuer verbrennen.'"

„Vater, wo steht das, was du gerade vorgelesen hast?", fragte Alisah betroffen.

„Matitjahu hat das geschrieben."

„Es ist vielleicht nicht das, was ihr ursprünglich im Kopf hattet, als ihr begonnen habt, das Manuskript zu schreiben", warf Rahel ein, „aber sein Ruach bläst jetzt über uns allen."

„Genau das habe ich gerade auch gedacht, Mom."

Aviad verstand die beiden Frauen und nickte. „Es geht nicht nur um das Manuskript für den Film. Es geht um uns selbst. Das macht das Ganze nur noch dringlicher. Ich rufe Nicholas an und bitte ihn, so schnell wie möglich vorbeizukommen."

Erleichtert hörten sie eine Stunde später das Klingeln an der Haustür. „Es wird mir besser gehen, wenn ich weiß, was los ist", begrüßte Nicholas die drei. Alisah wandte sich mit einem schwachen Lächeln Nicholas zu und erzählte noch einmal ihren Traum. Sie erhielt ein verständiges Nicken von ihm. Anschließend erfuhr er von Aviad den Rest ihres Gespräches.

Aviad holte seinen Tenach. „Lasst uns den hebräischen Text von Ruth miteinander lesen. Ich bin sicher, dass wir darin weitere hilfreiche Entdeckungen machen werden. ‚*Hinneh*'", las Aviad aus der hebräischen Schrift vor und fuhr fort: „Übersetzt heißt *hinneh* ‚sieh', und dieses Wort fordert uns auf, dass wir dem Folgenden Beachtung schenken sollen. ‚Boas worfelt diese Nacht Gerste auf seiner Tenne.' Das hebräische Wort für worfeln heißt *zarah.* Es bedeutet streuen, auseinanderjagen und zerstreuen. Das zugrundeliegende Wurzelwort von *zarah* ist *zuwr. Zuwr* heißt ein Fremdling, ein Fremder oder eine Prostituierte. Es umfasst auch abscheulich, wie ein abscheulicher Atem, oder entfremdet werden. Übertragen bedeutet das doch, dass durch den Prozess des Worfelns etwas auseinandergejagt wird. Könnte man nicht sagen, dass etwas Fremdes entfernt wird?"

Die anderen verstanden und nickten.

„Vater, warte einen Augenblick. Der Prophet Hosea hat auch dieses Wort *zuwr* gebraucht. In Kapitel 8, Vers 12 schreibt er: ‚Wenn ich ihm auch noch so viele meiner Gebote aufschreibe, so werden sie doch geachtet wie *zuwr*' oder übersetzt ‚wie eine fremde Lehre'."

„Damit liegst du genau richtig, Alisah. Beim Prozess des Worfelns wird die Spreu vom Weizen getrennt. Oder es wird das, was fremd und das, was torahkonform ist, auseinandergejagt."

Anerkennend schaute Nicholas Vater und Tochter an. „Großartig und glasklar. Dann werden wir in unserem Leben worfeln, genauso wie Alisah es geträumt hat. Alles, was nicht in Übereinstimmung mit der Torah ist, müssen wir mit Hilfe seines Windes wegblasen."

Aviad hob seine Hand hoch, um erneut ihre Aufmerksamkeit zu gewinnen. „Boas worfelte Gerste. Gerste heißt im Hebräischen *seorah* mit dem dazu gehörenden Wurzelwort *sa'ar*. Es bedeutet wegwirbeln, stürmen, wegfegen, zittern, schaudern, sich fürchten. Der Prozess wird sehr schön in der Geschichte der Ruth beschrieben ‚und sie klopfte die Ähren aus, die sie aufgelesen hatte, und es war ungefähr ein Scheffel Gerste'."

Rahel ergriff das Wort. „Boas legte sich hinter einen Kornhaufen. Das hebräische Wort für Kornhaufen ist *aram* und bedeutet einfach zusammensammeln. Ist das nicht ein Bild für die Sammlung am Ende der Tage?"

„Ja. Lass uns schnell nachblättern, wo dieses Wort *aram* noch vorkommt. Es ist mir nicht so geläufig vom Lesen des Tenach", erwiderte Aviad.

Rahel wurde als Erste fündig: „Hier. Dein Eindruck ist richtig. Es kommt ansonsten nur noch einmal vor, und zwar in Schemot: ‚Durch dein Schnauben türmten die Wasser sich auf, die Fluten standen wie ein Wall; die Tiefen erstarrten mitten im Meer.'"

„Das hebräische Wort für sich auftürmen ist *aram*", ergänzte Alisah.

„Ich glaube kaum, dass hier zufällig das gleiche Wort steht", entgegnete Nicholas Alisah. „Die Verbindung könnte Errettung bedeuten. Durch das Auftürmen der Wassermassen kam Errettung. Und bewachte nicht Boas die Kornhaufen? Dieser mächtige und reiche Mann war persönlich im Prozess des Worfelns involviert und bewachte nach dem Worfeln die Kornhaufen, die immer in der Gefahr standen, geraubt zu werden."

„Genau so war es", bestätigte Aviad. „Das erfahren wir aus dem Buch Samuel: ‚Und es wurde David angesagt: Siehe, die Philister kämpfen gegen Keila und berauben die Tenne.'"

„Wir können mit dem Psalmist zusammenfassen", warf Rahel ein, „‚die Gesetzlosen sind wie die Spreu, die der Wind dahin treibt' und Daniel schreibt, dass ‚die Nationen, die YHWH vergessen, wie die Spreu der Sommertennen sein werden.'"

„‚Du mein Gedroschenes und Sohn meiner Tenne!'"

„Eines muss man dir lassen, Aviad, du kennst deinen Tenach. Und welcher Prophet hat das gesagt?", erkundigte sich Nicholas.

„Jescha'jahu", antworte Aviad und runzelte seine Stirn. „Aber wir finden den gleichen Gedanken auch in Tehillim 1,4-5: ‚Nicht so die Gesetzlosen, sondern sie sind wie die Spreu, die der Wind dahintreibt. Darum werden die Gesetzlosen nicht bestehen im Gericht, noch die Sünder in der Gemeinde der Gerechten.'"

Nicholas lehnte sich zurück und übersah Aviads Gesichtsausdruck. Seine Augen blitzten ein wenig übermütig, als er Alisah ansah. Er wartete, bis er ihre volle Aufmerksamkeit hatte. Für einen langen Moment begegneten sich ihre Blicke. Aviad schwieg. Entgegen seiner Gewohnheit war er es diesmal, der die Diskussion unterbrach.

„Es ist schon spät. Bist du hungrig, Rahel?"

„Ja, Aviad. Wir könnten um die Ecke in das kleine Restaurant gehen. Was meinst du?"

„Gute Idee. Dann sind wir schon zu zweit."

Erst als sie sich erhoben, schlugen Nicholas und Alisah vor, sie zu begleiten. Das Restaurant um die Ecke war sehr klein und einfach, doch der Duft aus der offenen Küche roch vielversprechend. Erst jetzt wurde Nicholas gewahr, wie hungrig er war. Sie zwängten sich durch das kleine Lokal an den voll besetzten Tischen vorbei und nahmen in der Ecke an dem letzten noch freien Tisch Platz. Ein Kellner brachte ihnen Hummus und eingelegte Oliven als Vorspeise sowie eine Karaffe mit einem recht ordentlichen Wein des Hauses. Auf seine Empfehlung hin bestellten alle vier Latkes. Zu den kleinen, frittierten Kartoffelpuffern gab es gebratenen Lachs, serviert auf Gurkensalat mit Safran.

„Es schmeckt fantastisch", schwärmte Alisah genießerisch.

Der Kellner nahm das Kompliment lächelnd entgegen und servierte noch ein Dessert und Kaffee für alle.

„Ich glaube, hier werden wir nun regelmäßig vorbeischauen!", sagte Alisah begeistert.

„Ja, bestimmt!", nickte Rahel zufrieden über ihren gelungenen Vorschlag.

„Danke, Mom, für diesen Geheimtipp."

„Vielen Dank, Rahel, für die Einladung. Auf mich kannst du auch immer zählen. Ich bin gerne wieder mit von der Partie", zwinkerte ihr Nicholas zu. Hand in Hand bahnten sie sich alle vier einen Weg nach draußen. Nicholas legte Alisah seinen Arm um die Schultern und umarmte sie fest zum Abschied.

5 SELBST DIE BUCHSTABEN VERKÜNDEN IHN

Es war ein langer Weg bis hierhin, dachte Nicholas auf der Fahrt nach Hause. Wie viele Umwege und falsche Wege hatte er ausprobiert! Nur die Treue und Güte YHWHs hatten ihn auf die rechte Bahn gebracht. „Vielen Dank für deine Geduld mit mir. Danke, dass du mich nicht aufgegeben hast", schickte Nicholas seufzend nach oben.

Nicholas stieg die alte, abgetretene Treppe zu seinem Apartment hinauf. Es war ganz still im Haus. Er trat in sein Schlafzimmer ein. Das Mondlicht fiel sanft auf sein Bett und lud ihn zum Träumen ein. Er legte sein Handy auf die Kommode und widerstand der Versuchung, Alisah eine SMS zu senden. Er öffnete das Fenster. Ein lauer Nachtwind wehte sanft ins Zimmer. Und dann ließ er sich einfach nur noch ins Bett fallen.

Lange lag Nicholas noch wach. Er ging die einzelnen Stationen durch, seitdem er Aviad das erste Mal am Frankfurter Flughafen getroffen hatte. Er ließ die alten, ausgetretenen Wege mit den Wegweisern „menschliche Traditionen", „Irrlehren" und „Vermischte Lehren" Revue passieren. Wie hatte er nur den Lehren Glauben schenken können, die das Fundament, die Torah, abschnitten? Lehrern folgen, die es wagten, den Ehevertrag als nichtig zu erklären! Schafhirten, die ihre Schafe auf Feste führten, die mit heidnischen Elementen durchmischt waren. Wie töricht war er gewesen, sich das Zeichen zwischen YHWH und ihm, den Schabbat, rauben zu lassen. Wie blind war er gewesen. Ohne in der Schrift genug zu prüfen war er den blinden Blindenführern gefolgt. Wie lebendig empfand Nicholas in dieser Nacht das Wort des Propheten Jesaja: ‚Und ich will Blinde auf einem Wege wandeln lassen, den sie bisher nicht kannten; Pfade, die sie nicht kannten, will ich sie betreten lassen. Ich wandle die Dunkelheit vor ihnen her in Licht und was holprig ist, mache ich eben. Das ist die Verheißung – sie führe ich aus und lasse sie nicht fallen!‘

Dankbar erkannte er, dass YHWH ihn auf die uralten Pfade zurückgeführt hatte. Er erinnerte sich an den Propheten Jeremia, der es treffend formuliert hatte: ‚Tretet hin an die Wege und schauet und fragt nach den Wegen der Vorzeit, welches der gute Weg sei, und wandelt darin, so werdet ihr Ruhe finden für eure Seele!‘ Es kam ihm so vor, als ob er aus einem langen tiefen Schlaf erwacht sei. Der Ruach HaKodesch erinnerte ihn an eine weitere Stelle aus Jesaja: ‚Wach auf, wach auf, Zion, zieh an deine Stärke! Schmücke dich herrlich, Jerusalem, du heilige Stadt. Denn es wird hinfort kein Unbeschnittener oder Unreiner zu dir hineingehen.‘

Seine Seele und sein Geist wurden beschnitten und alles Unreine wurde hinausbefördert. Die Matrix des Messias hatte begonnen, sich in seinem Herzen auszuprägen. Der Ruach HaKodesch rief ihm eine Stelle aus dem ersten Korintherbrief in Erinnerung: ‚Es gibt Menschen, denen die Erkenntnis Elohims fehlt – das sage ich zu eurer Schande.‘ Beschämt erkannte Nicholas, dass er dazu gehörte. Ihm mangelte es gewaltig an der Erkenntnis Elohims. Bis vor Kurzem nannte er seinen Gott noch nicht einmal bei seinem richtigen Namen. Aber er war auf dem Weg der Umkehr. Über dem Hin und Her seiner Gedanken schlief er endlich ein.

Dieses Mal war es nicht das Schellen der Haustür, das ihn weckte. Das Telefon klingelte. Nicholas blinzelte. Die Sonne stand hoch am Himmel. „Wann?“, hörte sich Nicholas fragen. „Zum Mittagessen?“, blitzschnell rechnete Nicholas nach, „das ist ja schon in einer halben Stunde. Das schaffe ich nicht!“ Nur keinen Stress, dachte er bei sich.

„Ok, dann in einer Stunde. Bis später.“ Er legte auf. „Volles Programm heute“, murmelte er vor sich hin und stellte die Kaffeemaschine an. Nicholas verschwand ins Badezimmer, drehte nach seiner Gewohnheit Lobpreismusik auf, lauter als üblich. Er duschte auch länger als gewöhnlich. Es schien, als ob er die restliche Müdigkeit mit Wasser und Lautstärke wegzuspülen versuchte.

Erfrischt ging er in die kleine Küche. Kaffee und ein ausgiebiges Frühstück taten ihr Übriges. Er fühlte sich viel besser. Aber das Hochgefühl und das Kribbeln im Bauch kamen eindeutig von etwas anderem. Er musste ständig an Alisah denken. Dieses Gefühl, verliebt zu sein, erhebt einfach mehr als alles andere, gestand er sich ein. Fröhlich warf er die Haustür hinter sich ins Schloss und eilte davon. Garantiert würde er zu spät kommen. Er winkte ab. Das war schon ok. Die Israelis waren auch selten pünktlich. Er genoss die sonnige Atmosphäre in den Straßen Mea Schearims. Er kaufte zwei Blumensträuße. Der Strauß mit den blauen und weißen Iris war für Rahel. Für Alisah wählte er rosarote Rosen. Als er an ihrer Haustüre klingelte, leuchteten Alisahs und Rahels Gesichter vor Freude. „Rosen. Meine Lieblingsblumen", schnupperte Alisah an dem Strauß und stellte ihn auf die Schabbat-Tafel. „Ich stelle ihn erst einmal hier hin, aber später werde ich ihn mit auf mein Zimmer nehmen. Vielen herzlichen Dank." Ihr Gesicht strahlte. Fast hätte Nicholas vergessen, dass heute Erev Schabbat war.

Aviad trat zu ihnen. „Die beiden Frauen haben bereits alle Vorbereitungen für heute Abend getroffen. Ich schlage vor, wir nutzen die Zeit bis zum Sonnenuntergang, um weiter an unserem Manuskript zu arbeiten." Ohne eine Antwort abzuwarten, hängte er bestimmend an: „Wir gehen in unseren Ausarbeitungen nochmals zurück zu den geheimnisvollen Alef-Tav-Einarbeitungen in der Torah."

Alisah stimmte zu: „Einverstanden. Hast du neue Zusammenhänge entdeckt, Pa?"

„Das hatten sie gemeinsam", dachte Nicholas. „Von nichts auf gleich Feuer und Flamme sein." Da konnte er nicht mithalten. Im Gegenteil, diese übergangslose, scheinbar aus dem Nichts auftauchende Leidenschaft überforderte ihn regelmäßig. Er schüttelte seine Gedanken ab und versuchte sich auf Aviad zu konzentrieren.

„Vielen Juden ist klar, dass mit den Alef-Tav-Einschüben der Messias gemeint ist. Andere meinen, dass dieses eingefügte

Alef-Tav für Perfektion und Vollkommenheit steht. Es gibt Rabbiner, die sagen, dass das Alef-Tav ein verborgenes Zeichen von HaSchem ist, verborgene Buchstaben, die all die anderen Buchstaben der Torah umspannen. Im Aramäischen bedeutet das Alef-Tav ‚geh tiefer, geh weiter'. Im Paleohebräischen bedeutet Tav Zeichen. Die Rabbiner gehen sogar noch weiter und sagen, dass es das Zeichen der Zeichen ist und mit der Eigenschaft verbunden ist, ein Hinweisschild zu sein. Das Alef ist stumm, wird nicht ausgesprochen und steht für HaSchem. So weist das Tav als das Zeichen auf HaSchem hin. Alles weist auf HaSchem hin.

Aber seitdem ich weiß, dass Y'shua der Messias ist und ich ihn konkret im Tenach suche, lese ich diese Alef-Tav-Einfügungen anders. Y'shua weist auch auf YHWH hin."

Wie gut, musste Nicholas zugeben, dass Aviad diese Einschübe entdecken und lesen konnte.

Alisah wurde schon ungeduldig: „Auf was möchtest du hinaus, Vater? Vielleicht könntest du endlich einmal die Katze aus dem Sack lassen?"

Er nickte. „Im Buch der Offenbarung wird der erste und letzte Buchstabe im ersten Kapitel in Vers 8 erwähnt: ‚ich bin das ›A‹ und das ›Z‹, sagt Adonai, Elohim der himmlischen Heerscharen, der, der ist, der war und der kommt' und in Vers 17 ‚ich bin der Erste und der Letzte, der Lebendige.' Im 21. Kapitel heißt es in Vers 6 ‚ich bin das ›A‹ und das ›Z‹, der Anfang und das Ende'. Natürlich hat Y'shua zu Yochanan nicht A und Z gesagt, sondern Alef und Tav."

„Das ist einleuchtend. Ich würde auch nicht zu dir sagen, ich habe das von Alef bis Tav studiert, sondern von A bis Z", versicherte ihm Nicholas. Aviad hielt inne und nickte Nicholas bestätigend zu.

„Ausgezeichnet, dann sind wir uns einig. Y'shua sagte von sich, dass er das Alef und das Tav ist. Und wenn Y'shua zu seinen Talmidim sagte: ‚Das habe ich gemeint, als ich noch bei euch war und euch sagte, dass alles, was Mosche, die Propheten und die Psalmen über mich im Tenach geschrieben haben, erfüllt werden musste. Dann öffnete er ihren Verstand, so dass sie den Tenach verstehen konnten. Dann erklärte er ihnen, angefangen bei Mosche und den ganzen Propheten, die Dinge, die im Tenach über ihn gefunden werden können‘. Können wir nicht dasselbe tun?“

„Was meinst du damit, Pa?“

Aviad wedelte mit seinem Tenach hin und her. „Wir zeigen, wo das Alef-Tav im Tenach gefunden werden kann und dass es von Y’shua zeugt!“

„Da kann ich dir nicht helfen.“ Nicholas zuckte die Achseln. „Mein Hebräisch reicht dazu nicht aus.“

„Da gibt es nichts zu helfen“, grinste Aviad ihn an. „Ich habe schon ausreichend recherchiert.“

„Dann fahr fort.“ Alisah griff zur Karaffe und schenkte jedem ein Glas Wasser ein und Rahel reichte kleine Häppchen herum. Dankbar schaute Nicholas die beiden an. Für einen Moment begegneten sich Alisahs und sein Blick in Liebe, aber auch in großer Freude über die gemeinsame Arbeit. Nicholas kostete eines der Canapés, die alle liebevoll mit Salatblättern, Obst, Nüssen, Fisch, Putenfleisch und leckeren Saucen dekoriert waren. „Hmm, sind die lecker.“ Er nahm noch einen Bissen. „Sogar ausgezeichnet.“

Aviad musste sich gedulden, ehe er seinen Faden wieder aufnehmen konnte. Alle drei löffelten genüsslich das Dessert, das Rahel plötzlich hervorzauberte. Aviad stopfte noch das letzte Canapé in den Mund und ließ sich auf seinen Stuhl fallen. Er fuhr in der Hoffnung, dass sie bald fortfahren könnten, seinen PC hoch. Es dauerte noch einen Augenblick, bis die Frauen das leere Geschirr in die Küche geräumt hatten.

„Ich resümiere. Wir hatten herausgefunden, dass Y’shua das Alef und das Tav ist und dass es im Tenach mehrere Verse gibt, wo ein eingefügtes Alef-Tav auf ihn hinweist. Beispielsweise war es das Blut Y’shuas, das YHWH sah, als er auf die mit Blut bestrichenen Türpfosten seines Volkes sah. Und es war das Fleisch Y’shuas, das sie im Glauben verzehrten. Sowohl das Blut als auch das Fleisch sind an diesen Stellen mit *et* verbunden. Stimmt’s?“

„Ja, genau“, stimmte Alisah zu und die anderen nickten.

„Hier kommen weitere Beispiele. Bestimmt nicht alle, aber immerhin. Ausgehend von diesen Beispielen habe ich mir überlegt, dass bei einem Bündnis Blut fließt. Und wenn es aus der Sicht YHWHs das Blut Y'shuas ist, müssten weitere Alef-Tav-Einfügungen im Zusammenhang mit der Tatsache des Bundesschlusses zu finden sein."

„Ja, das wäre logisch", warf Nicholas ein.

„Dann mal los", drängte Alisah.

„Bei der Beschneidung fließt auch Blut. Deswegen habe ich in Bereschit bei den Anweisungen über Beschneidungen die entsprechenden Passagen nachgelesen. ‚Das Fleisch eurer Vorhaut sollt ihr beschneiden.' Das hebräische Wort für Fleisch ist *basar. Basar* heißt aber auch gute Nachricht. An dieser Stelle steht nun wieder *alef-tav basar.* Das beschnittene Fleisch erinnert an das Lamm, das geschlachtet worden ist. Das hebräische Wort für Vorhaut heißt *orlah* und damit ist auch die *Orlah* eines Baumes gemeint."

„Die *Orlah* eines Baumes? Also die Vorhaut eines Baumes?", fragte Nicholas stirnrunzelnd.

„Sozusagen. Im Hebräischen bezeichnet die *Orlah* am Baum die Stelle, an der er Frucht bringt. Und ist Y'shua nicht der Baum des Lebens? In dieser Textstelle geht es zwar um das Fleisch im Zusammenhang mit der Beschneidung, aber wessen Fleisch sieht YHWH hier? Erneut das *alef-tav basar.*"

„Warte bitte, Aviad. Ich muss das zusammenfassen", unterbrach Nicholas ihn. „Sonst komme ich da nicht mit. Y'shua bezeichnet sich als das Alef und das Tav. Wenn YHWH im Tenach von der Realität seines Sohnes spricht, fügt er ein Alef-Tav ein. Das ist dann ein Hinweis, sozusagen ein Textmarker, auf seinen Sohn Y'shua?"

„Genau." Aviad schenkte Nicholas ein breites Grinsen. Nicholas hatte den Zusammenhang erfasst. „Erinnerst du dich daran, dass wir über das Alef und das Tav schon einmal zu Beginn unserer Recherchen gesprochen haben?"

„Ja, aber jetzt ist es mir viel klarer geworden", erklärte Nicholas.

Inzwischen begann es zu dämmern. Ein neuer Tag kündigte sich an. Da es Vollmond war, holte Aviad sein Schofar heraus und begann, es zu blasen.

Als Nicholas sich verabschiedete, war es schon kurz vor Mitternacht. „Du kannst gern bei uns im Gästezimmer übernachten", schlug ihm Aviad vor.

„Danke. Klingt gut, aber ich möchte nach Hause gehen." Er warf noch einen Blick auf Alisah zurück, wie sie an der geöffneten Tür stand und der Abendwind mit ihren Haaren spielte. Schade, dass die Hochzeit nicht seine private Angelegenheit war, sondern er auf den Zeitpunkt warten musste, den Aviad, der Vater, festlegte. Aber ging es Y'shua nicht ebenso? ‚Doch wann jener Tag und jene Stunde kommt, weiß niemand – nicht die Engel im Himmel, nicht der Sohn, nur der Vater.' Er spürte, dass Y'shua ein festes Band um ihn geschlungen hatte. Er folgte seinem Rabbi und lernte ihn immer besser kennen.

Am Schabbat hörte Nicholas nichts von der Familie Cohen. Er vermisste sie, genoss aber die Ruhe und hing seinen Tagträumen nach. Am ersten Tag der Woche rief Aviad an. Er teilte Nicholas mit, dass sie sich einige Tage nicht treffen würden, da er eine Offenbarung bekommen habe, die er im Wort studieren wolle. Er lud ihn zum kommenden Erev Schabbat nach Mea Schearim ein. Nicholas freute sich über diese unerwartete Pause. Er nahm sich vor, die Handlung der Nebengeschichte auszuarbeiten. Die Woche verging wie im Flug und Nicholas kam gut voran. Als er zur Schabbat-Tafel aufbrach, packte er sich vorsorglich eine kleine Tasche für den Fall, dass er dort übernachten würde. Und seine Vorahnung erfüllte sich. Nach einer lebhaften Schabbatfeier, bei der keiner müde wurde zu erzählen, wie die Woche gelaufen war, lud Aviad ihn erneut ein, bei ihnen zu übernachten. Dieses Mal willigte Nicholas dankbar ein.

6 MALAK, DER GESANDTE

Nicholas verbrachte einen wunderschönen, ruhigen Schabbat bei der Familie Cohen und wurde abends erneut eingeladen, dort zu übernachten. Nach kurzem Zögern nahm er an. Rahel strahlte ihn an, als wäre sie dankbar, dass er noch einmal bleiben würde. Die Gastfreundschaft der ganzen Familie verblüffte ihn. Er fühlte sich richtig wohl bei ihnen. Ja, er spürte, wie er wirklich mehr und mehr zur Familie dazugehörte.

„Boker tov. Habt ihr gut geschlafen?“, fragte Aviad am nächsten Morgen, erfreut, alle zu sehen.

„Boker or“, kam es einstimmig zurück.

„Eure Antwort ist prophetisch“, erwiderte Aviad lachend. „Ken. Ihr werdet noch sehen, dass heute ein großes Licht in unsere Mitte fällt.“

„Sehr geheimnisvoll.“ Diesen Zwischenruf konnte Alisah sich nicht verkneifen. Nicholas zwinkerte ihr zu.

Aviad legte direkte los: „Wir haben für die *Matrix des Messias* herausgearbeitet, dass Y'shua das Alef und das Tav ist und er ist auch das *Memra*, das Wort. Erinnert ihr euch, dass wir gesagt haben, dass der erste Satz der Schlüssel zur Torah ist? Wenn schon im ersten Satz von ihm die Rede ist, so unsere Behauptung, dann müsste Y'shua überall in der Torah zu finden sein. In alten, jüdischen Schriften steht, dass es einen besonderen Boten gibt, der nicht erschaffen worden ist. Ein Bote, in den HaSchem seinen Namen legt. Es heißt in einer jüdischen Schrift, dass es einen Mann gibt, wenn er ein Mann ist, der ein Engel oder ein Bote ist. Ein Metatron, ein hochrangiger Engel, der im Bild des Heiligen geschaffen ist. Er ist eine Emanation, ein Ausfluss seiner Herrlichkeit.“

Alisah wurde unruhig. Sie folgte gespannt der Offenbarung ihres Vaters. Zahlreiche Bibelstellen fielen ihr jetzt ein. „Abba, Engel heißt *malak* im Hebräischen! Und es gibt zahlreiche Stellen, wo der *Malak* erwähnt ist. *Malak* heißt nicht nur Engel, sondern Gesandter."

„Ken. Ja. Das Wort *malak* wird 75 Mal in der Torah erwähnt."

„Sagt nicht Y'shua", warf Nicholas ein, „dass er vom Vater gesandt ist? Y'shua sagt in Yochanan im Kapitel 14, Vers 24: ‚Und das Wort, das ihr hört, ist nicht mein eigenes, sondern das des Vaters, der mich gesandt hat.'"

„Ken, ken! Da hast du die Verbindung."

Inzwischen hatte Alisah ihren Tenach aufgeschlagen und las aus Schemot 32,34 vor: „‚So geh nun hin und führe das Volk, wohin ich dir gesagt habe. Siehe, mein Engel soll vor dir hergehen.'"

Aviad schloss Vers 2 aus Kapitel 33 an: „‚Und ich will vor dir her senden einen Engel und ausstoßen die Kanaaniter, Amoriter, Hetiter, Perisiter, Hiwiter und Jebusiter ...' Der Prophet Jescha'jahu drückt es noch klarer aus: ‚Der Malak seines Pney, der Engel seines Angesichts, errettete? Ja, sie. In seiner Liebe und in seinem Erbarmen erlöste er sie und trug sie von alters her.' Wer ist der sichtbare Bote seines Angesichts? Y'shua. Und wer errettet? Y'shua." Aviad pausierte.

„Passt einmal auf. Jetzt kommen sehr aufschlussreiche Verse aus Schemot 23", fuhr Aviad fort. „Wir lesen ab Vers 20: ‚Siehe, ich sende einen Malak vor dir her, der dich behüte auf dem Wege und dich bringe an den Ort, den ich bestimmt habe. Hüte dich vor ihm und gehorche seiner Stimme und sei nicht widerspenstig gegen ihn: denn er wird euer Übertreten nicht vergeben, weil mein Name in ihm ist.' Sein Name ist in ihm! Das deckt sich genau mit den Aussagen, die die jüdischen Weisen formuliert haben. Erinnert ihr euch, was ich vorhin gesagt habe? Ein besonderer Bote, der nicht erschaffen wurde und sein Name ist in ihm zu finden."

Aviad blätterte in seiner Bibel nach vorne und fügte an: „Das Wort *malak* kommt aber bereits in Bereschit vor. In der Geschichte von Hagar. ‚Aber der Engel YHWHs fand sie bei einer Wasserquelle in der Wüste, nämlich bei der Quelle am Wege nach Schur.' Hagar nennt diesen Engel YHWHs: ,Du bist El, der mich sieht.' Der Engel YHWHs ist sichtbar. Er spricht, prophezeit und gibt Anweisungen. Und Hagar sieht in ihm El, also Gott selbst!"

„Und ist es nicht so, Vater, dass nur YHWH die Dinge, die der Malak Hagar verspricht, erfüllen kann?"

„Ja, Alisah. Hört einmal zu. Ich lese euch den Vers 16 aus Bereschit 48 vor. Jakob segnete Josefs Söhne mit den Worten: ,Der Engel, der mich erlöst hat von allem Übel, der segne die Knaben ...' Wir fassen zusammen: Der Malak ist sichtbar. Er wird als El angesehen und er kann erlösen. Das kann doch nur Y'shua sein, oder?" Die drei nickten zustimmend.

„In der Zeit der Richter erschien der Engel YHWHs häufig. Er hielt dem Volk ihren Ungehorsam vor Augen und konfrontierte sie damit, dass sie den Bund gebrochen hatten. Der Malak erschien Gideon unter einer Eiche bei Ofra. Nach dem Gespräch zwischen dem Malak und ihm sagte Gideon: ,Habe ich wirklich den Engel YHWHs von Angesicht zu Angesicht gesehen! Und YHWH sprach zu ihm: Friede sei mit dir! Fürchte dich nicht, du wirst nicht sterben. Da baute Gideon YHWH einen Altar und nannte ihn: YHWH Schalom.'" Aviad schaute die anderen erwartungsvoll an.

„Und ist nicht der Friedefürst der Schalom YHWHs?", rief Nicholas begeistert dazwischen.

„Wie wunderbar das alles ist", staunte Rahel.

Aviad nahm seinen Faden wieder auf: „Wir sehen hier, dass Gideon sich bewusst war, dass er es mit YHWH zu tun hatte, – mit seinem Malak, der Gideon sendet und ihm Beistand verspricht. Der Malak bittet Gideon ferner, ihm eine Gabe darzubringen. Als ihn dann der Malak aufforderte, das Fleisch und die Brote zu nehmen und es auf den Felsen hinzulegen, begegnet uns wieder das Alef und das Tav vor den Worten Fleisch und Brot. Der Malak sah das Opfer, das Gideon im Glauben darbrachte, als sein Opfer an. Dann berührte der Malak die Gabe, das Fleisch und die Brote, und es fuhr Feuer aus dem Fels und verzehrte das Fleisch und die Brote."

„Jede sichtbare Manifestation YHWHs hat eine messianische Implikation", warf Alisah erstaunt ein. „‚Und das Wort wurde Fleisch …' Im Wort Malak steckt auch das Wort Melech, was König heißt."

„Und das Wort Melach, das Salz heißt", ergänzte Aviad.

„Dann ist der Bote, der hochrangige Engel, auch König?", dachte Nicholas laut nach.

„Ja, der König der Könige!", erwiderte Alisah.

„Das Thema Malak ist so spannend. Lasst uns die Geschichte vom brennenden Busch aufschlagen." Aviads Eifer steckte alle an. „‚Und der Malak erschien Mosche in einer feurigen Flamme aus dem Dornbusch.' In Schemot 3 erfahren wir, dass in der Gegenwart des Malak eine feurige Flamme erscheint. Da sprach Mosche: ‚Ich will hingehen und die wundersame Erscheinung besehen, warum der Busch nicht verbrennt. Als aber YHWH sah, dass er hinging, um zu sehen, rief Elohim ihn aus dem Busch und sprach: Mosche, Mosche! Er antwortete: Hier bin ich. Elohim sprach: Tritt nicht herzu, zieh deine Schuhe von deinen Füßen; denn der Ort, darauf du stehst, ist heiliges Land! Und er sprach weiter: Ich bin der Elohim deines Vaters, der Elohim Abrahams, der Elohim Isaaks und der Elohim Jakobs.' Der Malak, der Mosche erschien, ruft als der Elohim Abrahams aus dem Busch. In der weiteren Anweisung sagt der Malak zu Mosche ‚Ich will dich senden'."

„Zu Gideon hat der Malak auch gesagt, dass er ihn senden will", ergänzte Nicholas.

„Ihr Lieben, jetzt wird es spannend", ergriff Aviad wieder das Wort. „Als Mosche gefragt hat: ‚Wie ist dein Name? Was soll ich ihnen sagen?', antwortete der Malak ihm: ‚*Ich bin* hat mich zu euch gesandt.' Was fällt euch dazu ein?"

„Mir fällt ein Wort aus dem Evangelium von Johannes ein", entgegnete Nicholas. „‚Wahrlich, wahrlich, ich sage euch: Ehe Abraham wurde, *bin ich*.'"

„Sprechen diese Worte nicht laut und für sich selbst?", fragte Aviad in den Raum hinein. Er erwartete keine Antwort.

Aviad fragte weiter: „Wisst ihr, wo wir diesem Engel wieder begegnen? Im Buch der Offenbarung, das übrigens ein

Kommentar zur Torah ist. In den sieben Sendschreiben ist von einem Engel die Rede. Der Engel der Gemeinde in Ephesus, der Engel der Gemeinde in Smyrna, der Engel der Gemeinde in Pergamon, der Engel der Gemeinde in Thyatira, der Engel der Gemeinde in Sardes, der Engel der Gemeinde in Philadelphia und der Engel der Gemeinde in Laodizea. Dieser Engel ist der Malak, der hochrangige Engel, der König, der Gesandte. In einem Wort, dieser Malak ist aller Wahrscheinlichkeit nach Y'shua."

Aviad ließ seinen Blick durch den Raum schweifen. Sein Blick war ein wenig majestätisch. Da alle anderen schwiegen, machte er einen Vorschlag. „Wir machen jetzt eine kleine Pause. Dann gehen wir in die nächste Runde."

Rahel öffnete das Fenster. Eine frische, aber angenehme Brise kam herein. Alisah ging zum Flügel und improvisierte ein paar Akkorde. Nicholas kam zu ihr.

„Spielst du auch Klavier?", fragte sie ihn.

„Nein, aber Klarinette."

„Dort drüben in der Vitrine ist eine Klarinette", mischte sich Rahel in das Gespräch ein. „Ich hole den Schlüssel."

Nicholas nickte und nahm die Klarinette in die Hand. Beide begannen sich einzuspielen. Sie verloren jedes Zeitgefühl und bemerkten nicht, wie Aviad im Zimmer im Zickzack auf und ab ging. Dieses Mal war es Rahel, die die beiden sachte zurückholte. Eine weitere Gemeinsamkeit, fuhr es Alisah durch den Kopf. Nicholas schien ihre Liebe zur Musik zu teilen. Wie romantisch! Eine zusätzliche Sprache der Berührung und Verständigung.

„Wir machen uns weiter auf die Suche nach der Identität des Messias. Wir dürfen uns kein Bild von HaSchem machen. Aber heißt es nicht, dass HaSchem Adam in seinem Bilde geschaffen hatte, als Mann und als Weib. Wie passt das zusammen? Was für ein Bild? Eines, das spricht und geht? Und doch sollen wir uns kein Bildnis machen! Die Weisen sagen, dass Adam *im Bild des Wortes* erschaffen wurde. Und Sha'ul nennt Y'shua den letzten Adam. Und wer ist bekannt als das Wort, das Memra? Was sagt Yochanan im ersten Kapitel über das Memra? ‚Im

Anfang (Bereschit) war das Memra, und das Memra war bei Elohim. Er war im Anfang bei Elohim. Alles wurde durch ihn, und ohne ihn hatte nichts Erschaffenes das Sein. Das Wort wurde ein menschliches Wesen und lebte bei uns, und wir sahen seine Schechinah, die Schechinah des einzigen Sohnes des Vaters, voller Gnade und Wahrheit.‘ Die meisten sehen keine Verbindung zwischen Yochanan 1 und Bereschit. Sie wissen nicht, dass das erste Kapitel von Yochanan der Kommentar zu Bereschit 1 ist. YHWH wusste, dass viele die Torah zu einer fremden Lehre erklären würden, um mit Hoschea zu sprechen. Deswegen ließ er Yochanan auf den Anfang zurückverweisen. Im Buch der Offenbarung wird Y'shua ‚das Wort YHWHs‘ genannt. Das steht im 19. Kapitel, Vers 13.“

„Abba, dann ist Y'shua das sichtbare Bild von YHWH?“

„Ja, Alisah, genau so steht es auch im ersten Kapitel des Kolosserbriefes.“ Diesmal ergriff Nicholas das Wort: „‚Er ist das sichtbare Bild des unsichtbaren Elohims.‘ Wir können also sagen: YHWH ist der unsichtbare Elohim. Y'shua tritt als das Fleisch gewordene Wort, als das sichtbare Bild YHWHs in Erscheinung.“

„Nicholas, genau so ist es.“

Nicholas fasste zusammen. „Im Tenach ist überall von Y'shua die Rede. Er wird unter anderen Namen und Bezeichnungen vorgestellt. Beispielsweise als das Alef und das Tav, buchstäblich als das verborgene Zeichen, das mit Bedeutungen beladen ist. Und wenn *alef-tav* im Aramäischen ‚geh weiter, geh tiefer‘ bedeutet, dann ist das ja genau das, was wir gerade machen.“

Nachdem sie alle miteinander einen Arbeitsplan für die Woche festgelegt hatten, machte sich Nicholas auf den Heimweg. Er dachte liebevoll an Alisah. Sie zog sich, nachdem Nicholas gegangen war, auf ihr Zimmer zurück. Auf ihrem Schreibtisch stapelten sich Bücher, verschiedene Bibelausgaben, einige Konkordanzen und Wörterbücher.

7 DIE BEIDEN SAMEN

Spätabends, als Alisah sich in ihr Bett kuschelte, ließ sie ihren Blick durch den großen Raum schweifen. Er war lichtdurchflutet und liebevoll eingerichtet. Zarte Farben, weiß, flieder und creme, sorgten für Entspannung pur. Eine Mischung aus Leinen, romantischen Möbeln und mediterranen Accessoires im südfranzösischen Look entführten Alisah immer ein wenig in die französische Provence und lud sie zum Träumen ein. Perfect Dreams! Bonne Nuit! Sie konnte nur nicht einschlafen.

Ihr Traum mit der Tenne kam jäh in ihre Gedanken zurück. Y'shua wird am Ende der Tage seinen Weizen in die Scheune sammeln und das Stroh mit unlöschbarem Feuer verbrennen.

Aber kommt dieser Weizen nicht auch von einem ganz bestimmten Samen? YHWH hat in der Schöpfungsgeschichte ein bestimmtes Prinzip eingeführt. Ein jeder Same nach seiner Art! Die Frucht ist ein Abbild des Samens. Y'shua hat doch selbst gesagt: ‚An ihren Früchten sollt ihr sie erkennen. Kann man denn Trauben lesen von den Dornen oder Feigen von den Disteln? So bringt jeder gute Baum gute Früchte; aber ein fauler Baum bringt schlechte Früchte. Ein guter Baum kann nicht schlechte Früchte bringen, und ein fauler Baum kann nicht gute Früchte bringen. Jeder Baum, der nicht gute Früchte bringt, wird abgehauen und ins Feuer geworfen.' Genau wie der Weizen und das Stroh. Nicht jede Frucht ist gut. Das sagte Y'shua selbst. Und nicht jeder Baum bringt gute Früchte hervor. Schon im Garten Eden gab es zwei Bäume. Der eine Baum stand für das Leben und der andere brachte Tod mit sich.

Alisah dachte darüber nach. Dieses Prinzip, das im Natürlichen galt, fand auch im Geistlichen seine Anwendung. Die natürlichen Dinge sind uns gegeben, damit wir die geistlichen Prinzipien erfassen können. Alisah blätterte in ihrer Brit Chadaschah, bis sie die entsprechende Stelle im 1. Korintherbrief im 15. Kapitel fand: ‚Aber der geistliche Leib ist nicht der erste, sondern der natürliche; danach der geistliche.' So könnte ich zusammenfassend sagen, dachte Alisah, dass der gerechte Same Gerechtigkeit hervorbringt und der korrupte Samen Torahlosigkeit.

Hatte ihr Vater nicht gesagt, dass in Bereschit בְּרֵאשִׁית das Wort *bar* בר steckt? Und *bar* heißt nicht nur Sohn, sondern auch Korn und Getreide. Interessanterweise hatte das englische Wort für Korn auch mehrere Bedeutungen wie Maserung, Strich, Narben, Spur und Wesen. Was würde das aramäische Wort *bar* für Bedeutungen haben? Voller Neugierde schlug Alisah nach. Zu ihrer Freude fand sie heraus, dass das aramäische Wort *bar* auch Feld bedeutete. Aber sie fand noch mehrere Bedeutungen wie Erbe eines Thrones, rein und worfeln. So spricht das aramäische Wort *bar* vom Sohn, dem Erben, der rein ist und worfelt. Hochinteressant. Und das Wort *barah*, welches das Wurzelwort *bar* enthält, bedeutet untersuchen, auswählen, hell machen, erwählen, reinigen. Der gerechte Same, der Sohn, bringt gerechten, reinen und gereinigten Samen hervor, den er erwählt hat.

Folglich ist im Wort Bereschit auch schon *der* Same zu finden. Es gibt nur einen Samen, der der Same YHWHs ist. Es gibt nur einen guten Samen. Und einen anderen Samen einer anderen Qualität. Und zwischen beiden besteht Feindschaft von Anfang an. Alisah schlug Bereschit 3,15 auf: ‚Und ich will Feindschaft setzen zwischen dir und dem Weibe und zwischen deinen Nachkommen und ihrem Nachkommen; der soll dir den Kopf zertreten, und du wirst ihn in die Ferse stechen.' Der gerechte und der verdorbene Same. Ein Same steht für den Messias und der andere gegen ihn.

Alisah wollte noch tiefer eindringen. Die Botschaft des Traumes ließ ihr keine Ruhe. Sie blätterte in ihrer Brit Chadaschah und fand in Markus 4,13-14: ‚Und er sprach zu ihnen: Versteht ihr dies Gleichnis nicht, wie wollt ihr dann die anderen verstehen? Der Sämann sät das Wort.' Unmissverständlich legte Y'shua dar, dass das Gleichnis vom Sämann eine Schlüsselrolle spielte. Wenn sie nicht in der Lage war, dieses Gleichnis zu verstehen, blieb ihr der Zugang zu den anderen versperrt. Konnte sie es aber deuten, war der Zugang zu den anderen frei. Sie holte tief Luft. Das war ernst! Sie betete leidenschaftlich, dass der Ruach HaKodesch ihre geistigen Augen öffnen möge: „Segne meinen Geist mit Verständnis! Segne meinen Geist damit, dass er sich nach der Wahrheit ausstreckt. Segne mich damit, dass ich das Wesen des Samens verstehen kann."

Der Messias ist der gute Same und er ist derjenige, der den Samen aussät. Der Same ist das Wort YHWHs, welches in die Welt gesät wurde. Der Gegenspieler versuchte von Anfang an, den guten Samen wegzunehmen oder zu verändern. Matthäus führt im Kapitel 13 ab Vers 24 aus: ‚Er legte ihnen ein anderes Gleichnis vor und sprach: Das Himmelreich gleicht einem Menschen, der guten Samen auf seinen Acker säte. Als aber die Leute schliefen, kam sein Feind und säte Unkraut zwischen den Weizen und ging davon. Als nun die Saat wuchs und Frucht brachte, da fand sich auch das Unkraut. Da traten die Knechte zu dem Hausvater und sprachen: Herr, hast du nicht guten Samen auf deinen Acker gesät? Woher hat er denn das Unkraut? Er sprach zu ihnen: Das hat ein Feind getan. Da sprachen die Knechte: Willst du denn, dass wir hingehen und es ausjäten? Er sprach: Nein! Damit ihr nicht zugleich den Weizen mit ausrauft, wenn ihr das Unkraut jätet. Lasst beides miteinander wachsen, bis zur Ernte; und um die Erntezeit will ich zu den Schnittern sagen: Sammelt es in Bündel, damit man es verbrenne; aber den Weizen sammelt mir in meine Scheune.' Das war ebenso die Botschaft ihres Traumes!

Guter Same? Was heißt das Wort gut? Alisah griff nach ihrem Griechisch-Wörterbuch. Das griechische Wort *kalon sperma* bedeutet ein moralisch guter Same, also ein gerechter Same. Y'shua bestätigt dies im Vers 38 im gleichen Kapitel in Matthäus: ‚Der gute Same sind die Kinder des Königreiches.' Und von wem wurden sie gesät? ‚Der Menschensohn ist's, der den guten Samen sät.' *Kalon sperma* heißt auf Hebräisch *zera tov*. Und *tov*, dachte Alisah bei sich, ist nicht nur einfach das Gegenteil von schlecht oder böse, sondern bedeutet gut, rein und gerecht. Y'shua sagte ‚Was fragst du mich nach dem, was gut ist? Gut ist nur Einer.' Gut heißt hier eindeutig, gerecht und rein. Und der böse Same? Das sind, wie Y'shua selbst sagt, ‚die Kinder des Bösen'. So wie die Kinder des Königreichs ein Same sind, der das Königreich reflektiert, so sind die Kinder des Bösen ein Same, der dessen Reich widerspiegelt.

Alisah forschte weiter in der Schrift zu dem Thema der beiden Samen. Im Römerbrief 9,13 fand sie die Worte aus Maleachi 1,2-4 wieder: ‚Jakob habe ich geliebt, aber Esau habe ich gehasst.' Da waren sie wieder, die beiden Samen. Der Name Esau bedeutet im Hebräischen haarig. Genau so beschreibt Jakob seinen Bruder Esau in 1. Mose 27,11: ‚Siehe, mein Bruder Esau ist haarig, doch ich bin glatt.' In 1. Mose 25,25 heißt es weiter über Esau: ‚Der erste, der herauskam, war rötlich, ganz haarig wie ein Fell, und sie nannten ihn Esau.' Das hebräische Wort für haarig ist *sa'iyr*. Dieses Wort *sa'iyr* bedeutet auch Ziegenbock oder dämonisierter Ziegenbock.

Alisah fand dieses Wort *sa'iyr* in folgenden Zusammenhängen: Im 3. Mose steht es im Kapitel 17 in Vers 7: ‚Und sie sollen ihre Opfer nicht mehr den Feldgeistern *(sa'iyr;* andere Übersetzung: Teufeln) opfern, mit denen sie Abgötterei treiben.' Auch in 2. Chronik 11,14-15 findet sich eine weitere Bibelstelle zu *sa'iyr:* ‚Denn Jerobeam und seine Söhne hatten sie (die Leviten) verstoßen, dass sie das Priesteramt vor YHWH nicht mehr ausüben konnten, und er bestellte sich Priester für die Höhen und die Feldgeister und für die Kälber, die er machen ließ. Und die YHWH, den Elohim Israels, von Herzen suchten, folgten den Leviten aus allen Stämmen Israels nach Jerusalem, dass sie opferten YHWH, dem Elohim ihrer Väter.' Über das Königtum Rehabeams wird in Kapitel 12,1 ausgesagt: ‚Als aber das Königtum Rehabeams sich gefestigt hatte und er mächtig war, verließ er die Torah YHWHs und ganz Israel mit ihm.'

„Hier haben wir wieder zwei verschiedene Samen. Einer war der Torah treu und der andere errichtete einen Gottesdienst nach eigenen Vorstellungen", dachte Alisah bei sich. Sie suchte weiter.

Das Wort *sa'ar* liegt dem Wort *sa'iyr* zugrunde und bedeutet ‚wie ein Sturmwind kommen, wegraffen, in dem Sinne, wie YHWH die Gesetzlosen hinwegfegt'. Sie fand diese Bedeutung in Daniel 11,40: ‚Und zur Zeit des Endes wird sich der König des Südens mit ihm messen, und der König des Nordens wird mit Wagen, Reitern und vielen Schiffen gegen ihn anstürmen *(sa'ar)* und wird in die Länder einfallen und sie überschwemmen und überfluten.'

Diese Beschreibung erinnerte Alisah an den Pharao, der mit Wagen und Reitern gegen die Israeliten anstürmte.

Der Pharao gehörte ebenfalls zu dem anderen Samen. Auch in der Brit Chadaschah wurde Alisah fündig. Am Ende der Tage kommt es zur Sortierung der Samen. In Matthäus 25,31-32 steht: ‚Wenn aber der Menschensohn kommen wird in seiner Herrlichkeit, und alle Engel mit ihm, dann wird er sitzen auf dem Thron seiner Herrlichkeit, und alle Völker werden vor ihm versammelt werden. Und er wird sie voneinander scheiden, wie ein Hirte die Schafe von den Böcken *(sa'iyr)* scheidet.'

Alisahs Gedanken wanderten inmitten der Recherche über den guten und den bösen Samen zu Nicholas. Sie freute sich auf ein Wiedersehen mit ihm. Sie wollte ihre Gedanken mit ihm teilen. Ihre Liebe zu ihm wuchs täglich. „Hoffentlich", flehte sie innerlich, „wird Abba bald sein Einverständnis zur Hochzeit geben."

8 DIE BEIDEN FRAUEN

Während Alisah an Nicholas dachte, lag dieser hellwach und hochkonzentriert auf seinem Bett. Als Nicholas nach Hause kam, hatte der Ruach HaKodesch ihn gedrängt, die Sprüche Salomos aufzuschlagen. Der Ruach tat in diesen Stunden ein wunderbares und tiefes Werk an Alisah und Nicholas. Er formte ein Gefäß aus ihnen und offenbarte ihnen die gleiche geistliche Wahrheit in unterschiedlichen Bildern. Während Alisah über die beiden unterschiedlichen Samen nachdachte, führte der Geist YHWHs Nicholas zwei verschiedene Frauen vor Augen. Und diese beiden Frauen waren ein anderes Bild für die Andersartigkeit der beiden Samen.

Nicholas fand die eine Frau, die ‚Weisheit von oben', ‚das himmlische Jerusalem', in Paulus Brief an die Galater beschrieben: ‚Aber das Jerusalem, das droben ist, das ist die Freie; das ist unsere Mutter.' Und die andere beschreibt Salomo, der weiseste Mann, der je auf Erden gelebt hat, in Sprüche 2,16 als ‚die Frau eines anderen, als eine Fremde, die glatte Worte gibt'. In Vers 18: ‚Ihr Haus neigt sich zum Tode und ihre Wege zum Ort der Toten'; und in den Versen 20 bis 22: ‚dass du wandelst auf dem Weg der Guten und bleibst auf der Bahn der Gerechten; denn die Gerechten werden im Lande wohnen und die Frommen darin bleiben, aber die Gottlosen werden aus dem Land ausgerottet und die Treulosen daraus vertilgt.'

Es war Nicholas, als hörte er die Stimmen der beiden Frauen. ‚Die Weisheit ruft laut auf der Straße und lässt ihre Stimme hören auf den Plätzen. Sie ruft im lautesten Getümmel, am Eingang der Tore, sie redet ihre Worte in der Stadt: Wie lange wollt ihr Unverständigen unverständig sein.' Nicholas forschte nach, welches Wort im Hebräischen für unverständig stand. Das Wort *pathah* פְּתָה heißt auch verführt und töricht. Ja, sie waren Verführte, sie waren der anderen Frau gefolgt. Und töricht? Gab es nicht törichte Jungfrauen? Nicholas verstand, dass es wichtig war, sich für eine der beiden Frauen zu entscheiden.

Nicholas hatte sich längst wieder an seinen Schreibtisch gesetzt und seinen Laptop hochgefahren. Die Weisheit von oben, so fand er heraus, gleicht einer siebenarmigen Menorah. Der Prophet Jesaja beschreibt sie als den ‚Geist YHWHs, den Geist der Weisheit und des Verstandes, den Geist des Rates und der Stärke, den Geist der Erkenntnis und der Furcht YHWHs'.

In den Sprüchen fand Nicholas die siebenarmige gefälschte Menorah der Fremden: ‚Stolze Augen, falsche Zunge, Hände, die unschuldiges Blut vergießen, ein Herz, das arge Ränke schmiedet, Füße, die behende sind, Schaden zu tun, ein falscher Zeuge, der frech Lügen redet, und wer Hader zwischen Brüdern anrichtet.'

Wie viele Lügen waren durch die Weisheit der Fremden in die Gemeinde eingedrungen? Nicholas musste an seinen Flug nach New York denken, damals, als er Aviad kennenlernte und alles begann. Er fühlte sich erneut wie Viktor Navorski in dem Film von Steven Spielberg. Diesem Besucher aus dem fiktiven osteuropäischen Land Krakosien, der nicht nach New York ausreisen durfte, aber auch nicht nach Krakosien zurückfliegen konnte. Nicholas konnte nicht mehr zurück in das Christentum, aber er war noch nicht genügend unterrichtet, um sicher in den Unterweisungen der Torah zu wandeln. Er lebte mit Aviad und seiner Familie in einer Sicherheitszone, um mit den Filmszenen des *Terminals* zu sprechen. Nur war seine Realität keine luftig-leichte Komödie.

Nicholas spürte, dass sie alle vor einem Paradigmenwechsel standen. Vers 3 aus Psalm 11 brachte seine Gedanken auf den Nenner: ‚Ja, sie reißen die Grundfeste um; was kann da der Gerechte ausrichten?' Genau so war es geschehen. Durch falsche Lehren und menschliche Traditionen waren die Grundfesten, die YHWH in der Torah festgelegt hatte, umgerissen worden. Und Nicholas stand vor der Frage: Was kann der Gerechte ausrichten? Er grübelte. Diese Frage musste *Die Matrix des Messias* beantworten. Das Wort YHWHs auf der einen Seite ... Wie weit haben sich die Gemeinden auf der anderen Seite wegbewegt? Sehr weit.

War das etwas Neues? Nicholas las, dass schon David, ein Mann nach dem Herzen YHWHs, in Psalm 119,136 trauerte: ‚Meine Augen fließen von Tränen, weil man deine Torah nicht hält.'

„Eine Antwort für mich", dachte Nicholas, „liegt sicherlich darin, die Identität YHWHs neu zu entdecken. YHWH ist unser Vater. Er ist Liebe und er möchte uns segnen. Er gibt uns aus Liebe seine Richtlinien und Gebote, damit er uns segnen kann. Das war immer und ist heute noch sein Verlangen. Er war nicht der böse und gnadenlose Gesetzgeber, der sich nach 4000 Jahren plötzlich etwas Neues ausgedacht hat."

Ein Schlüsselvers aus Jeremia 31,31 kam Nicholas in den Sinn. YHWH versprach dort: ‚Ich will mit dem Hause Israel und mit dem Hause Judah einen neuen Bund schließen.' Und was steht in Vers 33? ‚Das soll der Bund sein, den ich mit dem Hause Israel schließen will nach dieser Zeit, spricht YHWH: Ich will meine Torah in ihr Herz geben.' Was will er in diesem neuen oder besser gesagt erneuerten Bund in ihr Herz geben? Seine Torah. Auch im neuen Bund steht die Torah im Mittelpunkt!

‚Was kann der Gerechte ausrichten', fragte der Psalmist. „Was können wir mit der *Matrix des Messias* ausrichten? Stück für Stück falsche Lehre durch richtige ersetzen. Die Kernaussage ist: Der Vater hat mich lieb. Er will sein Gesetz in mein Herz geben, damit er mich segnen kann. Wir müssen neu zu den Spielregeln YHWHs zurückkehren und sie neu lesen lernen." Nicholas war aufgewühlt. Doch nach und nach fand er wieder Ruhe. „Es ist nicht schlimm, sich einzugestehen, dass man auf falschen Wegen unterwegs war", so dachte er bei sich. „Jetzt ist die Zeit, auf den richtigen Pfad zu gehen. Dafür bedarf es einiger Verlernprozesse sowie neuer Lernprozesse. Und eine enorme Konfliktbereitschaft in der Auseinandersetzung mit den konservativen Kräften. Ich muss Stellung beziehen! Aber Aviad auch. Und er muss dies von jüdischer Seite aus tun! *Die Matrix des Messias* wird eine Antwort auf den Paradigmenwechsel sein."

9 SAVE THE DATE!

Aviad sprang aus dem Bett und schnappte sich das Telefon. Ein rascher Blick auf die Uhr sagte ihm, dass es noch viel zu früh war, Nicholas anzurufen. „Guten Morgen, Nicholas. Kannst du heute zu mir kommen? Ich möchte dir einiges von meinen Recherchen zeigen. Was …?“ Aviad runzelte die Stirn. Er ahmte das laute Gähnen von Nicholas nach. „Das ist der perfekte Start in den Tag.“

„Dank deines Anrufs, dem ich diesen netten Frühstart verdanke, werde ich rechtzeitig zum Frühstück bei dir sein!“, hauchte Nicholas betont freundlich ins Telefon und zog das Kissen über den Kopf.

Rahel weckte Alisah. Verschlafen blinzelte ihr ihre Tochter entgegen. „Ich habe eine Überraschung für dich“, begann Rahel.

„Komm zu mir, Mom.“ Rahel beugte sich über Alisah. Sie warf einen Blick auf die verstrubbelten Haare ihrer Tochter. Selbst ungeschminkt und ungekämmt sah ihre Tochter hinreißend aus. Sie drückte ihr einen Kuss auf die Stirn.

„Was hast du denn für mich?“

„Erstens kommt Nicholas, um gemeinsam mit uns zu frühstücken. Und zweitens …“

„Und zweitens“, ahmte Alisah sie nach. Rahel musste lachen. „Und zweitens?“, fragte Alisah.

„Das ist eben die Überraschung“, richtete sich Rahel wieder auf und ging zur Tür. „Wir werden in die Stadt gehen!“

„Shopping, Mom? Ich bin dabei!“, rief sie ihrer Mutter hinterher. Alisah erhob sich und zog sich geschwind an. Einen leichten weißen Sommerrock und ein himmelblaues T-Shirt. Sie wählte als Gürtel ein schlichtes blaues Band mit aufgenähten weißen Margeriten. Sie gefiel sich sehr. Gut gelaunt, ein Lied vor sich hin trällernd, eilte sie in die Küche. Im Handumdrehen hatten sie ein üppiges Frühstücksbuffet hervorgezaubert.

Wie erwartet stand um neun Uhr Nicholas vor der Tür. Als Alisah die Haustür öffnete, hörte sie ihren Vater und ihre Mutter nebenan tuscheln. Da Aviad und Rahel außer Sicht waren, beugte sich Nicholas herab und drückte ihr einen Kuss auf die Stirn. Blitzschnell, zehn Sekunden. Aber er brauchte doppelt so lange, um den Boden unter seinen Füßen wiederzufinden. Alisah öffnete ihre Augen. Wundervoll, Nicholas so nah zu spüren. Sie sieht, dachte er, ziemlich gut aus. Sehr sogar! Der hübsche Frühlingsrock stand ihr richtig gut!

„Lasst uns frühstücken“, hörten sie Aviad rufen, „damit Mutter und Tochter den Zeitplan einhalten können.“ Der springende Punkt war, dass weder Alisah noch Nicholas etwas von den Plänen ihrer Eltern wussten. Binnen einer Stunde drängte Rahel zum Gehen. Im Sturmschritt eilte sie mit Alisah nach draußen.

„Das ist nicht fair, Mom! Wo willst du denn mit mir hin?“

Offenkundig amüsierte sich Rahel ein wenig. „ In einer Viertelstunde wirst du mehr wissen.“ Rahel nahm ihre Hand und zog sie hinter sich her. Alisah zuckte die Achseln.

„Ich habe nichts dagegen, ein Stück mit dir durch die Gegend zu laufen“, begann Alisah von Neuem. Rahel verlangsamte ihren Schritt und blieb vor einem eleganten Geschäft stehen. Alisah brauchte einen Moment, um den Anblick der Schaufenster zu verdauen. Sie traute ihren Augen nicht, als ihre Mom die Tür öffnete und die erstaunte Alisah hinter sich in das Geschäft zog.

„Mrs. Cohen? Ihre Tochter Alisah?“

„Ja, das sind wir“, erwiderte ihre Mom. Alisah machte große Augen. Sie drehte sich um und ließ den Blick über die unzähligen Brautmodelle gleiten.

„Abba hatte mich gebeten, das hier zu arrangieren – als Überraschung."

„Ich bin sprachlos."

„Es ist unsere Aufgabe, sie maßgeschneidert einzukleiden. Ihr Kleid soll unterstreichen, wer Sie sind." Ehe Alisah sich versah, hatte sie eine junge, aber professionell geschulte Beraterin in einem adretten Frühlingskleid untergehakt. „Der Tag, an dem Sie Ihr Hochzeitskleid aussuchen, soll für Sie ein besonderes Erlebnis sein. Wie wäre es mit einem Glas Prosecco? Ein erfrischender Apero?"

„Verraten Sie die Mischung?", fragte Alisah interessiert.

„Lavendelsirup mit Prosecco aufgefüllt. Bitte nehmen Sie mit Ihrer Mutter hier Platz."

Alisah drehte sich um. In der Halle saßen viele Gäste. Was hatte dies zu bedeuten? Fragend sah sie ihre Mom an.

„Es wird gleich eine Modenschau mit Brautkleidern geben."

„Das ist ja wunderbar!", klatschte sie in die Hände. Überall standen Tabletts mit Fingerfood. Dazu wurden verschiedene Drinks gereicht. Neben den Cateringangeboten entdeckte Alisah ein reichhaltiges Angebot an Schmuck, Blumen, Fotografie und Tischdekorationen.

Das besondere Highlight war die Präsentation der Brautkleidmodelle verschiedener bekannter Designer auf dem großen Laufsteg in der Halle. Von schlicht bis pompös war ziemlich alles dabei. Eines der Models trug ein auffallend schönes Brautkleid, aus handgewebter Dupionseide gefertigt. Der Rock war seitlich sehr üppig mit Seidenrosen besetzt, jede Blüte in liebevoller Handarbeit einzeln angefertigt. Die Schnürcorsage hatte einen Träger, der ebenfalls mit handgearbeiteten Seidenblüten besetzt war. „Dieses Kleid werde ich anprobieren", verkündete Alisah.

Die nette Beraterin kam nach der Präsentation auf Alisah zu und führte sie und ihre Mom in den Ankleidebereich. Vor ihrer Kabine stand ein Ständer mit verschiedenen Brautkleidern. Jedes für sich war ein Traum. Eines hatte eine fließende Silhouette, die auf Hüfthöhe etwas gerafft wurde. Der Ausschnitt dieses Seidenkleides war liebevoll mit kleinen Rüschen und stoffüberzogenen Perlen bestickt. Nachdem sie verschiedene Modelle anprobiert hatte, gefiel Alisah sich besonders in einem Kleid, das durch eine feminine Silhouette und einen edlen Materialmix aus Seidenorganza, Satin und zarte Spitze bestach. Und lange elegante Handschuhe. Ein zeitlos glamouröser Look, ein wenig an große Hollywood Klassiker erinnernd. Ein Traumkleid. Ein unverwechselbares Unikat, wie als wenn es eigens für Alisah entworfen wäre. Volltreffer! Sie fühlte sich wie ein Filmstar. Filmstar? In der *Matrix des Messias* würde es auch eine Hochzeit geben. Ihre! Und die Hochzeit des Messias, wenigstens vorgeschattet. Das Auswählen von Kopfschmuck, Unterkleid und Schuhen dauerte nur einen Bruchteil der bereits verstrichenen Zeit.

Am Spätnachmittag verließen sie den Brautsalon. Alisah nahm viele Ideen mit, die sie in ein liebevoll durchdachtes Hochzeits-Konzept einbauen würde. Die künftige Braut strahlte ihre Mutter an. „Wann wird denn die Hochzeit sein?“

„Keine Ahnung. Sie liegt in der Luft!“ Rahel drückte ihrer Tochter einen Kuss auf die Wange. An der Haustür blieb sie stehen. „Kein Sterbenswörtchen zu Nicholas!“ Achselzuckend verdrehte Alisah die Augen. Aviad öffnete beiden die Tür. Mit einem strahlenden Lächeln streckte er Alisah beide Hände entgegen. Gerührt drückte sie diese.

„Wie war es?“ Mit diesen Worten zog Aviad seine Tochter ins Haus und legte gleichzeitig seinen Finger auf ihren Mund.

„Abba, du hast es geschafft, mich völlig zu überrumpeln. Das hast du echt gut hinbekommen. Kannst du es fassen, dass es nun bald soweit ist?“ Alisah sah ihn fragend mit einem überschwänglichen Lächeln an. Unbeirrt nahm Aviad seine Tochter erneut an der Hand und führte sie ins Arbeitszimmer. Alisah sagte nichts und setzte sich auf den Sessel, der am Fenster stand. Sie wusste, dass Nicholas sie anstarrte, während sie noch ganz benommen von dem unerwarteten Auftakt ihrer Hochzeitsvorbereitungen war. Sie ignorierte seinen Blick. Was sollte sie auch sagen, wenn er sie jetzt fragte? Nicholas spürte, dass etwas in der Luft lag. Er zog seine Stirn in Falten. Er öffnete den Mund und schloss ihn wieder.

Rahel trat ins Zimmer. Aviad sah sich um.

„Rahel und Alisah sind ein wenig müde vom Shoppen. Uns geht es ähnlich nach unserer langen Unterhaltung und unserem intensiven Austausch. Es ist ein schöner Abend, keiner von uns hat noch etwas vor. Lasst uns eine Runde drehen, damit wir den Kopf wieder frei bekommen. Und anschließend lade ich euch zum Essen ein."

„Ich gehe mich schnell umziehen. Dann können wir gehen."

„Fünf Minuten sind okay."

Dankbar rannte Alisah nach oben. Sie riss den Schrank auf, zog einen leichten zartgelben Pulli und einen schwarzen weiten Glockenrock heraus. Im Handumdrehen erneuerte sie ihr Make-up. Perfekt. Fertig. Nicholas verließ das Arbeitszimmer und spazierte im Erdgeschoss umher. Als er den Kopf hochhob, kam Alisah die Treppe herunter. „Du siehst unglaublich gut aus. Selbst nach diesem langen Shoppingtag."

Beinahe wäre Alisah auf der vorletzten Stufe gestolpert, aber Nicholas fing sie auf. Er hielt sie fest.

„Du hast recht, Nicholas", ergänzte Aviad, „sie sieht wunderbar aus."

„Nun lasst uns endlich gehen", mischte sich Rahel ein. Nicholas atmete einige Male tief durch. Verliebt sein ist manchmal anstrengend, dachte er bei sich. Auf dem kleinen Spaziergang zu dem Restaurant hatten sie reichlich Gesprächsstoff. Das Shopping-Thema der beiden Frauen wurde nicht mehr berührt.

Als die vier das Restaurant betraten, kam der Besitzer freudig auf sie zu. Er erinnerte sich lebhaft an sie und führte sie an einen freien Tisch, der einladend eingedeckt war. Der Besitzer schnippte mit seinen Fingern. Und Ariel, einer seiner Kellner, kam sofort angelaufen. Er servierte schwungvoll Oliven, Hummus und eine Karaffe ihres Hausweines.

„Sie erinnern sich noch?", fragte Aviad etwas perplex.

„Wie aufmerksam!", warf Nicholas ein. Die beiden Frauen blätterten bereits in der Speisekarte.

Nach einem ausgiebigen und leckeren Abendessen ergriff Aviad beherzt das Wort. „Wir sind genau in unserem Zeitplan.

Nicholas hat die Nebenhandlung bis hierhin aufgeschrieben. Alisah hat diese Abschnitt für Abschnitt in einen Draft übertragen und unsere Haupthandlung hat sie ebenfalls integriert. Ich denke, die weiteren Recherchen über den Messias bilden die nächste große Herausforderung. Es hängt nun alles am Timing."

„Timing?", entschlüpfte es Nicholas.

„Ja! Wir müssen eure Hochzeit in den Ablauf ..."

Nicholas stopfte sich ein Stück Brot in den Mund. „In den Ablauf des Filmprojekts integrieren", beendete Nicholas mit vollem Mund den Satz. Alisah lehnte sich zurück und schloss die Augen.

„Und wann, Abba, ist das Date für unsere Hochzeit?"

„Wir werden eure Hochzeit in den Beginn der Dreharbeiten legen. Noch vor den Herbstfesten."

„Vor den Herbstfesten?", entfuhr es Nicholas und fast hätte er sich verschluckt. Alle drei warfen Aviad einen Blick zu, eine Mischung aus Unglauben, Bestürzung und Fassungslosigkeit.

„Im Ernst?" Nicholas rang nach Luft. In etwas mehr als zwei Monaten. „Ich weiß gar nicht, ob mich das freut oder ob es mir Angst macht."

Rahel mischte sich energisch ein. „Das können wir nicht schaffen. Das ist unmöglich."

Alle fingen gleichzeitig an zu reden.

„Ihr würdet mir einen Riesengefallen tun, wenn ihr jetzt nicht alle drei in Panik verfallt."

Nicholas starrte Aviad an. „Was erwartest du eigentlich?"

„Lasst mich bitte ausreden." Einen Tick lauter als vorher erklärte Aviad, dass er für alles gesorgt hatte. „Ich habe bereits den Regisseur von der *Matrix des Messias* unter Vertrag genommen. Er hat die ersten Drafts in seinen Händen. Er wird als eine der ersten Szenen eure Hochzeit filmen. Alle andern Filmszenen drehen wir, wenn ihr wieder aus eurem Honeymoon zurück seid.

Alisah hob blitzschnell die Hand. „Abba, heißt das, dass wir in dem Film die Nebenrollen selbst spielen? Du, Nicholas und ich? Und natürlich auch Mom!"

„Richtig", nickte ihr Aviad zu. „So kommt es am authentischsten an. Und wenn ich das Gefühl gehabt hätte, dass das für euch nicht ok gewesen wäre, hätte ich es anders geplant! Was haltet ihr davon?" Wie immer hatte Aviad die Zügel klar in der Hand.

„Mein erster Impuls war ein klares Nein", warf Nicholas ein, „aber", er schwieg einen Augenblick, „in meinem Inneren spüre ich eher ein Ja. Es wäre auf jeden Fall authentisch."

„Du stimmst mit ‚Ja'?", fragte Aviad erfreut.

„Ich stimme mit ‚Ja', weil ich einen tiefen inneren Frieden spüre. Es geht mir alles viel zu schnell. Aber ich vertraue darauf, dass Y'shua alles führt. Ich bin ihm bis hierher gefolgt und werde an seiner Hand weitergehen. Im Vertrauen auf ihn."

„Ich stimme mit Nicholas", nickte Alisah lächelnd ihrem Vater zu.

„Okay. Dann hört mir weiter zu. Ein anderes Team bereitet die Hochzeit vor. Das Brautkleid habt ihr bereits heute in Auftrag gegeben."

Nicholas schaute Alisah erstaunt an. Alisah begegnete dem Blick von Nicholas. Sie nickte ihm zu und sah ihn dabei ganz liebevoll an. Nicholas sog ihren Blick auf und lächelte zurück.

„Vorschläge für die Einladungen müssen bis Mitte nächster Woche vorliegen. Und die Gästeliste eine Woche später. Rahel und ich wählen aus, wo die Feierlichkeiten stattfinden werden. Ich denke, damit hätten wir das Meiste geklärt", sagte Aviad. „Wir benötigen noch einige Treffen, um alles durchzusprechen. Ich habe hier einen Zeitplan für die Vorbereitungen. Ich maile euch die Datei. Ich möchte, dass ihr dazu Vorschläge macht, überarbeitet und ergänzt." Aviad schaute in die Runde.

„Wir sind dabei, Abba!", sprach Alisah für die anderen beiden.

Auf dem Rückweg zu seiner Wohnung spürte Nicholas ganz deutlich die Anwesenheit Y'shuas. Unter der Salbung fing er an zu beten und seinen Schöpfer zu preisen. Für ihn war es ungewohnt, dass der Vater der Braut so viele Dinge entschied, doch mittlerweile hatte er sich daran gewöhnt. Irgendwie war es auch spannend, etwas ganz Besonderes. Und war es nicht auch so, dass auch der Vater im Himmel bestimmte, wann Y'shua seine Braut zu sich holen würde? Wie wichtig war es, bereit zu sein. Der überraschend angesetzte Termin seiner Hochzeit war wie ein Signal für die große Hochzeit. Nicholas verstand in seinem Geist, warum sein eigener Termin vor den Herbstfesten liegen musste. Denn diese waren ausschließlich für den Messias, den wiederkommenden Bräutigam reserviert. Gab es für Rosch HaSchana oder Jom Teruah, dem Tag des Auftakts der Herbstfeste, nicht weitere Namen? Nicholas überlegte. Ja, dieser Tag heißt auch ‚das Öffnen der Tore' und deutet darauf hin, dass die Braut des Messias an diesem Tag empfangen wird. Es fielen ihm weitere Namen ein. ‚HaMelech'. Dieser Name weist auf die Krönung des Messias hin und ‚Kidduschin/Nesu'in' auf die Hochzeitszeremonie. Nicholas war sehr bewegt. Er nahm sich vor, die Herbstfeste im Detail zu studieren. Das gehörte zu seinen Hochzeitsvorbereitungen. Für seine irdische und für seine himmlische. Das, was in seinem Leben im Natürlichen passierte, war gleichzeitig eine Vorbereitung für das Geistliche. Er war so dankbar, dass er diese Zusammenhänge entdecken durfte. In der Tiefe verstand er jetzt die Stelle aus dem Korintherbrief: ‚Aber der geistliche Leib ist nicht der erste, sondern der natürliche; danach der geistliche'.

Er war unendlich danbkar, die Führung YHWHs immer deutlicher in seinem Leben zu sehen. Er sah, wie Schriftworte sich in seinem Leben zu realisieren begannen: Unterwegs auf seiner Straße nach Amma-us war ihm Y'shua begegnet. Er war nicht allein unterwegs, sondern mit einem jüdischen Bruder. Er sah, wie YHWH aus ihnen in seiner Hand „ein Holz" werden ließ, wie es der Prophet Hesekiel in Kapitel 37 so treffend ausdrückte. Und nun war er durch die Hochzeitsvorbereitungen vor den Herbstfesten gerufen, sich mit den Herbstfesten und der großen Hochzeit auseinanderzusetzen. Ein bisschen viel auf einmal. Glücklich und dankbar setzte er sich auf die Stufen der Treppen vor seiner Haustür. Er sah in den nächtlichen Himmel. Morgen ist Neumond und mit dem Sichtbarwerden der Mondsichel beginnt im jüdischen Verständnis ein neuer

Monat. „Ich glaube wirklich, Vater in den Himmeln, dass ich dabei bin, deinen Willen zu tun. Danke, dass *Die Matrix des Messias* mein Auftrag ist! Danke für all die neuen Sichtweisen!“

In den nächsten Wochen vor der Hochzeit standen bei allen viele Termine auf dem Programm. Anproben, Besorgungen und Anrufe. Außerdem galt es, die Zusagen und Absagen der Gäste zu registrieren und die Sitzordnung entsprechend anzupassen. Hinzu kam die ständige Aktualisierung der Liste, die Aviad angelegt hatte, um den Überblick darüber zu behalten, was erledigt war und was noch getan werden musste. Manchmal fühlten sich alle vier überfordert. Warum hatten sie sich nur auf so einen engen Zeitrahmen eingelassen? Aviad blieb ruhig. „Es wird alles nach Plan laufen und klappen“, ermutigte Aviad die Anderen, wenn einer von ihnen durchzudrehen meinte. Mitten in all den turbulenten Vorbereitungen rief Aviad alle zusammen. „Rahel und ich fahren zwei Tage weg.“

„Wir haben kaum Zeit und Luft zum Atmen und ihr fahrt weg?“

Aviad ersparte sich die Antwort auf Nicholas empörte Fragestellung. „Bedeutet das, dass wir zwei Tage ohne euch an unserer toDo-Liste weiterarbeiten sollen?“

„Ja, Alisah.“

„Oh“, mehr fiel Alisah nicht dazu ein.

„Aviad, das Taxi wartet.“ Rahel stand mit gepackten Koffern an der Tür.

„Das muss ich erst mal verdauen“, lehnte sich Nicholas zurück. Aviad ließ den schlecht gelaunten Nicholas stehen und ging hinaus.

Aviad und Rahel fuhren zum Kibbutz Maagan Michael. Sie planten dort die Hochzeitsfeier von Alisah und Nicholas. Es würde eine Hochzeitsfeier vom Feinsten direkt am Strand geben, einschließlich der Trauung. Sie sahen sich die Dekorationen an, die dort angeboten wurden. Es war traumhaft schön. Die Chuppah konnte nachts von innen beleuchtet werden. Eine kleine Besonderheit waren zwei Hängematten, angebracht an bizarren Holzgestellen, direkt am Wasser.

„Schau mal, Aviad. Ich sehe Alisah und Nicholas schon am Abend nach der Feier in den Hängematten liegen, auf das Meer hinausschauend."

„Ja, komm, lass uns mal ein wenig in den Hängematten schaukeln. Weißt du was? Es ist so schön hier, wir haben alles besprochen und wir werden hier einen Ferientag miteinander verbringen. Ich liebe dich! Du bist immer noch genauso schön und klug wie damals. Ich bin immer noch in dich verliebt. Diese Zeit gehört uns allein. Wir werden ab jetzt hier in Maagan Michael öfters mal einen Tag für uns alleine einschieben."

Rahels Augen strahlten. Ihr Blick wurde warm. „Ich liebe dich auch! Ich freue mich sehr darüber, mit dir hier sein zu können. Wir werden es uns schön machen und diesen wundervollen Ort genießen."

Zufrieden fuhren sie zwei Tage später zurück nach Jerusalem. Alisah hörte sie kommen. Sie fiel beiden um den Hals. „Endlich seid ihr zurück. Es kam mir wie eine halbe Ewigkeit vor. Wo seid ihr denn bloß gewesen?"

„Wir waren in Sachen Hochzeit unterwegs. Streng vertraulich!", zwinkerte ihr Mom zu.

„Ihr steckt ja voller Überraschungen. Lasst mich mal kombinieren. Wenn ihr in Sachen Hochzeit unterwegs und verreist ward, heißt das doch, dass die Feier außerhalb von Jerusalem sein wird?!", fragte Alisah. „Aber wo?"

„Ich bewundere deine Kombinationsfähigkeit", entgegnete Aviad vergnügt mit einem brillianten Lächeln und nahm beide Koffer. Er ging die Treppe hinauf, gefolgt von seiner Frau. Alisah sah auf die Uhr. Es erschien ihr endlos lang, bis die beiden wieder herunterkamen. So lange konnte man gar keine Koffer auspacken! Als ihr Handy klingelte, kramte sie nervös in ihrer Tasche, heilfroh, dass es Nicholas war. „Stell dir vor, Abba und Mom sind wieder zurück. Sie haben unsere Hochzeit geplant, außerhalb von Jerusalem. Und sie verraten nicht, wo!"

„Jetzt verstehe ich auch, dass die Einladungskarten keine Hochzeitsanschrift enthielten, sondern einen passwortgeschützten Link, zu dem wir keinen Zugang haben."

„Mom and Dad sehen so glücklich und entspannt aus. Und dies mitten in all dem Stress der Vorbereitungen." Alisah konnte fast das Lächeln von Nicholas durch das Telefon sehen.

„Ich kann deinen Vater gut verstehen", war alles, was er dazu sagte. Er wusste, dass Alisah und er eine ebenso gute Ehe führen würden, wie ihr Dad und ihre Mom. Alisah und Nicholas gingen am Telefon nochmals die Liste durch.

„Das sieht ziemlich gut aus, oder?", fragte er Alisah.

„Es sieht fantastisch aus, wir haben fast alles erledigt. Es bleiben noch drei Wochen. Ich werde die Zeit nutzen und deine restlichen Skripte in Drafts umschreiben. Jetzt, da ich mich weder um die Dekoration noch um das Catering kümmern muss. Dad hat Wort gehalten. Er hat mit Mom für alles gesorgt."

„Ich muss mich auch irgendwie beschäftigen. Sonst werde ich immerzu an dich und unsere Traumhochzeit denken. Und die restlichen Stunden werden gar nicht vergehen. Wir haben uns nun schon einige Tage nicht gesehen."

„Du fehlst mir sehr. In knapp drei Wochen gehe ich zur Mikwe. Hast du gewusst, dass ich dafür ein Zertifikat bekomme?"

„Nein, wofür ist das denn?"

„Es ist die Voraussetzung dafür, dass der Rabbiner, der uns traut, die Hochzeit vollzieht."

10 DER HOCHZEITSTAG

Nicholas war am frühen Vormittag mit den Geschwistern von Alisah zum Kibbutz Maagan Michael vorgefahren. Man hatte ihm vorher nicht verraten, wohin die Fahrt gehen sollte. Er war sprachlos, als er dort eintraf. Da die Familie Cohen sehr bekannt war, trafen nach und nach unzählige Gäste ein. In der Zwischenzeit übten die Brüder Alisahs mit Nicholas das Protokoll einer jüdischen Hochzeit. Am Spätnachmittag traf Alisah mit ihren Eltern ein. Ungesehen von den Gästen zogen sich Mutter und Tochter in eine Suite zurück. In diesem Privatbereich kleideten sie sich ein. Nicholas, Aviad und zwei männliche Trauzeugen zogen sich in einen Raum im Kibbutzhotel zurück. Dort wurde von Nicholas und den zwei Zeugen die Ketuba, der Ehevertrag, unterschrieben.

Schon erwachte draußen das Ambiente der Hochzeitsfeier zum Leben. Die Begrüßung der Gäste, die Trauung, Essen, Trinken, Tanzen: Alles passierte unter freiem Himmel. Unmengen von weißen Blumen steckten in riesigen Körben und großen Töpfen. Behagliche Sitzecken, direkt in den Sand gestellt, und kuschelige Hängematten, die am Strand verteilt waren, sorgten für eine private Atmosphäre. Zwischen den Sitzgruppen waren große Liegen aufgestellt, die alle mit rustikalen Baldachins und weißen wehenden Vorhangschals verziert waren. Der Wind blies sanft durch die weißen Tüllstoffe der Vorhangschals und plusterte sie auf. Die Liegen wirkten wie Ruhepole und luden zum gemütlichen Verweilen ein. Eine solche Liege bot Platz genug für eine ganze Familie. Auf den Liegen lagen viele weiche Kissen, die gekonnt weiße Farbtupfer setzten. Muscheln, Korallen, Möbel aus viel Holz und weiße, wehende

Stoffe sorgten für eine sommerlich-leichte Stimmung auf dem Sand. Legeres Strandfeeling. Es gab nichts Steifes. Die Chuppah, unter der die Trauung stattfinden sollte, war schlicht und festlich schön. Auch hier spielte die leichte Brise mit den weißen Stoffen.

Nicholas schaute auf die Uhr. Er war nervös. Man hatte auf die traditionell zwei Empfänge, einen für die Braut und einen für den Bräutigam, verzichtet. Stattdessen gab es einen großen Empfang für die Gäste. Die Kellner flitzten zwischen den Gästen umher und reichten erfrischende Aperos. Überall wurde angestoßen, *„Le chaim"*.

Wohin der Blick der Gäste auch schweifte, minimales Design und maximale Wirkung, und eine traumhafte Kulisse. Überall auf kleinen Beistelltischen waren Tabletts mit Servietten und Besteck. Die weißen Servietten waren zu einem Dreieck gefaltet und zusammengerollt. Der eingedrehte Stoff war mit farbigem Draht fixiert und mehrmals um die Serviette gewickelt. In der Öffnung der Serviette steckte eine Rose, zur Farbe des Drahtes passend. Zwischen den Sitzgruppen war eine große Bar platziert und viele kleine Stände, an denen Fingerfood serviert werden würde.

Vor der Suite der Braut rannte Aviad auf und ab. Es erschien ihm eine Ewigkeit, bis die Tür sich öffnete. Sie hatten noch zehn Minuten. Dann würde das Schofar laut über den Platz zu hören sein. Aviad warf einen prüfenden Blick auf Mutter und Tochter und begab sich eilends nach unten. Er hielt nach Nicholas Ausschau. „Warum bist du nicht auf deinem Platz. Du müsstest schon sitzen. Wir fangen gleich an!" Das laute Schofarblasen schnitt Aviads Worte ab. Aviad nahm das Mikrofon. „Es ist Zeit, die Braut zu holen."

Alle Blicke richteten sich auf den Hotelausgang zum Strand. Jetzt stand Nicholas auf, gefolgt von einer ganzen Männerprozession. Sie gingen der Braut entgegen, um sie in Empfang zu nehmen. Nicholas war wie geblendet vom Anblick Alisahs. Sie war atemberaubend schön. Er bedeckte nun ihr Gesicht mit dem Brautschleier. Aviad und Rahel traten zur Braut und begannen sie zu segnen. Dann begaben sich alle zur Chuppah. Die Gäste, die Alisah und Nicholas zur Chuppah eskortierten, trugen alle Laternen mit brennenden Kerzen, die in der hereinbrechenden Dämmerung Licht spendeten. Nicholas trat als Erster unter die Chuppah und wartete auf die Ankunft seiner Braut. Alisah betrat die Chuppah und umrundete sieben Mal ihren Bräutigam. Als beide dann nebeneinander unter der Chuppah standen, wurden sie mit hebräischen Hymnen begrüßt. Anschließend folgte die eigentliche Hochzeitszeremonie.

Der Rabbiner überreichte Alisah und Nicholas ein Glas Wein, das sie gemeinsam austranken. Dann steckte Nicholas Alisah einen Ring an den rechten Zeigefinger. „Mit diesem Ring bist du mir angeheiligt nach dem Gesetz von Moses und Israel". Anschließend wurde öffentlich die Ketuba vorgelesen.

Daraufhin nahm der Rabbiner ein zweites Glas Wein und führte die eigentliche Eheschließung durch, indem er sieben Segenssprüche aussprach. Nicholas und Alisah teilten das zweite Glas Wein miteinander. Anschließend zerbrach Nicholas mit dem rechten Fuß ein Glas. Die Scherben erinnern an die Zerstörung des Tempels. „Mazel tov." „Mazel tov." Die Anwesenden umringten sie mit Glückwünschen.

Unmittelbar danach wurden Nicholas und Alisah in den Jichud-Raum geführt. Die Frage nach dem Jichud-Raum war in die Strandatmosphäre einbezogen. Man führte die beiden zu einer der Liegen, deren Vorhangschals zugezogen worden waren. Jetzt hatten sie einige Minuten für sich allein. Auch das Filmteam, das den beiden auf Schritt und Tritt gefolgt war, blieb draußen! Nicholas küßte Alisah. Er ließ sie nicht mehr los. Sie schmiegte sich ganz fest an ihn. „Wie schön, dich zu spüren. Du bist wunderschön." Alisah war ganz benommen.

„Du siehst auch sehr elegant in deinem Anzug aus. Und die weiße Kippa steht dir hervorragend!"

„Schau, das ist für dich", Nicholas überreichte ihr ein kleines Präsent. Alisah packte sorgfältig das liebevoll verpackte Geschenk aus. „Wunderschön. Diese Perlenkette ist einzigartig", vorsichtig legte sie sich die feingliedrige Kette um den Hals und schlang als Dankeschön ihre Arme fest um Nicholas. Alisah überreichte Nicholas ein kleines Alabastergefäss mit wertvollem Öl. „Ich werde das Gefäß heute Nacht nehmen und zerbrechen. Zu deinen Füßen. Als Y'shua auf Erden war, war es Brauch, dass junge Mädchen von ihren Eltern zu ihrer Aussteuer ein Alabastergefäß bekommen haben, gefüllt mit wertvollen Ölen. Die Größe des Gefäßes und der Inhalt haben dem Reichtum der Familie entsprochen. Wenn ein junger Mann kam, um um die Hand der Tochter anzuhalten, war ihre Antwort das Zerbrechen des Alabastergefäßes zu seinen Füßen. Diese Geste sollte ihn ehren."

„Ich fühle mich geehrt! Danke, Alisah. Das ist ein besonderes Geschenk."

Von draußen hörte man die einsetzende Musik. Mazel Tov lud zum nächsten Teil der Feier ein: Let's dance. „Wir müssen jetzt zurück zu den Gästen gehen. Sie erwarten uns auf der Tanzfläche", flüsterte Alisah Nicholas ins Ohr. Nicholas küsste Alisah innig. Dann kehrten sie zurück ins Getümmel und gingen auf die Tanzfläche. Dort waren alle versammelt: Die Familie, Freunde, die Kinder, einfach alle. Hier wurde geredet und getrunken, gelacht und gefilmt und natürlich getanzt. Alle tanzten zusammen und bildeten ein großes Team. Selbst beim Tanzen kommunizierten alle miteinander. Man schubste sich, man lachte, man scherzte. Der Bräutigam und die Braut wurden auf Stühlen in die Luft gehoben. Man tanzte mit ihnen in der Höhe weiter. Ohne Ermüdungserscheinungen und ohne große Alkoholmengen tanzte die Menge sich in Ekstase. Traditionelle Musik, Klezmer und moderne Rhythmen wechselten sich ab. Mit Kippa auf dem Kopf und Krawatte am Hals tanzte man weiter. Noch ein Tanz und noch ein weiterer jüdischer Hochzeitstanz, ein buntes Durcheinander im Raum, Wellen der Bewegung, die auf und ab wogen. Überströmende Fröhlichkeit, wirbelnde Strudel, Ausgelassenheit. Dazwischen formten sich jüdische Reigentänze. Bewegende, mitreißende Klänge von ‚Still Dancing' heizten die Menge an. Die Hochzeitsparty am Strand würde für alle ein unvergessliches Erlebnis, ja, ein wahrer Sommernachtstraum bleiben.

In den frühen Morgenstunden eskortierten die Gäste Nicholas und Alisah zu ihrer Suite. Die jungen Männer blieben zurück und entfachten ein Trommelfeuer an der Tür. Erst allmählich kehrte Ruhe ein.

Am nächsten Mittag wurden die beiden von der Sonne wachgekitzelt. Energiegeladen starteten sie in den Tag: Frühstück im Bett. Der Mann, den Alisah geheiratet hatte und den sie heiß und innig liebte, lag neben ihr. Nicholas stellte seinen Café Latte beiseite und küsste sie so stürmisch, dass ein Teil des Frühstücks auf der Bettdecke landete. Schwindelig vor Glück lachte Alisah über das Missgeschick. „Magst du noch ein Glas Champagner?" Nicholas reichte ihr Erdbeeren dazu. Sie lachten beide und ließen die Gläser klingen. Es lagen sieben unbeschreiblich lange Tage und sieben zweisame Nächte vor ihnen. Im Kibbutz Maagan Michael. Keine Verpflichtungen, keine Termine. Sie verloren jedes Zeitgefühl, bemerkten nur noch, wie Tag und Nacht sich abwechselten.

11 DIE TORAH UND DER MESSIAS

Im Hause der Cohens war es ungewöhnlich still. Aviad versuchte zu arbeiten. Ab und an warf er einen Blick auf den Kalender und auf die Uhr. Dann saß er einen Augenblick lang da und dachte an Alisah und Nicholas. Er musste zugeben, dass er Sehnsucht nach ihnen hatte. „Sogar sehr", brummelte er vor sich hin. Aviad sah das Telefon an. Er spielte mit dem Gedanken, Alisah anzurufen. Er wählte die Telefonnummer. Ehe es klingelte, legte er wieder auf. Er durfte Alisah und Nicholas nicht in ihrem Glück stören. Rahel ließ sich ebenfalls kaum blicken. Sie hatte in diesen Tagen alle Hände voll zu tun.

Endlich gelang es ihm, sich auf seine Recherchen zu konzentrieren. Aviad sichtete seine Unterlagen. Der aufwendigste Teil der Studien lag noch vor ihm. Der Messias und die Torah.

Aviad dachte nach. Es war wirklich erstaunlich, wie sehr eine geringfügige Veränderung der Blickrichtung bestimmte, wie er die Schriften interpretierte. Das griechische Wort *telos* zum Beispiel kann übersetzt werden mit ‚das Ziel, auf das alles zuläuft' oder ‚das, wodurch etwas abgeschlossen wird'. So wurde der vierte Vers aus dem zehnten Kapitel des Römerbriefes dementsprechend übersetzt als ‚Denn das Ziel, auf das die Torah zuläuft, ist der Messias' oder ‚Denn Christus ist des Gesetzes Ende; wer an den glaubt, der ist gerecht.' Der Übersetzer, der die erste Version gewählt hatte, verfolgte den Gedanken, dass das Ziel der Torah ist, den Messias zu offenbaren. Ich stelle mir die Frage, sinnierte Aviad weiter, was das Ziel der Torah ist und wie es mit dem Messias zusammenhängt. Wie sieht das traditionelle Christentum und wie das traditionelle

Judentum die Beantwortung dieser Fragen? Und es schließt sich die nächste Frage an: Wie sehen die beiden Glaubensrichtungen den Messias? Wir müssen diese Fragen beantworten, um in der *Matrix des Messias* Stellung zu beziehen.

Das traditionelle Christentum sieht in unserer geliebten hebräischen Schrift eher ein Buch, in dem viele Geschichten stehen, aus denen man Lebensweisheit gewinnen kann. Im Großen und Ganzen wird die Torah als Quelle, wie man leben soll, verworfen. Wenn Bezüge zu Jesus hergestellt werden, dann haben sie eher informativen Charakter. Dieser Ansatz, das Alte Testament als Informationsquelle anzusehen, ist griechisch. Es geht nicht um Beziehung, sondern um Wissen.

Und wir? Wie gehen wir mit der Torah um? Wir sehen sie als Baum des Lebens und als Grundlage dessen, wie wir leben sollen. Zumindest als einen Ausgangspunkt für Anweisungen, wie wir unser Leben führen sollen. Aber ganz praktisch gesehen stützen wir uns viel mehr auf die Erklärungen in der Mischna und im Talmud. Und natürlich auf die vielen anderen zahlreichen Kommentare. Im traditionellen Judentum sehen wir die Notwendigkeit einer Beziehung. Und sind aber gleichzeitig mit der schwierigen Frage konfrontiert, wie wir mit dem Ewigen in Beziehung treten können. Wir sehen auch, dass die Torah einen künftigen Messias offenbart. Aber das ist keineswegs das Hauptziel der Torah für uns.

Das traditionelle Christentum beschäftigt sich weniger mit dem Titel „Messias". Dem Titel Messias, der Gesalbte, wurden drei Ämtern verliehen: Das des Propheten, des Priesters und des Königs. In der Torah wurden diese Ämter von verschiedenen Personen ausgeübt. Mose war ein Prophet, Aaron ein Priester und David ein König. Alle drei Männer waren gesalbt und stellten einen Typus des Messias dar. Y'shua erfüllte alle drei Aspekte. Im traditionellen Christentum wird Jesus meist als Priester gesehen und seine Rolle als Prophet und König kaum wahrgenommen. Dies führt zu einer verzerrten Wahrnehmung Y'shuas. Y'shua hat tatsächlich die dreifache Rolle als Messias inne. Als Prophet spricht er zu seinem Volk von YHWH. Als Priester repräsentiert er das Volk vor YHWH und als König hat er YHWH und das Volk vor Augen, indem er als Repräsentant von YHWH regiert.

Im traditionellen Judentum beschäftigt man sich mit dem in der Zukunft liegenden Kommen des Messias. Der Messias wird als versprochener Erlöser, der in der Zukunft das Königreich wiederherstellt, gesehen. Wir als Juden sehen den Messias nicht als notwendig an, um die Torah leben zu können. Der Glaube an den Messias ist für die meisten Juden nur deshalb wichtig, weil er den Vätern von HaSchem angekündigt worden war. Im traditionellen Judentum wird der Messias meist in seiner prophetischen und in seiner königlichen Rolle gesehen, weniger in seiner Rolle als Priester.

Aviad fasste seine Gedanken nochmals zusammen. Die Ausgangsfrage war, was der Zweck der Torah ist und wie dies mit dem Messias zusammenhängt. Das traditionelle Christentum glaubt an die Notwendigkeit einer Beziehung mit dem Messias, aber sie sehen nicht, dass die Torah grundlegend dazugehört. Und das traditionelle Judentum glaubt an die notwendige Grundlage der Torah, aber sieht keine Notwendigkeit an eine persönliche Beziehung zum Messias. Die Verbindung des Messias mit der Torah schließt diese Ungleichheit. Das ist unsere Aufgabe in der *Matrix des Messias* – diese Lücke zu schließen! Wir gewinnen alle, wenn wir die einheitliche und verbindende Botschaft ‚Y'shua in der Torah und die Torah in Y'shua' sehen, verstehen und leben. Wir sehen, dass das Ziel der Torah ist, auf Y'shua hinzuweisen. Er ist der versprochene Messias, geoffenbart von Bereschit bis zum Buch der Offenbarung. Genau dies sagt Y'shua von sich selber. Aviad fand als Bestätigung seiner Gedanken in Yochanan: ‚Unentwegt prüft ihr den Tenach, weil ihr glaubt, in ihm ewiges Leben zu haben. Eben diese Schriften zeugen von mir, aber ihr wollt nicht zu mir kommen, um Leben zu haben.' Y'shua ist die lebendige Torah. Er offenbart die Seele der Torah.

Wir rufen, so dachte Aviad weiter, dazu auf, ein Leben auf der Grundlage der Torah auszuleben, als Ausdruck des Glaubens an den Messias. Es geht dabei um eine sehr persönliche Beziehung. Es geht darum, Y'shua zu folgen, so wie er gelebt hat.

Es darf auf keinen Fall darum gehen, lediglich mehr Wissen anzuhäufen. Es gilt vielmehr, aufzuzeigen, wie man mit ihm leben kann. Es geht darum, mit ihm und durch ihn die Torah auszuleben. Aviad war sehr zufrieden. Das war ein wesentliches Puzzleteil für die Botschaft der *Matrix des Messias.*

Er freute sich nicht nur über diesen Baustein, sondern auch über das um die Ecke angemietete Apartment für Alisah und Nicholas, für das sie noch kurz vor der Hochzeit die Schlüssel bekommen hatten. Rahel war dabei, ein Schlafzimmer zum Träumen für Alisah und Nicholas einzurichten – mit romantischen Möbeln, zarten Farben und mediterranen Details. Entspannung pur! Mutter und Tochter teilten ihre Leidenschaft für ein romantisch-elegantes Ambiente. Das Zentrum der Wohnung war eine großzügige Wohnküche. In diesem lichtdurchfluteteten Raum konnten sie alle zusammenkommen, um zu kochen und gemeinsam die Zeit zu genießen.

„Einladend und gemütlich", so fasste es Rahel freudestrahlend zusammen, als Aviad die Fortschritte der Wohnungseinrichtung begutachtete.

„Es ist wunderschön geworden, mein Schatz!", lobte sie Aviad voller Begeisterung. „Übermorgen ist es endlich soweit, dass die beiden zurückkommen. Dann können Nicholas und Alisah direkt Einzug halten. Das wird eine wunderbare Überraschung." Aviad freute sich nicht nur auf die Rückkehr der beiden, sondern auch auf den weiteren Austausch mit ihnen – und vor allem auf den Beginn der Dreharbeiten vor Ort.

12 INSEL DES RÜCKZUGS

Aviad und Rahel öffneten die Tür. Alisah und Nicholas wollten ihren Augen nicht trauen. „Eigene vier Wände?", rief Nicholas aus. „Hier ist euer Ort des Rückzugs, an dem ihr zur Ruhe kommen könnt." Mit diesen Worten führte Aviad die beiden in ihre neue Wohnung.

„Eine Insel des Rückzugs? Wunderschön und inspirierend", rief Alisah begeistert aus und fiel Aviad und Rahel um den Hals. „Mom und Abba, ihr seid einfach nicht zu übertreffen, ihr seid wunderbar, ich liebe euch."

„My home is my castle. Hier kann ich mich von der Hektik unseres Alltags erholen", freute sich Nicholas und umarmte Aviad und Rahel.

„Nicholas, schau mal", rief Alisah ihm zu, „der gemütlichste Rückzugsort, den man sich vorstellen kann", und führte ihn ins Schlafzimmer. Freudig ließen die beiden sich auf das Kingsize-Bett fallen. Laissez-faire mitten in Jerusalem City! Dann gingen sie vom Schlafzimmer ins Wohnzimmer.

„Hier könnt ihr euch austoben." Rahel führte die beiden aus dem Wohnzimmer ins Gäste- und Badezimmer. „Hier haben wir nichts eingerichtet", sagte Rahel, „damit ihr euren Ideen auch etwas freien Lauf lassen könnt." Alisah und Nicholas fehlten die Worte.

„Die Seele baumeln lassen!", Alisah purzelten tausend Ideen durch den Kopf. Erst jetzt fiel den beiden auf, dass man durch eine große Glastür auf einen kleinen Balkon gelangte, gerade Platz genug, so dass alle vier gemeinsame Stunden in der Sonne über den Dächern Jerusalems genießen konnten. Hier luden Stühle mit fliederfarbenen Polstern zum Sitzen ein. Aviad servierte allen einen erfrischenden Apero. „Hier in diesem gemütlichen Ambiente werden wir die nötige Ruhe haben, weitere Recherchen zu betreiben, kurze Pausen einzulegen, den Regisseur und Gäste zu empfangen und natürlich zum Schabbat-Tisch zu bitten."

Nach einem Glas Sekt zur Feier des Tages verabschiedeten sich die Eltern.

„Schatz", rief Nicholas. „Schau mal in den Kühlschrank! Er ist bis zum Rand gefüllt. Deine Eltern denken wirklich an alles. Ist das nicht lieb?"

„Ja, das ist nicht zu fassen. Und hast du gesehen, dass es in der Wohnung von frischen Blumensträußen wimmelt?"

„Komm mal her." Liebevoll nahm Nicholas Alisah in den Arm und zog sie hinter sich her ins Schlafzimmer.

„Noch zwei Tage", murmelte Alisah, „dann wartet ein Tagespensum auf uns, das wir nur mit der Hilfe von Y'shua bewältigen können. Und wir beten jeden Morgen miteinander, ehe wir in den Tag starten. Abgemacht?"

„Ja, ich bin dabei", erwiderte Nicholas, „so wie wir es abgesprochen haben!" Alisah schenkte Nicholas ein Lächeln und formulierte mit den Lippen ein „Ich liebe dich". Nicholas atmete tief durch. Alisah schlang ihm die Arme fest um den Hals.

„Volles Programm heute, auch wenn es erst in zwei Tagen losgeht. Hilfst du mir, meine Klamotten und meine persönlichen Dinge aus dem Haus meiner Eltern zu holen?"

„Gib mir fünfzehn Minuten, dann ziehen wir los. Am Nachmittag holen wir dann meine Sachen aus meiner Wohnung. Ich rufe gleich noch einen Bekannten an. Er hat einen Anhänger und hilft uns bestimmt gerne."

„Sehr praktisch. Gute Idee!"

„Wow, ich bin wirklich beeindruckt von deinen Eltern und ihrer Großzügigkeit. Und wir sahen uns schon in meiner kleinen Dachwohnung in der German Colony sitzen ..."

Alisah strahlte ihren Mann an. „An deiner Seite wäre ich überall glücklich! Aber du hast Recht, unser neues Zuhause ist einfach nur wunderschön!"

Als Nicholas aus dem Badezimmer kam, öffnete Alisah die Balkontüren und drehte sich zu ihm um. „Wie wäre es mit einem zweiten Frühstück und einer Tasse Kaffee auf dem Balkon?“ Nicholas warf einen Blick über ihre Schultern. Sie hatte ein köstliches Frühstück serviert.

„Traumhaft. Wir gönnen uns einfach weitere fünfzehn Minuten.“ Die Sonne war über den Dächern von Jerusalem aufgegangen und tauchte alles in ein warmes, sanftes Licht.

Wie erwartet vergingen die beiden Tage wie im Fluge. Es gelang ihnen, ihre persönliche Habe in ihr gemeinsames Zuhause zu bringen. Während sie alles in den bereits vorhandenen Schränken verstauten, machten sie Pläne für die nächsten Tage. „Schatz, ich werde einen Zeitplan für unseren ersten gemeinsamen Arbeitstag erstellen. Was meinst du dazu?“

„Eine hervorragende Idee, Nicholas. Und ruf dann Abba an. Sprich mit ihm alles durch.“

„Auf jeden Fall. Aviad muss mir auch die Termine mit dem Filmteam durchgeben.“

„Ich kümmere mich jetzt darum.“

Nicholas verschwand mit Laptop und Handy unter dem Arm auf den Balkon.

„Noch ein Traum, der wahr wird“, rief Alisah lächelnd hinter ihm her.

Erst als Nicholas Alisah mit Geschirr klappern hörte und den Duft einer Pizza roch, tauchte er wieder auf. „Schau mal, Liebes, der Plan ist fast fertig.“ Beim Essen sprachen sie den morgigen Tag und die nächste Woche durch.

„Es dürfte eine interessante Woche werden. Wie gut, dass wir die Nächte für uns haben“, grinste Alisah ihn vielsagend an. Erleichtert, dass Alisah die voll gepackte Woche so gelassen hinnahm, fuhr Nicholas seinen Laptop runter.

„Auf uns beide, *le chaim*, Alisah!“

„*Le chaim,* Nicholas!“ Alisah nahm ihr Glas. „Ich bin glücklich mit dir. Mir geht es so richtig gut.“

„Mir geht es genauso.“ Nicholas lächelte sie liebevoll an. „Ich glaube, wir beide passen perfekt zueinander.“

Der Mond schien auf Alisahs Gesichtszüge. Sie waren weich und entspannt. Nicholas vergaß beinahe, dass sie beide auf dem Balkon saßen. Er konnte die Augen nicht von Alisah lassen.

Nach einer viel zu kurzen Nacht klingelte am nächsten Morgen nicht nur der Wecker, sondern auch das Telefon. Aviad. „Ja, wir sind in einer Stunde bei dir. Ja, wir haben dann bereits gefrühstückt!"

„Sag ihm bitte, dass wir bei ihm frühstücken", flüsterte Nicholas Alisah ins Ohr.

„Wärst du auch einverstanden, wenn wir bei euch frühstücken, Abba?"

„Ja, einverstanden. Das ist noch viel besser. Wir warten auf euch. Bis gleich."

„Eine halbe Stunde Zeit gewonnen. Wir wollten doch beten, oder?"

„Ja, komm her, wir fangen jetzt an." Nicholas zog Alisah zu sich. Beide spürten, wie die Gegenwart YHWHs sie einhüllte. Nach der Gebetszeit faltete Nicholas sorgfältig den Tallit zusammen und verschwand ins Bad.

„Beeil dich bitte ein wenig", bat Alisah. „Ich brauche bestimmt länger als du."

„Geh du zuerst. Wenn du geduscht bist und ich mich dusche, kannst du dich schon mal schminken. Dann sind wir vielleicht gemeinsam fertig!"

„Gute Idee, Nicholas." Alisah drehte das Wasser auf. Nicholas hörte sie unter der Dusche lachen. Er erwärmte sich für das gemeinsame morgendliche Badezimmerritual. Er hätte nicht gedacht, dass ein geteiltes Badezimmer so lustig sein würde.

„Schatz, reich mir mal das Handtuch. Du bist dran!" Schade, dass er unter der Dusche nicht sehen konnte, wie sich Alisah schminkte.

„Was soll ich jetzt noch zu dir sagen? Du siehst hinreißend aus."

„Wenn ich eine Abmachung treffe, halte ich sie auch." Alisah zog ihn hinter sich her und schlug die Haustür zu. Ihre Augen funkelten ihn an.

„Da seid ihr ja endlich. Kommt rein. Rahel wartet schon auf euch.“

„Café Latte, Nicholas?“

„Ja, gerne, Rahel. Wie lieb von dir.“

Nicholas trank einen Schluck Café Latte und nickte in Richtung Aviad, der gerade mit seinem Laptop und einem Stapel Bücher in die Küche hereinkam.

„Abba, das sieht ja nach Arbeit aus“, blinzelte Alisah ihn verschmitzt an. „Sehr lecker“, bemerkte Nicholas und nahm sich noch ein Eclair.

Alisah nahm etwas Thunfischaufstrich aufs Brot und als Beilage Oliven und Schafskäse.

„Hier, ein herzhafter Happen für dich.“

„Kann nicht schaden“, entschied Nicholas und nahm das Angebot von Alisah an.

„Das israelische Frühstück ist schon etwas Besonderes, Schatz!“

„Nur nebenbei“, Aviad biss genüsslich in seinen Toast, dick belegt mit Eieromelette, „wir haben in einer halben Stunde einen Termin mit Binyamin Friedman, unserem Regisseur. Thema wird nicht das israelische Frühstück sein, sondern *Die Matrix des Messias.*“

„Binyamin Friedman“, wiederholte Nicholas, „ein interessanter Name, oder?“

„Wie aufregend", freute sich Alisah. „Dann haben wir endlich die Gelegenheit, ihn persönlich kennenzulernen. Das ging in dem Hochzeitstrubel völlig unter. Er hat sich zwar kurz mit seinem Filmteam vorgestellt, aber ich kann mich nicht einmal mehr daran erinnern, wie er aussah.“

„Ja, ich bin auch gespannt, mehr über ihn zu erfahren. Aber meine Lieben: Wir müssen jetzt unser Tempo ändern. Sprint ist angesagt!“

Alisah wusste, dass Aviad drängte, im Zeitplan zu bleiben.

„Komm, Mom, ich helfe dir abzuräumen!“

Nicholas erhob sich gleichfalls und nahm die Teller.

„Wir gehen mit Binyamin Friedman Mittagessen und am Nachmittag werde ich euch zeigen, wie weit ich mit den Ausarbeitungen zur *Matrix* gekommen bin.“

13 DER HELD IM RAMPENLICHT

Zum vereinbarten Zeitpunkt klingelte Binyamin Friedman an der Tür. Alisah eilte in ihr Zimmer. Bepackt mit einem Stapel Notizblöcke und Stifte kam sie zurück. Sie betrat das Arbeitszimmer ihres Vaters, wo bereits alle auf sie warteten.

„Meine Tochter, Alisah de Winter", stellte Aviad sie Friedman vor. Alisah blieb vor Binyamin Friedman stehen. Sie blickte in das bewegte Gesicht eines höchst kreativen Regisseurs. Sie wusste, dass er Sohn jüdischer Eltern aus Russland war und in seiner Jugend in die USA ausgewandert war. Er wollte sein Judentum abschütteln und bemühte sich in Hollywood verzweifelt um Assimilation. In Hollywood gab es immer noch so etwas wie ein eigenes jüdisches Netzwerk, trotz aller Anstrengungen der 70iger Jahre, den jüdischen Background von Hollywood zu tabuisieren. Friedman gelang es jedoch nie, seine jüdischen Wurzeln zu vergessen. Jetzt im Alter stürzte er sich in das Wagnis, sich auf die Spuren seiner eigenen Identität zu begeben. Als das Angebot von Aviad Cohen in seine Hände fiel, sagte er kurzerhand zu. Es war die Chance für seine suchende Seele.

„Als Kind bin ich ein paar Mal in der Synagoge gewesen. An Pessach kann ich mich noch ganz gut erinnern. Aber später in Hollywood", fuhr Friedman in seiner Vorstellung fort, „habe ich mir einen anderen Lebensstil angeeignet. Ich habe, wie übrigens viele jüdische Filmemacher, versucht, die Suche nach der jüdischen Selbstfindung mit feinem Wortwitz auf den Punkt zu bringen und mit Selbstironie zu verarbeiten. Eine wirkliche Antwort bin ich mir schuldig geblieben. *Die Matrix des Messias* werde ich aus einer suchenden Perspektive heraus interpretieren."

„Damit liegen Sie genau auf unserer Linie", warf Aviad freudig ein. „Wir sind alle auf der Suche!"

„Sind Sie damit einverstanden, dass der Final Cut bei uns allen liegt?", fragte ihn Alisah.

Erstaunt antworte Friedman ihr: „Ein Regisseur ist nach Alan A. Amer alles in einem: Vater und Mutter, Priester, Psychologe, Freund, Autor, Schauspieler, Photograph, Kostümbildner, Elektronikfachmann, Musiker, graphischer Künstler und er spielt sicherlich noch ein Dutzend anderer Rollen." Er überlegte und fuhr fort: „Aber ja, wenn Sie es wünschen, können wir den Final Cut gerne gemeinsam machen. In Hollywood war es ohnehin eine ziemliche Seltenheit und Auszeichnung, wenn ein Regisseur das volle Recht am Final Cut hatte. Alisah, sind Sie vom Fach?"

„Ich habe an der Hochschule Luzern Design und Kunst studiert und den Master für ‚Visuelle Kommunikation' erlangt. In diesem Studiengang habe ich auch Handwerk, gestalterische Kompetenz und theoretisches Wissen in verschiedenen Bereichen der Film-Realisation erlernt."

„Nun, das wird eine interessante und kreative Wechselwirkung zur Folge haben. Ich freue mich auf unsere Zusammenarbeit."

Ein Satz, der Alisah runterging wie Öl. Noch dazu aus dem Munde eines weltbekannten Regisseurs.

„Es wird spannend werden", bedankte sich Alisah mit einem Lächeln.

„Ja, das sehe ich ebenso. Die Dreharbeiten werden ab nächster Woche beginnen, und zwar hier in Israel. Die anderen Orte, an denen die Handlung spielt, New York und Frankfurt, holen wir später nach. Wir treffen uns immer nachmittags. Vormittags haben Sie alle Zeit, sich Ihren weiteren Recherchen zu widmen. Ich würde mich im Übrigen sehr gerne einklinken, falls Sie alle einverstanden sind. Ich habe mich natürlich intensiv mit dem Drehbuch auseinandergesetzt. Auf meinem Schreibtisch wartet bereits ein dicker Stapel an Büchern auf mich: Ein Tenach, verschiedene Wörterbücher und die Brit Chadaschah. Ich suche mit Ihnen nach der Wahrheit."

„Selbstverständlich", stimmte Nicholas freudig zu.

Und Aviad pflichtete ihm bei: „Das ist mehr als wir erwartet haben. Sie sind uns bei all unseren Recherchen willkommen! Dürfen wir Sie zum Mittagessen einladen?"

„Ja, gerne, Aviad. Ich danke Ihnen."

Alisah beobachtete Friedman. Er war sichtlich bewegt von der Unterhaltung. Aviad nahm die Haustürschlüssel und klimperte damit. Ein deutliches Signal zum Aufbruch.

„Champagner, mit eisgekühlten Weintrauben", orderte Aviad in ihrem Lieblingsrestaurant um die Ecke, „zur Feier des Tages."

„Auf *Die Matrix*!" Friedman erhob sein Glas. Die anderen ließen *Die Matrix* ebenfalls hochleben, gefolgt von einem fröhlichen *le chaim.* Friedman nahm den gesamten Raum ein. Er berichtete über Erfahrungen und Einsichten, einschneidende Erlebnisse und einige seiner großen Erfolge. Eine spannende Lebensgeschichte, ein außergewöhnlicher Mann mit einem sehr interessanten Beruf. Ein Mann, der etwas bewegt hat und noch bewegen wird, dachte Alisah.

„Ich bin ein wenig aufgewühlt. Es ist ein außergewöhnliches Projekt. Ich hoffe, Sie verstehen!" Der Blick Friedmans schweifte in die Runde.

„Das sind wir auch. Wir empfinden wie Sie", erwiderte Alisah für alle.

„Es war wirklich ein perfektes Timing. Wäre Ihre Anfrage vor einem Jahr gekommen, wäre ich nicht bereit gewesen."

„Wir auch nicht", lächelte ihn Aviad mitfühlend an.

„Die nächsten Monate werden kein Spaziergang." Friedman änderte den Tonfall in seiner Stimme. „Ich sehe Sie nächste Woche." Er hatte sich wieder im Griff.

Langsam schlenderten die vier zu Alisahs und Nicholas' Wohnung.

„Mit Friedman haben wir genau den richtigen Griff getan."

„Ja, Abba, das empfinde ich auch", pflichtete ihm Alisah bei, „und ich habe den Eindruck, dass der Prozess der Filmaufnahmen dazu beitragen wird, dass Friedman den Messias erkennen wird." Die anderen teilten Alisahs Eindruck.

14 ER IST DIE STIMME

Alisah servierte Espresso auf dem Balkon. Aviad hatte bereits seinen Laptop hochgefahren. Während die drei genüsslich an dem Espresso nippten, legte Aviad los: „Im Großen und Ganzen läuft alles nach Zeitplan. Ich habe in eurer Abwesenheit weiter an der Thematik gearbeitet, wo der Messias im Tenach zu finden ist. Jetzt kommt eine sehr provozierende Frage: Könnte es sein, dass die Stimme YHWHs im Garten Eden der Messias ist?“

„Wie kommst du denn auf diese Idee?“, fragte Nicholas neugierig.

„Ich habe in den Targumim nachgelesen. Das lohnt sich, um zu sehen, wie die Weisen des ersten und zweiten Jahrhunderts Schriftstellen gesehen haben. Die Targumim verwenden das aramäische Wort *memra* sehr oft im Zusammenhang mit YHWH und seinem Werk der Schöpfung. Das griechische Äquivalent ist das Wort *logos.* Targum Onkelos übersetzt 5. Mose 33,27 so: ‚Zuflucht ist bei dem ewigen Gott (Elohey) und die Welt wurde durch sein Memra gemacht.‘ Yochanan hatte kein Problem damit, dass es eine sichtbare und körperliche Manifestation von YHWH gab: ‚Im Anfang war das Wort – also *memra* oder *logos* – und das Wort war bei Elohim, und Elohim war das Wort. Dasselbe war im Anfang bei Elohim. Alle Dinge sind durch dasselbe gemacht, und ohne dasselbe ist nichts gemacht, was gemacht ist. In ihm war das Leben, und das Leben war das Licht der Menschen. Und das Wort ward Fleisch und wohnte unter uns, und wir sahen seine Herrlichkeit, eine Herrlichkeit als des eingeborenen Sohnes vom Vater, voller Gnade und Wahrheit.‘ Yochanan beschreibt hier das Memra als den eingeborenen Sohn. Wie die Targumim das Memra verstehen, deckt sich genau mit dem Verständnis von Yochanan.

Zurück zur Stimme YHWHs. Wenn Y'shua das gesprochene Wort ist, ist er die Stimme in der Schöpfungsgeschichte, oder?

Im Targumim Pseudo-Jonathan heißt es: ‚Und sie hörten die Stimme des Memra von YHWH im Garten gehen ...' und im Targumim Onkelos wird es ebenso berichtet. Und im Targumim Jerusalem steht: ‚Und das Memra von Gott rief Adam.' In unseren Bibelübersetzungen heißt es hingegen: ‚Und Elohim YHWH rief Adam.' D. h. im Targumim wird sichtbar, dass ein Bedarf bestand, ein Wort zwischen Stimme und den Menschen in Bereschit 3 einzufügen. Sie haben einen Weg gesucht, wie der Unsichtbare und Unendliche mit dem Sichtbaren und Endlichen in Beziehung treten konnte. Und die Lösung lautet Memra. Und das ist genau der Mittler, Y'shua. Der Messias ist die Schnittstelle zwischen dem Unsichtbaren und dem Sichtbaren."

„Das ist atemberaubend", warf Nicholas ein. Wenn wir dieses Konzept durchdenken, entstehen völlig neue Bezüge."

„Ja, lest einmal Jeremia 23,29", ergänzte Alisah. „‚Ist mein Wort nicht wie ein Feuer, spricht YHWH, und wie ein Hammer, der Felsen zerschmeißt?' Das sollte man demgemäß so lesen: ‚Ist mein Memra nicht wie ein Feuer und wie ein Hammer?' Und das Memra ist Y'shua. Stimme und Memra sind verbunden." Sie dachte nach.

Aviad fuhr fort: „Genau. Und in der Offenbarung identifiziert Yochanan die Stimme: ‚Und ich wandte mich um, zu sehen nach der Stimme, die mit mir redete. Und als ich mich umwandte, sah ich sieben goldene Leuchter und mitten unter den Leuchtern, einen, der war einem Menschensohn gleich, angetan mit einem langen Gewand ... Fürchte dich nicht! Ich bin der Erste und der Letzte und der Lebendige. Ich war tot, und siehe, ich bin lebendig von Ewigkeit zu Ewigkeit und habe die Schlüssel des Todes und der Hölle.' Die Stimme gehört zu dem Menschensohn, dem Ersten, lebendig von Ewigkeit zu Ewigkeit.

Die Stimme tritt oft mit der Beschreibung von Posaunen und Feuer auf: ‚Und Mose führte das Volk aus dem Lager YHWH entgegen, und es trat unten an den Berg. Der ganze Berg Sinai aber rauchte, weil YHWH auf den Berg herabfuhr im Feuer; und der Rauch stieg auf wie der Rauch von einem Schmelzofen, und der ganze Berg bebte sehr. Und der Posaune Ton ward immer stärker. Und Mose redete, und YHWH antwortete ihm laut.'" Erwartungsvoll schaute Aviad in die Runde.

Alle waren sichtlich begeistert und bewegt über Aviads Entdeckungen. Angeregt unterhielten sie sich über die neuen Erkenntnisse.

Schließlich brachte Alisah einen weiteren Zusammenhang auf den Punkt: „Y'shua sagt doch: ‚Meine Schafe hören meine Stimme.' Das ist die Bestätigung, Abba, nicht wahr?"

„Sehr interessanter Einwurf! Ich notiere es mir ... So, ich schlage vor, wir lassen diesen Aspekt des Memra für heute auf sich beruhen und wenden uns noch einem weiteren Gesichtspunkt zu."

15 IST DER MESSIAS GÖTTLICH?

„Aus den Gesprächen mit dir, Nicholas, ist mir klar geworden, dass die Christen kein Problem damit haben, den Christos als Gott anzusehen. Aber wenn wir den Messias als YHWH bezeichnen würden, befinden wir uns außerhalb des Judaismus des 21. Jahrhunderts. Der Judaismus basiert auf den Aussagen des großen Rabbi Mosche ben Maimon, auch als Rambam bekannt. Er hat dreizehn Prinzipien festgelegt. Und wenn man sich außerhalb dieser bewegt, dann begeht man seiner Meinung nach Götzendienst. Das dritte Prinzip ist die Verleugnung jeder physischen Ausprägung im Zusammenhang mit der Einheit HaSchems. Diese Einheit hat keinen Körper und keine Kraft in einem Körper und keine Form oder ein Bild oder eine Beziehung zu einem Körper oder Teilen davon. Im heutigen Judaismus wird kein göttlicher Messias erwartet, sondern ein Mensch. Und der messianische Judaismus ist außerhalb des Mainstreams im Judaismus.

Die Weisen des ersten und zweiten Jahrhunderts haben eine völlig andere Ansicht gehabt über den Messias. Können wir heute den modernen Judaismus mit dem Messias versöhnen, so wie die Weisen ihn im ersten und zweiten Jahrhundert gesehen haben? Das ist die große Frage. Die Weisen im ersten und zweiten Jahrhundet haben einen göttlichen Messias erwartet. Können wir mit der *Matrix des Messias* eine Brücke bauen?"

Nicholas fragte verwundert dazwischen: „Wie könnte der Messias nicht göttlich sein?"

„Nun", Aviad fuhr fort, „Genau hier tun sich etliche Dilemmas des heutigen Judaismus auf. Beispielsweise sagt die Schrift ausdrücklich, dass man sein Vertrauen nicht in einen

Menschen setzen darf. Jirmejahu 17,5 hat es treffend ausgedrückt: ‚Verflucht ist der Mann, der sich auf Menschen verlässt und hält Fleisch für einen Arm.' Danijel beschreibt im 7. Kapitel, Vers 13, ein Gesicht in der Nacht: ‚Und siehe, es kam einer mit den Wolken des Himmels wie eines Menschen Sohn und gelangte zu dem, der uralt war, und wurde vor ihn gebracht.' Im jüdischen Verständnis zwischen dem vierten und elften Jahrhundert, also 600 Jahre lang, waren sich die jüdischen Kommentatoren einig, dass dieser Vers dem Messias zuzuordnen ist. Heute steht der Judaismus vor dem Problem: Wie kann ein Mensch mit den Wolken des Himmels kommen? Vor das gleiche Problem ist der Judaismus gestellt, wenn es um die Textstelle aus Secharja 9,9 geht: ‚Du, Tochter Zion, freue dich sehr, und du, Tochter Jerusalem, jauchze! Siehe, dein König kommt zu dir, ein Gerechter und ein Helfer, arm und reitet auf einem Esel, auf einem Füllen der Eselin.' Wie kann derselbe Messias auf einem Esel reiten? Die Rabbiner haben sich sehr viele Gedanken um folgende Aussage aus Danijel 7,9 gemacht: ‚Ich sah, wie Throne aufgestellt wurden, und einer, der uralt war, setzte sich.' Es war die große Frage, wieso das Wort Thron im Plural steht. Im Talmud hatte Rabbi Akiba klar erklärt, dass ein Thron für HaSchem ist und einer für den Messias. Ist das nicht erstaunlich? Aber im modernen Judaismus erhebt sich die Frage, wie kann ein menschliches Wesen direkt neben YHWH sitzen? Für Akiba war das kein Problem. Der Messias ist göttlich und sitzt neben Adonai auf dem Thron."

„Wann hat denn Rabbi Akiba gelebt?", fragte Nicholas interessiert nach.

„Das Geburtsjahr des Akiba ist nicht bekannt. Er soll um das Jahr 50 nach Y'shua geboren worden sein. Und man geht davon aus, dass er gegen Ende des Bar-Kochba-Aufstandes gegen die Römer, etwa 135 nach Y'shua, starb."

„Die Beispiele, die du uns genannt hast, zeigen, dass die Weisen des ersten und zweiten Jahrhunderts, aber auch später, kein Problem hatten, die Göttlichkeit des Messias anzuerkennen und dass er auf dem Thron neben YHWH sitzen wird. Ist das richtig?", fasste Nicholas zusammen.

„Ja, genau so ist es“, antwortete ihm Aviad. „Sie haben anerkannt, dass der Maschiach sogar größer als unsere Väter ist, wie es beispielsweise in Jescha'jahu, Kapitel 52, Vers 13, heißt: ‚Siehe, meinem Knecht wird's gelingen, er wird erhöht und sehr hoch erhaben sein.‘ Man kann das zum Beispiel im Targum Jonathan nachlesen. Heutzutage scheinen die Theorien von Menschen schwerer zu wiegen als die Schrift selbst.“

„Erstaunlich, dass die Alten so viel näher an der Wahrheit dran waren! Was ist eigentlich ein Targum, Aviad?“, hakte Nicholas nach.

„Eine aramäische Übersetzung der hebräischen biblischen Schriften mit Paraphrasen und Auslegungen der Rabbiner. Ich habe mit diesen wenigen Beispielen versucht, euch aufzuzeigen, wie schwer es einem im heutigen Judaismus gemacht wird, Y'shua zu finden.“

„Da können wir uns die Hand reichen, Aviad. Als Gläubige aus den Nationen ist es auch nicht viel leichter, von Jesus zu Y'shua zu finden“, lachte Nicholas ein wenig betroffen.

„Aber es ist etwas in Bewegung“, warf Alisah ein und versuchte damit dem Gespräch die Schwere zu nehmen. „Wir müssen uns ranhalten. Übermorgen beginnen die Dreharbeiten. Ich schlage vor, dass wir über die Dreharbeiten selbst nicht Buch führen. Das Ergebnis wird *Die Matrix des Messias* sein.“

„Eine gute Idee“, meinte Nicholas. „Ich werde sowieso voll damit beschäftigt sein, die Ausarbeitungen Aviads zu Papier zu bringen und in die Rahmengeschichte einzuarbeiten. Ich bin ganz und gar damit einverstanden, das Geschehen rund um die Dreharbeiten nicht aufzuzeichnen. Es sei denn, es würden bemerkenswerte Ereignisse vorfallen, die im Zusammenhang mit dem Inhalt der *Matrix des Messias* stehen.“

„Ja, lasst uns Friedman im Blick haben“, ergänzte Aviad zustimmend.

Es war sehr spät geworden. Aviad verabschiedete sich und machte sich, bepackt mit einem immer größer werdenden Stapel an Unterlagen, auf den kurzen Nachhauseweg.

16 WENN JERUSALEM ZUM FILMSET WIRD!

„Es ist absurd“, eröffnete Friedman den ersten Drehtag im Studio und wedelte mit einer Zeitung. „Ich halte einen Bericht der Tageszeitung Jediot Aharonot in den Händen. Hier steht, Filme über Jerusalem würden auf Malta, in Marokko und Griechenland gedreht. In Hollywood vetrete man die Ansicht, die Lage in Jerusalem sei zu unbeständig, um reibungslose Dreharbeiten zu gewährleisten. Zudem verweigern internationale Versicherungen die Absicherung gegen Terrorrisiken oder bieten diese nur zu exorbitanten Preisen an. Selbst israelische Filmemacher scheuen anscheinend vor Dreharbeiten in Jerusalem zurück. Von den 600 israelischen Filmen, die seit der Gründung des Staates gedreht wurden, wurden nur etwa 30 in Jerusalem fabriziert. Laut Honig, einem israelischen Regisseur, gibt es etwa vier internationale Produktionen pro Jahr in der Stadt, zumeist seien dies europäische.“

Bedeutungsvoll blickte er in die Runde. „Wir werden die Herausforderung annehmen und *Die Matrix des Messias* in seiner Stadt drehen.“

Lauter Beifall folgte seinen Worten.

„Eine Behörde der Stadtverwaltung wird uns bei der Logistik behilflich sein. Wenn man einmal die vielschichtigen Probleme verstanden hat, die mit dem Entstehen eines Filmes verbunden sind, mit so vielen Leuten mit einer Vielfalt an unterschiedlichen Aufgaben, dann weiß man, dass es ein absolutes Wunder ist, wenn ein guter Film zustande kommt, um den Film- und Bühnenschauspieler Jack Lemmon zu zitieren. Aber das fast noch größere Wunder wird sein, dass der Film *Die Matrix des Messias* mitten in Jerusalem gedreht werden wird, mitten unter seinem Volk."

Friedman hatte eine beträchtliche Menge an Mitarbeitern um sich geschart. Nun stellte er ihnen die Autoren der *Matrix des Messias* vor und umgekehrt Aviad, Rahel, Alisah und Nicholas die restliche Crew: Herstellungsleitung, Produktionsleitung, Produktionsassistent, Regie, Kameramann, Tonmeister, Beleuchter, Innenrequisite, Maskenbildner. Er erwähnte die geplante Anzahl der Drehtage, die Stunden pro Tag und die einzelnen Drehorte in Jerusalem. Nach der offiziellen Begrüßung begann der erste Drehtag im Studio.

Alisah fühlte sich Zuhause. Sie blühte förmlich auf. Für Aviad und Nicholas hingegen war es eine gewaltige Umstellung. Aviad staunte nicht schlecht, als er das Verhältnis Drehbuchseite, Drehzeit und das Ergebnis für die Laufzeit im Film herausfand. Er konnte es nicht fassen, dass eine Minute Film einer Drehzeit von ungefähr drei Stunden entsprach und dass alle Szenen immer erst trocken gespielt wurden. Hinzukam noch die Zeit für die Maske, die für die Männer auch in etwa eine halbe Stunde in Anspruch nahm, das Umziehen noch nicht mit eingerechnet. Und jede Szene musste immer und immer wieder trocken gespielt werden, ehe dann wirklich gedreht wurde.

„Nicholas, das wird zeitaufwendiger, als wir gedacht haben!"

„Ja, was für ein Segen, dass wir nicht alle immer die ganze Zeit anwesend sein müssen."

„Ich sehne mich nach meinen Studien der hebräischen Schriften", seufzte Aviad.

„Wir werden es mit seiner Hilfe schon durchstehen", tröstete Nicholas ihn. „Und vergiss nicht, wir drehen nur an vier Tagen in der Woche." Aviad sah Nicholas ganz betrübt an.

„Was meinst du dazu, Aviad, wenn wir in unserem Manuskript die Geschichte um die Dreharbeiten und einfach alles, was damit zusammenhängt, so weit es nur geht, herauslassen? Wenn *Die Matrix des Messias* gedreht wird, braucht das Filmteam dafür keine Regieanweisung oder? Wir hatten dies bereits besprochen. Ich will es nur nochmals bestätigt haben."

„Ja, das machen wir. So sparen wir viel Zeit, die wir für unsere Studien verwenden können. Alisah hatte bereits beim vorausgehenden Gespräch ihr Einverständnis dafür gegeben.“

Nicholas nickte ihm dankbar zu.

Aviad flüchtete nach jedem Drehtag in sein kleines Arbeitszimmer. Im Gegensatz zu den vielen Trockenübungen im Filmstudio entdeckte er Zug um Zug neue Zusammenhänge und kam zügig voran. Am ersten Tag der Woche, sonntags, trafen sich Aviad und seine Frau regelmäßig mit Nicholas und Alisah, um weitere Studien über den Messias durchzusprechen. Von Montag bis Donnerstag waren sie im Filmstudio. Freitag hatten sie Zeit, persönliche Dinge zu erledigen und abends trafen sie sich zur Schabbatfeier. Wenige Wochen nach Drehstart gesellte sich Friedman regelmäßig zu ihren Schabbatfeiern hinzu. Sein Scharfsinn und seine Kombinationsgabe verblüfften alle. Aviad hatte in ihm ein Gegenüber gefunden. Lebhaft tauschten sie sich über die hebräischen Aussagen der Heiligen Schriften aus. Der Regisseur war sehr neugierig und es überraschte alle, wie das Drehbuch ihn veränderte. Am meisten erstaunt war er wohl selbst.

17 DON’T HIDE FROM ME

Sie saßen alle an der Schabbat-Tafel, Rahel zündete die Kerzen an und Aviad sprach den Segen über dem Schabbatwein und den Challot. Es war der letzte Schabbat vor den Herbstfesten.

„Wir werden nächste Woche drei Tage vor Rosch HaSchana eine Drehpause im Studio einlegen, die bis zwei Tage nach Schemini Azeret dauern wird. Ein von mir zusammengestelltes Filmteam wird aber in dieser Zeit Aufnahmen von euch drehen an Rosch HaSchana, Jom Kippur und an Sukkot. Das Filmteam wird diese Aufnahmen von euch als Privatpersonen machen. Ihr feiert einfach wie gewohnt. Wir wollen uns soweit wie möglich im Hintergrund halten, aber wir brauchen diese Szenen für *Die Matrix des Messias*. Wir sehen einfach danach, was wir davon verwenden können.“

„Das ist wunderbar, Binyamin“, antwortete Aviad gerührt und dankbar über die Verschnaufpause von der Studioarbeit.

„Ich habe mich inzwischen mit dem messianischen Verständnis der Herbstfeste beschäftigt“, fuhr Friedman weiter fort. „Es gibt in eurem Manuskript bis jetzt keine Ausarbeitungen darüber. Aber sind diese nicht der krönende Höhepunkt des Films?“

Aviad und Nicholas sahen sich schweigend an. Sie waren zu sehr mit anderen Fragen und dem Dreh beschäftigt gewesen.

Alisah unterbrach das Schweigen. „Haben Sie sich schon Gedanken darüber gemacht, wie wir das zweite Kommen des Messias darstellen werden?“, fragte Alisah Friedman ganz gespannt. Nicholas bewunderte ihren Mut. Aber wenn Friedman erwähnte, dass er sich mit dem messianischen Verständnis der Herbstfeste auseinandergesetzt hatte, musste ihm klar sein, dass der Messias dann wiederkommen würde.

„Ja, Alisah, das habe ich."

„Was schlagen Sie vor?", mischte sich Aviad nun lebhaft ins Gespräch ein.

„Wir werden miteinander als Gemeinschaft die Herbstfeste feiern und unseren Midrasch über die messianische Bedeutung einflechten."

„Wir? Wollen Sie persönlich auch dabei sein?", fragte Nicholas überrascht nach.

„Ja, falls ihr alle einverstanden seid. Ich bin nicht nur der Regisseur dieses Films, sondern auch Betroffener. Ich höre zwei Stimmen in mir. Die Stimme eines Gläubigen, die fragt, ob ich diesen Film drehen soll. Was werden die Leute über mich und meine Familie sagen? Und die Stimme des Regisseurs, der herausgefordert ist. Dieser Wechsel vom Regisseur zum Betroffenen ist wahr und dramaturgisch einsetzbar."

Spontan wie Alisah war, fing sie laut zu jubeln an. Ihre Freude steckte die anderen an. Alisah begann zu singen: „Hoschiana Y'shua HaMaschiach ben David, Baruch haba b'schem Adonai, Y'shua HaMaschiach."

Die anderen stimmten mit ein: „Ben David, Baruch haba b'schem Adonai, Y'shua HaMaschiach, ben David." Sie hörten nicht auf, dieses überaus prophetische Lied über das Kommen des Messias Y'shua, den Sohn Davids, zu singen. Aviad fragte sich beim Singen, welche Offenbarung Friedman über den Messias oder über HaSchem bekommen hatte. Ein gewaltiges Wunder in so kurzer Zeit. Er war fassungslos, aber überglücklich und sehr dankbar.

Nachdem der Gesang verebbte, ergriff Aviad das Wort: „Ihr Lieben, ein Höhepunkt der *Matrix des Messias* ist es, zu zeigen, dass es nicht nur um Wissen über die hebräischen Schriften geht, sondern um den Grad der persönlichen Offenbarung und die persönliche Beziehung zu Y'shua. Hört mal zu: ‚Und Elohim redete mit Mose und sprach zu ihm: Ich bin YHWH und bin erschienen Abraham, Isaak und Jakob als El Schaddai, aber mit meinem Namen YHWH habe ich mich ihnen nicht offenbart' (Schemot 6,2-3). Stellt euch vor, YHWH spricht davon, dass man ihn in unterschiedlichen Offenbarungsformen erkennen kann."

„Sein Name ist YHWH?", fragte Friedmann nach. „Dann haben wir es vermieden, ihn bei seinem eigentlichen Namen zu nennen. Gut, unser Volk hatte gute Gründe dafür. Sie wollten die Heiligkeit seines Namens schützen. Andererseits, wenn ich mir vorstelle, man würde ‚der Name' statt Friedman zu mir sagen, wie unpersönlich!"

„Es wird noch spannender", fuhr Aviad fort. „In Bereschit, Kapitel 12, Vers 7 heißt es: ‚Da erschien YHWH dem Abram und sprach: Deinen Nachkommen will ich dies Land geben. Und er baute dort einen Altar YHWH, der ihm erschienen war.' Hier ist die Rede davon, dass Abram YHWH einen Altar baute. Aber YHWH sagte doch zu Mose, dass er sich Abram noch nicht mit diesem Namen offenbart habe. Ein Widerspruch?"

„Abba", ergriff Alisah schnell das Wort, „das Verb kennen ist der Schlüssel. Abram kannte Elohim bei dem Namen YHWH, aber er hatte keine persönliche Offenbarung über Elohim als YHWH."

„Ja, so ist es. El Schaddai ist derjenige, der fürsorglich und bemutternd ist. Und wir müssen erwachsen und reif werden. Es ist wichtig, Elohim als YHWH kennenzulernen. Aber ehe wir diese Offenbarung haben, stellt sich die Frage, ob wir Elohim, den Schöpfer von den Himmeln und der Erde, überhaupt kennen?"

„Aber sicherlich, Aviad. Wie kommst du darauf, dass wir diesen Elohim nicht kennen sollten?", fragte Nicholas sichtlich betroffen nach.

„Bist du sicher? Die meisten, zumindest von christlicher Seite, kennen ihn nicht wirklich!"

„Übertreibst du nicht?" Nicholas war etwas verunsichert.

„Pass mal auf. Noch ehe irgendwelche Lebewesen geschaffen wurden und ehe Adam den ersten Atemzug machte, setzte Elohim Sonne, Mond und Sterne an den Himmel, die uns, die wir noch nicht geschaffen waren, Zeichen und Zeiten geben sollten. Das hebräische Wort für Zeiten ist *mo'ed* und heißt wie in Wajjikra, Kapitel 23, Vers 2 zu finden ist, Feste, Verabredungen und Generalprobe. Das heißt, dass der Schöpfergott seinen Kalender für den Wandel mit uns in den Himmel geschrieben hat. Und, Nicholas, was meinst du, kennen die meisten Christen diesen Schöpfergott?“

Nicholas antwortete nicht.

„Ja, Abba, aber die Frage gilt auch für uns Juden. Als wen kennen wir HaSchem? Das ist eine sehr nachdenkenswerte Frage.“

Friedman hörte gespannt zu und schwieg.

„Ihr Lieben, ich bin mit meinen Ausführungen noch nicht fertig“, setzte Aviad erneut an. „Die Vögel, die Elohim am fünften Tag geschaffen hat, fliegen mit Hilfe des Windes. Das hebräische Wort für Wind ist *ruach.* Der Heilige Geist ist der Ruach HaKodesch. Selbst die Vögel fliegen mit Hilfe des Ruach und dieser bringt Millionen von ihnen zweimal im Jahr nach Israel. Ich habe eine Studie gemacht und herausgefunden, dass der Durchzug der Vogelschwärme um die Zeit der Frühlings- und Herbstfeste stattfindet. Selbst die Schöpfung zeugt von seinem Kalender. Lassen wir uns von dem Ruach ziehen und erscheinen vor dem Schöpfergott, gemäß seinem Kalender? Der Schöpfergott schuf den Schabbat, indem er ruhte. Kennen wir den Schöpfergott, indem wir mit ihm am Schabbat ruhen?“

„Ihr Juden bestimmt. Aber wir nicht oder zum größten Teil noch nicht. Ich muss gestehen, dass du Recht hast, Aviad“, räumte Nicholas betroffen ein.

„Auch wenn wir Juden den Elohim der Schöpfung kennen und wir uns mit ihm an seinen Festen und an seinem Schabbat verabreden, haben viele von uns noch keine Offenbarung darüber, warum ihm die Verabredungen mit uns an seinen Festen so wichtig sind. Wir brauchen die Offenbarung, dass sie alle von seinem Sohn zeugen.“

Jetzt griff Friedman aufgeregt ein: „Der Messias Y'shua hat die Frühlingsfeste buchstäblich erfüllt. Durch sein zweites Kommen wird er die Herbstfeste erfüllen. Wir feiern sie prophetisch in Erwartung seines zweiten Kommens. Da seine Wiederkunft der Höhepunkt ist, könnten die Herbstfeste der

Höhepunkt der *Matrix des Messias* sein. Sie haben Recht, Aviad, unser Volk braucht nicht nur die Kenntnis der Torah, sondern eine tiefe Offenbarung über YHWH. Über seinen Namen, den wir noch nicht einmal aussprechen. Dieser Film wird eine heilsame Herausforderung sein für die, die nach ihm schreien. Kennt ihr den Herzensschrei des Liedes ‚Don't hide from me' von Avraham Fried? Stellvertretend für viele fleht er HaSchem an, sich nicht vor ihm zu verbergen. Und ist es nicht einfach so, dass er sich in Y'shua bereits geoffenbart hat? Seine rechte Hand, die uns aus Ägypten befreite?"

„Spürt ihr das auch?", fragte plötzlich Alisah ganz aufgeregt.

„Was meinst du, Schatz?", wollte Nicholas wissen.

„Diese Dichte hier im Raum, eine gefühlte Salbung, wie etwas, was ich als ein wenig Schechinah bezeichnen würde." Alisah suchte offensichtlich nach Worten, um das, was sie fühlte, zu beschreiben.

Friedman kam ihr zur Hilfe: „Für mich sieht es aus wie die Konsistenz der Wolken."

Sie fingen alle an, YHWH zu loben und zu preisen und stimmten erneut an: „Hoschiana Y'shua HaMaschiach ben David, Baruch haba b'schem Adonai, Y'shua HaMaschiach." Das Lied hallte in die dunkle Nacht hinaus. Es war lange nach Mitternacht, als sich Friedman, Nicholas und Alisah auf den Nachhauseweg machten.

Als sich alle verabschiedet hatten, ging Aviad noch nicht zu Bett. Er hatte eine offene Vision. Er sah, wie *Die Matrix des Messias* weltweit gezeigt wurde. Nicht nur in den Kinos, nein, auch im Internet. Die Botschaft des Filmes, das Evangelium vom Königreich des Messias, hatte eine so gewaltige Salbung, dass Millionen umkehrten. ‚Tut Buße, denn das Königreich ist nahe herbeigekommen!' Diejenigen, die umkehrten, fingen an, sich mit der Konstitution des Königreiches, der Torah, zu beschäftigen. Er hörte, wie eine Stimme den Propheten Jescha'jahu, Kapitel 51, Vers 4 zitierte: ‚Merkt auf mich, ihr Völker, und ihr Menschen, hört mir zu! Denn die Torah wird von mir ausgehen, und mein Mischpat will ich gar bald zum

Licht der Völker machen.‘ Aviad nahm die Worte Davids aus Tehillim 119 und formulierte sie für sich zum Gebet: ‚Ich will mit meinen Lippen erzählen alle Weisungen deines Mundes. Ich bin ein Gast auf Erden; verbirg deine Gebote nicht vor mir. Ich habe erwählt den Weg der Wahrheit, deine Weisungen habe ich vor mich gestellt. Zeige mir YHWH, den Weg deiner Gebote, dass ich sie bewahre bis ans Ende. Unterweise mich, dass ich bewahre deine Torah und sie halte von ganzem Herzen.‘ Danach schlief er erschöpft, aber in Frieden ein.

18 MIT DEM KLANG DES SCHOFARBLASENS

Mit dem Klang des Schofarblasens begann nach der trockenen Sommerzeit etwas Neues. Der siebte Monat, der Monat der Vollendung, kündigte sich an. Am Erev, dem Vorabend des Tages des Schofarblasens, auch Posaunenfest genannt, machten sich Aviad und Nicholas mit ihren Frauen auf und gingen in ihre Synagoge. Friedman erwartete sie bereits dort. Er war in Begleitung seiner Frau Sibilla, die für die Feiertage aus den USA nach Jerusalem gekommen war. Nach dem Gottesdienst luden die Friedmans zu sich nach Hause ein. Sie wohnten in einem wunderschönen, neu renovierten Haus in der Nähe der Jobotinsky Street in Talbieh. Talbieh ist als gehobenes Viertel bekannt und birgt die offizielle Residenz des Präsidenten in der Jobotinsky Street. In Talbieh befindet sich auch das Jerusalem Theater, das größte und aktivste kulturelle Zentrum der Stadt und der Gan Havradim, der Rosengarten, der zu den elf schönsten Rosengärten der Welt gewählt wurde.

Als sie das Haus betraten, war es ein besonderer, aber unerwarteter Empfang. Das Filmteam hatte bereits Stellung bezogen. Das Ehepaar Friedman bat ihre Gäste, am festlich gedeckten Tisch Platz zu nehmen. Friedman tauchte beim Segen das Brot nicht in Salz, sondern in Honig und wünschte allen ein süßes neues Jahr. Viele schmackhafte Gänge wurden serviert und der Schabbatwein floss reichlich. Als Nachtisch tauchte man Apfelscheiben in Honig ein.

„Ich kann nicht versprechen", erklärte ihnen Friedman zu Anfang, „ob wir die hier gedrehten Filmaufnahmen verwenden können. Wenn nicht, müssen wir sie nochmals drehen, aber wir versuchen es. Da alle Dialoge improvisiert sind, erhalten diese Aufnahmen eine ungewöhnliche Authentizität und Wahrhaftigkeit. Und der Verzicht auf Studioaufnahmen trägt zu einer realistischen Atmosphäre bei, was bei den Feiern der Feste mitten im Volk wichtig ist."

„Wir werden uns bemühen", antworte Alisah ihm, wieder einmal für alle anderen mit. Sie war Feuer und Flamme für diese spontanen Filmaufnahmen. Ihr war klar, dass diese Aufnahmen der *Matrix des Messias* eine besondere Note geben würden.

„Auch wenn wir uns hier ein süßes neues Jahr wünschen", flocht Aviad ein, „so müssen wir uns bewusst sein, dass der Beginn eines neuen Jahres durch unseren Schöpfer in den Monat Nissan gelegt wurde und nicht in den siebten Monat. Weit mehr als 1500 Jahre nach der Einführung des Jahresbeginns durch Mose wurde dieser Tag im Judentum in den siebten Monat verlegt."

„Das habe ich noch nie gehört", bemerkte Sibilla betroffen.

„Dann war es das letzte Mal, dass wir Rosch HaSchana als Neujahrsbeginn gefeiert haben", brachte es Friedman sofort auf den Punkt.

Aviad bewunderte die Entschlossenheit Friedmans. Das könnte auch das Geheimnis sein, wieso er so schnell Klarheit gewann und neue Offenbarungen bekam.

„Es ist wichtig, dass wir unser Augenmerk auf das Entscheidende dieses Festes richten", nahm Aviad den Faden wieder auf. „Im Mittelpunkt des Festes steht das Blasen auf dem Widderhorn, dem Schofar. Wie ihr wisst, wird in den Synagogen einhundert Mal das Schofar geblasen. Dieses Schofarblasen ist im Grunde genommen ein messianisches Zeichen, das auf die Endzeit und auf die Wiederkunft Y'shuas hinweist."

„Nicht nur das, Abba", unterbrach Alisah, „sondern im jüdischen Denken wird auch an Rosch HaSchana die Auferstehung der Toten stattfinden. Deswegen heißt dieser Tag ja auch Jom HaDin, Tag des Gerichts."

„Ich wusste gar nicht, dass ihr von jüdischer Seite aus auch an die Auferstehung der Toten glaubt", warf Nicholas erstaunt ein.

Aviad sagte nichts dazu. Er fragte sich im Stillen, was für ein Bild die Christen von den Juden hatten. Aviad war schockiert, ließ sich aber nichts anmerken, und zitierte aus dem Propheten Jescha'jahu, Kapitel 26, Vers 19, um Nicholas schriftgemäß zu zeigen, dass bereits im Tenach von der Auferstehung der Toten die Rede ist: „‚Aber deine Toten werden leben, deine Leichname werden auferstehen. Wachet auf und rühmet, die ihr liegt unter der Erde! Denn dein Tau ist ein Tau des grünen Feldes.'" Dann las er aus dem ersten Korintherbrief, Kapitel 15, Verse 51 bis 52: „‚Seht, ich will euch ein Geheimnis sagen – nicht alle von uns werden sterben! Doch wir werden alle verwandelt werden! Es wird nur einen Augenblick dauern, einen Lidschlag lang, bei dem letzten Schofar. Denn der Schofar wird erschallen, und die Toten werden auferweckt werden zum ewigen Leben, und auch wir werden verwandelt werden.' Hier wird deutlich, dass dies an Jom Teruah, der biblische Name für das Fest des Posaunenblasens, passieren wird."

Alisah fügte hinzu: „Mir fällt gerade dazu ein, dass die Israeliten auch deswegen die Gebeine Josefs mitgenommen haben, als sie aus Ägypten ausgezogen sind, weil sie an die Auferstehung glaubten. Schließlich sollte Josef bei der Auferstehung mit im Land sein."

„Ja, du hast völlig Recht", pflichtete ihr Aviad bei.

„Mir wird wieder einmal so richtig deutlich, wie wir aus biblischen Aussagen den jüdischen Kontext hinausgeschmissen haben und im Dunkeln tappen", murmelte Nicholas sehr undeutlich vor sich hin.

„Dann ist das Ertönen des Schofars identisch mit dem Beginn des Gerichts?", vergewisserte sich Friedman.

„Ja, richtig", bekräftigte Aviad. „Das Gericht wird laut verkündet werden, ehe der nächste Festtag, Jom Kippur, beginnt. Rosch HaSchana wird die Geschichte der Menschheit nachhaltig verändern. Hört mal zu, wie Matitjahu es im 24. Kapitel, Verse 30 bis 31, beschreibt: ‚Sie werden den Sohn des Menschen kommen sehen auf den Wolken des Himmels mit großer Macht und Herrlichkeit. Und er wird seine Engel aussenden mit starkem Posaunenschall, und sie werden seine Auserwählten versammeln von den vier Winden her.'"

„Dann wird Y'shua buchstäblich die Herbstfeste erfüllen?", frage Sibilla nach.

„Ja, genau so wie er die Feste im Frühling erfüllt hat", antwortete Alisah.

Sibilla staunte nicht schlecht.

„Jetzt möchte ich euch etwas ganz Wichtiges und Wesentliches mitteilen, was zu einer gewaltigen Offenbarung für mich geworden ist", kündigte Aviad an. „Die meisten Leute unseres Volkes feiern die Feste, weil YHWH es angeordnet hat. Wir halten seine Feste als ein Gebot. Wir wandeln sozusagen in der manifesten Erscheinungsform des Gebots. Aber es scheint mir so, dass wir die geistliche Bedeutung der Feste, entscheidende Stationen im Leben des Messias Y'shua, nicht erfasst haben. Wir berühren nicht die geistliche Wirklichkeit der Feste."

„Meinen Sie, Aviad, wir haben sozusagen nur die äußere Hülle angezogen, wenn wir die Feste feiern, aber die innere Essenz oder wie Sie es nennen, die geistliche Realität, fehlt uns?", fragte Friedman nach.

„Ja, wir haben die Schale, aber der Kern fehlt uns", bekräftige Aviad leidenschaftlich.

„Ich muss Ihnen nicht sagen, dass Ihre Aussagen Sprengstoff pur sind!", unterstrich Friedman.

Aviad nickte nur: „*Die Matrix des Messia*s wird ein Weckruf an alle Lager sein. Sie wird wie ein lautes Schofarblasen diejenigen sammeln, die an den Messias Y'shua und seine königliche Konstitution, die Torah, glauben. Die Sammlung ist gleichzeitig eine Trennungslinie von denjenigen, die nicht an den Messias Y'shua und seine Torah glauben."

„Schofarblasen? Da kommt mir eine gute Idee. *Die Matrix des Messias* wird mit einem Schofarblasen eröffnet werden", warf Friedman ein. Lauter Beifall von allen.

„Ich schlage vor, dass wir uns in den kommenden zehn Tagen vor Jom Kippur zu einem weiteren Midrasch über Jom Kippur treffen. Das Filmteam wird diesen Midrasch aufnehmen und es wird auch an Jom Kippur selbst Aufnahmen machen."

Die anderen nickten Friedman zustimmend zu.

19 DER TAG DER BEDECKUNG

Es waren noch fünf Tage bis Jom Kippur, dem Tag der Bedeckung, als sie sich alle wieder in Friedmans Haus trafen. Jom Kippur bedeutet Tag des Kippur. *Kippur* ist ein Wort mit mehreren Bedeutungen. Es bedeutet Versöhnung, Sühne, aber auch Bedecken. Das Vorige, das Alte wird bedeckt, zugedeckt. Der Deckel der Bundeslade heißt *kapporeth*, wie auch der Vorhang. *Kapporeth* hat den gleichen Wortstamm wie *kippur*. Das Wort drückt eine Scheidewand aus. Etwas wird zugedeckt, abgeschlossen. Es ist auch ein Abwischen und ein Bedecken mit einer neuen Schicht. Der Tag der Versöhnung, also Jom Kippur, beinhaltet, dass YHWH das Frühere, das Alte vergibt. Denn *kapper* bedeutet auch Vergebung, vollkommene Vergebung, Ausmerzen. Alles ist dann mit YHWH versöhnt.

Wenige Tage vor diesem bedeutungsvollen Tag standen Alisah, Nicholas, Aviad und Rahel wieder vor der Tür der Friedmans und waren gespannt darauf, was dieser Tag bringen mochte. Sibilla öffnete die Tür und führte sie ins Wohnzimmer, wo bereits Binyamin und das Filmteam die vor ihnen liegenden Drehaufnahmen durchsprachen.

Modern, aber gemütlich war die Atmosphäre des Hauses. Die Friedmans hatten sich hier innerhalb kürzester Zeit ein behagliches Refugium geschaffen, das, wie sich jetzt herausstellte, ein idealer Ort für Drehaufnahmen war, eine gelungene Liaison zwischen Wohnen und Arbeiten. Den Stil des Hauses in einem Wort zu beschreiben schien fast unmöglich! Modernes Design, stimmungsvolles Zusammenspiel aus Farbe und Material, antike Unikate mit einem Hang zum Besonderen. Aviad und Rahel ließen sich auf dem zeitlos-schönen Loungesofa nieder, Alisah und Nicholas auf Sesseln neben Binyamin und Sibilla. Die Hausfrau reichte ein wenig später Tee, Kaffee und eine Auswahl an Cupcakes und Muffins. Alisah konnte den Cupcakes nicht widerstehen. Sie schmeckten so leicht und fluffig, wie sie aussahen. Die kleinen kunstvollen Hauben waren aus köstlichen Cremes aller Art, wie Marzipan, Mascarpone, Karamell oder auch Frischkäse.

Dieses Mal war es Friedman, der aus dem Tenach, Wajjikra, Kapitel 25, Vers 9, vorzulesen begann: „‚Da sollst du die Posaune blasen lassen durch euer ganzes Land am zehnten Tage des siebenten Monats, am Versöhnungstag.‘ Wie wir alle wissen, ist Jom Kippur der heiligste Tag des Jahres und der absolute Höhepunkt. Wir werden mit der Kamera einfangen, dass an diesem Tag der gesamte Verkehr still steht. Geplant ist, Szenen des Abendgottesdienstes in unserer Synagoge aufzunehmen. Ich habe mir dafür bereits die Erlaubnis vom Synagogenvorstand eingeholt. Das war nicht einfach oder besser ausgedrückt, es war ein Wunder. Wir werden die Atmosphäre um und an Jom Kippur filmisch festhalten. Aber die geistliche Bedeutung vom Versöhnungstag werden wir jetzt im Midrasch klären und gleichzeitig filmen. Aviad, könntest du in das Thema von Jom Kippur einsteigen?“

Friedman signalisierte seinem Team mit festgelegten Kommandos, dass sie beginnen sollten: „Fertig! Ton ab.“ „Ton läuft“, kam es zurück. „Kamera ab“, und die Antwort „Läuft.“

Dann hörte man die Klappe.

Friedman sah Aviad an und sprach: „Action.“

Aviad war mittlerweile mit dieser Prozedur vertraut und begann mit seinen Ausführungen: „Es geht bei Jom Kippur um Opfer, Blut, Reinigung und Versöhnung mit YHWH. Dieser Tag weist in seiner prophetischen Bedeutung auf Y'shua hin. Er hat durch seinen Tod am Baum und durch sein vergossenes Blut eine vollkommene Sühnung für unsere Sünden erlangt. ‚Weil wir denn nun, liebe Brüder, durch das Blut Y'shuas die Freiheit haben zum Eingang in das Heiligtum, den er uns aufgetan hat als neuen und lebendigen Weg durch den Vorhang, das ist: durch das Opfer seines Leibes, und haben einen hohen

Priester über das Haus Elohims, so lasst uns hinzutreten mit wahrhaftigem Herzen und los von dem bösen Gewissen und gewaschen am Leib mit reinem Wasser', soweit aus dem Brief an die Hebräer, zehntes Kapitel."

„Dann ist *l'adonai*, einer der beiden Sündenböcke, ein Bild auf Y'shua?", fragte Friedman nach.

„Ja, Y'shua, der vollkommene Sündenbock, nahm die Sünde und Schuld aller auf sich."

„Abba, aber vielleicht sollten wir das mit den beiden Sündenböcken ein wenig näher erklären? Für all diejenigen, die bis jetzt keine Herbstfeste gefeiert haben."

„Du meinst damit bestimmt die Gläubigen aus den Nationen?", fragte Nicholas Alisah ungewohnt ernst.

„Ja, sie sollen auch die Zusammenhänge verstehen. Sie werden leichter sehen, dass der Ziegenbock *L'YHWH* für Y'shua steht. An dieser Stelle wird es viel schwieriger für unser Volk sein, die geistliche Wirklichkeit hinter den Anweisungen YHWHs zu sehen."

„YHWH ordnete an, dass zwei fehlerlose Ziegenböcke als Opfertiere für die Sühnung der Sünden des gesamten Volkes dargebracht werden sollten. Ich lese für euch aus Wajjikra, Kapitel 16, Verse 7 bis 10: ‚Und er soll zwei Ziegenböcke nehmen und vor YHWH stellen an der Tür der Stiftshütte und soll das Los werfen über die zwei Böcke; ein Los für YHWH und das andere dem Asasel, und soll den Bock, auf welchen das Los für YHWH fällt, opfern zum Sündopfer. Aber den Bock, auf welchen das Los für Asasel fällt, soll er lebendig vor YHWH stellen, dass er über ihm Sühne vollziehe und ihn zu Asasel in die Wüste schicke.' Hochinteressant ist dabei, dass die beiden Ziegenböcke als ein einziges Opfer angesehen wurden. Der Sündenbock *la azazel* – für Asasel – war der Sündenbock, der in die Wüste geschickt wurde. Der andere *L'YHWH* – für Adonai – wurde geschlachtet und sein Blut wurde ins Allerheiligste gebracht."

„Das weist eindeutig auf Y'shua hin. Er ist die geistliche Wirklichkeit, die wir berühren", meldete sich Sibilla zu Wort, die bisher nur geschwiegen hatte. „Es wird plötzlich alles einfach, wenn man erkennen kann, dass YHWH durch alle seine Anweisungen auf Y'shua zeigt", fuhr Sibilla mit einem tiefen Seufzer fort.

Friedman beobachtete seine Frau ganz genau. Laut sagte er: „Aus."

Die Kameraleute hörten auf zu drehen. Es knisterte im Raum und alle hatten den Eindruck, dass die Botschaft bis zu ihnen durchgedrungen sein könnte. Friedman gab ihnen Anweisungen und verabredete sich mit ihnen an Jom Kippur. Auch die anderen wollten zur Synagoge kommen.

„Wir werden nichts essen und nichts trinken und mit allen aus unserem Volk Jom Kippur feiern. Aber in einem neuen Bewusstsein der geistlichen Realität von Jom Kippur." Mit diesen Worten verabschiedete Friedman an diesem Abend seine Gäste.

Sie trafen sich am 9. Tischri, dem Erev Jom Kippur, in ihrer Synagoge. Der Gottesdienst begann mit dem ‚Kol Nidre', mit dem die ganze Gemeinde um Vergebung ihrer Sünden und um die Aufhebung von Gelübden bat, die gemacht, aber nicht gehalten wurden. Am darauf folgenden Morgen trafen sie sich erneut zum Gottesdienst, der mit dem Gebet ‚Adon Olam' eröffnet wurde. Am Nachmittag ging die kleine Gruppe um Friedman in eine messianische Gemeinde, um dort mit den Geschwistern die geistliche Realität Jom Kippurs in der Gemeinschaft zu berühren. Als es dunkel wurde, ertönte ein langer Ton aus dem Schofar.

Aviad wies sie anschließend auf eine Aussage aus Matitjahu, Kapitel 24, Vers 31, hin: „Der Ton des Schofars erinnert mich an das Schofar HaGadol, die ‚Große Posaune', die an Jom Kippur geblasen wird, wenn Y'shua wiederkommt: ‚Und er wird seine Engel aussenden mit einem großen Schofar, und sie werden sein erwähltes Volk sammeln aus den vier Winden, von einem Ende des Himmels zum anderen.'" In dem Wissen, dass Y'shua sie von ihren Sünden gereinigt hatte, gingen sie alle dankbar und froh an diesem Abend nach Hause.

20 DAS FEST DER VOLLENDUNG

Das fröhlichste aller Feste lag vor ihnen. Friedman hatte Anweisungen gegeben, dass am Drehort unter freiem Himmel eine Laubhütte, groß genug für alle, errichtet werden würde. Er las dazu seinem Team die Worte aus Nehemja 8,15 und 16 vor: „‚Holt Ölzweige, Balsamzweige, Myrtenzweige, Palmenzweige und Zweige von Laubbäumen, dass man Laubhütten mache, wie es geschrieben steht. Und das Volk ging hinaus und holte sie und machte sich Laubhütten, ein jeder auf seinem Dach und in seinem Hof und in den Vorhöfen am Hause YHWHs.'"

Daraufhin errichtete das Team draußen im Hof aus Zweigen von Palmen und verschiedenen Laubbäumen eine Laubhütte und schmückte sie mit bunten Girlanden. Im Schutz der Laubhütte würden die Dreharbeiten weitergehen. Sieben Tage lang mussten sie jeden Abend die gesamte Technik abbauen und wegräumen, weil die Sukkah immer offen war. Da es in Israel üblich ist, in den Hütten zu essen, nahmen sie dort auch jeden Abend nach Drehschluss miteinander das Essen ein. Regisseur Friedman beschloss, dass das Filmteam selbst in der Sukkah gefilmt und in *Die Matrix des Messias* miteinbezogen werden sollte. Dieser Moment am Set war sehr wirkungsvoll.

Friedman gab am ersten Tag des Laubhüttenfestes die Kommandos zur Aufnahme ihres Midraschs: „Fertig!", „Ton ab", „Ton läuft", kam es zurück, „Kamera ab" und die Antwort „Läuft". Dann hörte man die Klappe. Friedmann sah Aviad an und sagte laut: „Action!"

Aviad schlug die Heiligen Schriften auf und begann aus Wajjikra, Kapitel 23, Verse 39 bis 42 zu lesen: „‚Am fünfzehnten Tage des siebenten Monats, wenn ihr die Früchte des Landes einbringt, sollt ihr ein Fest YHWHs halten sieben Tage lang. Am ersten Tage ist Ruhetag und am achten Tage ist auch Ruhetag. Ihr sollt am ersten Tage Früchte nehmen von schönen Bäumen, Palmwedel und Zweige von Laubbäumen und Bachweiden und sieben Tage fröhlich sein vor YHWH, eurem Elohim, und sollt das Fest YHWH halten jährlich sieben Tage lang. Das soll eine ewige Ordnung sein bei euren Nachkommen, dass sie im siebenten Monat so feiern.'"

„Ewige Ordnung?", wiederholte Nicholas. „Ewig heißt immer und betrifft uns, die wir heute leben, auch noch!"

„Ja, und die Generationen, die nach uns kommen, ebenso!", ergänzte Alisah bestimmt.

„Abba, in Nehemja lesen wir auch", fuhr Alisah fort, „dass Sukkot ein großes Freudenfest war. Hört mal: ‚Geht hin und esst fette Speisen und trinkt süße Getränke und sendet davon auch denen, die nichts für sich bereitet haben; denn dieser Tag ist heilig unserem YHWH. Und seid nicht bekümmert! Und alles Volk ging hin, um zu essen, zu trinken und davon auszuteilen und ein großes Freudenfest zu machen; denn sie hatten die Worte verstanden, die man ihnen kundgetan hatte.'"

„Aus!", rief Friedman laut in die Menge. Erstaunt hörte das Kamerateam auf zu drehen. „Ich möchte, dass wir das Fest nicht nur äußerlich feiern, sondern auch dadurch, dass wir den Sinn der Feste erfüllen, indem wir dienen", tat Friedman laut kund. „Wir werden jetzt alle Körbe mit Brot, Wein und Früchten füllen, in die Nachbarschaft gehen und uns unters Volk mischen. Das Filmteam geht mit uns. Wir verteilen dann Brot, Wein und Früchte und werden mit den Leuten aus unserem Volk sprechen. Ihnen Rede und Antwort stehen. Wir werden den Midrasch erweitern und ihnen so von unserem Filmprojekt erzählen."

Ein ungeplanter Einsatz! Keiner wagte zu widersprechen. Allen war bewusst, dass dies eine große Herausforderung für jeden Einzelnen darstellte. Es war eine große Schar, die bepackt mit Körben auszog. Nach dem ersten Schock kehrte die Freude in die Gruppe zurück. Aviad ging mit Nicholas auf eine kinderreiche Familie zu, die ihnen entgegenkam. Sie gaben ihnen Brot, Früchte und eine Flasche Schabbatwein. Lebhaft sprachen sie miteinander über die Bedeutung des Sukkotfestes. Zum Erstaunen aller willigte der Familienvater ein, dass die Unterhaltung aufgezeichnet werden durfte. Die nächsten Stunden vergingen wie im Fluge und brachten eine reiche Beute an Filmaufzeichnungen. Die meisten der Befragten stimmten zu, dass Aufzeichnungen von den Gesprächen gemacht werden konnten. Natürlich gab es auch einige, die vehement ablehnten und andere, die verärgert und erbost weitergingen.

Es begann bereits zu dämmern, als sie in die Sukkah zurückkehrten. Dort gab es heiße und kalte Getränke und verschiedene Snacks. Nach Absprache mit Friedman nahm Aviad das Mikrofon. Die Kameras surrten. Alle warteten gespannt, was Aviad sagen würde.

„Bis jetzt haben wir uns nur die Anordnungen YHWHs in den Heiligen Schriften angesehen, die uns auffordern, Sukkahs zu bauen und auszuteilen. Mit großem Erfolg haben wir dies umgesetzt. Aber es gibt so viele weitere Geheimnisse um das Sukkotfest. Und eines davon möchte ich euch jetzt mitteilen. Im erneuerten Bund in Yochanan, Kapitel 1, Vers 14, lesen wir, dass das Wort, der Sohn YHWHs, Fleisch geworden war und unter uns wohnte. Das englische Wort ‚tabernacled among us' weist stärker auf die Tatsache hin, dass sich das Wort auf eine Hütte bezog, sprich einen menschlichen Körper. Wörtlich übersetzt nahm Y'shua sozusagen Hütte unter uns. Wir können davon ausgehen, dass Y'shua während des Laubhüttenfestes geboren worden ist."

Friedman nahm sich ein weiteres Mikrofon. Scharfsinnig rechnete er laut neun Monate zurück und kam in die Zeit des Chanukkafestes. „Kann es sein, Aviad, dass die Empfängnis Y'shuas in die Zeit des Chanukkafestes fiel?"

„Ja", Aviad nickte bestätigend.

Die Spannung unter all den Anwesenden stieg. Die Luft war geladen. „Aviad, hast du dafür noch die eine oder andere

Schriftstelle als Beleg?“, fragte Friedman nach, der ein feines Gespür für Gruppendynamik hatte.

„Ja“, erwiderte Aviad freudig. „Lasst uns das Buch des Propheten Haggai, Kapitel 2, Vers 18, aufschlagen: ‚Nun aber achtet doch darauf, wie es euch ergehen wird von diesem Tag an und fernerhin – vom vierundzwanzigsten Tage des neunten Monats an –, nämlich von dem Tag an, da der Tempel YHWHs gegründet ist!“

„Der 24. des neunten Monats ist der 24. Kislev und damit der Vorabend des Chanukkafestes, das am 25. Kislev beginnt“, ergänzte Friedman.

„Aber passt mal auf, wie es weiter in der Schrift im nächsten Vers heißt: ‚Von diesem Tage an will ich Segen geben.‘ Ist das nicht gewaltig?“, fuhr Aviad fort.

„Abba, gibt es noch weitere Hinweise darauf, die dies untermauern?“, hakte Alisah interessiert nach.

„Ja! Es gibt einen äußerst aufschlussreichen Zusammenhang zwischen der Zeit von Chanukka und bestimmten Äußerungen von Y'shua. Genau während des Chanukkafestes erzählt Y'shua, dass sein Vater ihn in die Welt gesandt hatte.“

„Genau an Chanukka? Wo steht denn das geschrieben?“, wollte Nicholas wissen. Er fragte stellvertretend für alle in der Laubhütte.

Aviad ergriff erneut das Wort: „Wir lesen in Yochanan 10,22-26: ‚Dann fand in Jeruschalajim das Chanukkafest statt. Es war Winter, und Y'shua ging drinnen im Tempelbereich umher, in der Säulenhalle Schlomos. Da umringten ihn die Judäer und sagten zu ihm: ‚Wie lange willst du uns noch im Ungewissen lassen? Wenn du der Messias bist, dann sag es uns hier vor aller Ohren!‘ Y'shua antwortete ihnen: ‚Ich habe es euch bereits gesagt, und ihr vertraut mir nicht. Die Werke, die ich in meines Vaters Namen tue, zeugen für mich; doch der Grund, warum ihr mir nicht glaubt, ist, dass ihr nicht zu meinen Schafen gehört.‘ Und in Vers 30 bekräftigt Y'shua: ‚Ich und der Vater sind eins.‘“

Friedman nahm sofort den Faden auf: „An Chanukka hat Y'shua den Judäern erklärt, dass der Vater ihn gesandt hat.

Genau an Chanukka! Also am Tag seiner Zeugung. Hochinteressant! Hört, was er im Vers 36 von sich sagt: ‚Dann werft ihr dem, der vom Vater als heilig ausgesondert und in die Welt gesandt wurde, vor ...‘ Er sagte an Chanukka, dass er in die Welt gesandt wurde.“

„Und stellt euch vor“, ergriff Aviad erneut das Wort, „das ist die einzige Stelle in der Brit Chadaschah, in der Y'shua davon spricht, dass der Vater ihn in die Welt gesandt hat. Mit anderen Worten, er hat ihnen an Chanukka von diesem Geheimnis erzählt.“

Es war lange still in der Laubhütte. Und Friedman ließ die Stille zu.

Nach einiger Zeit blies Aviad den Schofar, der das Schweigen unterbrach. Mit dem Blasen des Schofars wurde etwas im geistlichen Raum freigesetzt und sie ließen den Abend mit Gebet und Gesang ausklingen. Die Fröhlichkeit kehrte zurück, jedoch weitaus stärker als zuvor.

Am nächsten Tag setzten sie den Midrasch fort. Die Kameras begannen erneut zu surren und Aviad hatte das Wort.

„Bis jetzt haben wir noch nicht die prophetische Bedeutung von Sukkot erwähnt. Einerseits erinnern uns die Laubhütten daran, dass wir nur Pilger auf dieser Erde sind, die hier eine vorübergehende Wohnstätte und einen vergänglichen Leib haben: ‚Denn wir wissen, wenn unser irdisches Haus, diese Hütte, abgebrochen wird, so haben wir einen Bau, von Elohim erbaut, ein Haus, nicht mit Händen gemacht, das ewig ist im Himmel.‘ Ihr findet diese Worte im 2. Korintherbrief, Kapitel 5, Vers 1.“

Aviad fuhr fort: „Andererseits ist es das letzte Erntefest des Jahres und markiert das Ende der Erntesaison, weshalb es auch Chag HaAsif, das Fest des Einsammelns, genannt wird. Dies weist prophetisch auf die große Ernte, die Seelenernte, am Ende der Zeit hin. YHWH wird dann ein übernatürliches Werk durch seinen Ruach HaKodesch tun und Menschen werden in großer Zahl in sein Königreich gerufen werden.“

„Kannst du ein wenig ausführen, was dies genau bedeutet“, bat Nicholas. Die ganzen Ausführungen überraschten ihn völlig. Er hatte noch nie die Herbstfeste gefeiert. Bis vor Kurzem hielt er sie für rein jüdische Feste. YHWHs Anspruch in Wajjikra, Kapitel 23 ‚Das sind meine Feste' hatte er all die Jahre nie wahrgenommen. Und hier heißt das Wort für Fest im Hebräischen *mo'ed,* was Verabredung und Generalprobe bedeutet. Nicholas erinnerte sich daran, dass ihm das Wort *mo'ed* durch Aviads Ausführungen schon im 1. Mose, Kapitel 1, Vers 14 begegnet war. Elohim führt dort aus, dass er die Lichter an die Feste des Himmels gesetzt hat, damit sie Zeichen und Zeiten geben. Und das Wort für Zeiten ist eben dieses Wort *mo'ed.* Langsam wurzelte es in Nicholas, dass die Feste von YHWH erwählt worden waren, damit seine Kinder sich mit ihm an diesen Tagen verabredeten. Und natürlich waren alle Feste Hinweisschilder auf Y'shua. Er hatte Aviads Erklärungen nicht mitbekommen. Zu dumm! Er hörte Aviad sagen: „Sukkot symbolisiert das Tausendjährige Reich, das mit dem zweiten Kommen Y'shuas beginnt. Der Ort der Wiederkehr Y'shuas wird der Ölberg vor Jerusalem sein. Er wird in Zion seinen Thron aufrichten und von dort über die ganze Welt regieren. Das tausendjährige Friedensreich wird viele Prophetien der Heiligen Schriften erfüllen. Hören wir den Propheten Jescha'jahu, Kapitel 2, die Verse 2-3: ‚Es wird zur letzten Zeit der Berg, da YHWHs Haus ist, fest stehen, höher als alle Berge und über alle Hügel erhaben, und alle Heiden werden herzulaufen, und viele Völker werden hingehen und sagen: Kommt, lasst uns auf den Berg YHWHs gehen, zum Hause des Elohim Jakobs, dass er uns lehre seine Wege und wir wandeln auf seinen Steigen. Denn von Zion wird Weisung ausgehen und das Wort YHWHs von Jerusalem."

Nicholas war zutiefst erstaunt: „Hier steht so klipp und klar, dass am Ende der Zeit Torah (die Weisung YHWHs) wieder von Jerusalem ausgehen wird? Das ist wirklich unglaublich! Wie konnte ich nur glauben, dass sie abgeschafft worden sei? Das widerspricht ja dem Zeugnis der Schrift …" Er schwieg betroffen und hatte Mühe, Aviads weiteren Erläuterungen zu folgen.

Aviad fuhr fort: „Das Fest weist auf die Sammlung der zerstreuten Stämme am Ende der Tage hin. Es geht um die Wiedervereinigung des Hauses Judah mit dem Hause Israel, wie dies der Prophet Jeheskel im Kapitel 37 vorhergesagt hat. Und *Die Matrix des Messias* wird dazu einen wesentlichen Teil beitragen. Davon bin ich zutiefst überzeugt. Das ganze Haus Israel hat am Ende der Tage an Sukkot eine besondere Verabredung mit YHWH."

21 DAS WASSER-SCHÖPFEN

Ehe Friedman, der das Mikrofon bereits in der Hand hatte, sprechen konnte, bat Alisah um das Mikrofon und überreichte ihm einen Feststrauß, den Lulav, und in die andere Hand gab sie ihm einen Etrog, eine zitrusartige Frucht. Friedman war sichtlich gerührt. Alisah las dazu die prophetischen Worte aus dem Buch der Offenbarung, Kapitel 7, Verse 9 und 10: „‚Siehe, eine große Schar, die niemand zählen konnte, aus allen Nationen und Stämmen und Völkern und Sprachen; die standen vor dem Thron und vor dem Lamm, angetan mit weißen Kleidern und mit Palmzweigen in ihren Händen. Und riefen mit großer Stimme: Das Heil ist bei dem, der auf dem Thron sitzt, unserem Elohim und dem Lamm!'"

Danach bat Alisah, die Eimer mit den weiteren Feststräußen zu holen. Und jeder der anwesenden Männer bekam ein Gebinde in die rechte Hand und einen Etrog in die linke gedrückt. Aviad trat nun zu Alisah und bat alle Männer in der Laubhütte mit dem Feststrauß in alle vier Himmelsrichtungen weisend, alle Völker zu segnen. Aviad führte aus, dass dies eine Festtradition seit der Zeit der Makkabäer sei.

Friedman dankte Alisah und Aviad: „Ich freue mich sehr, dass ihr an diese Tradition des Feststraußes gedacht habt. Wir werden diese Szene in den Film einbinden. Ich hätte es vergessen, da ich mit der filmischen Umsetzung der Zeremonie des Wasseropfers beschäftigt war. Wir werden diese Szene an der Wasserstelle am Ende des Hiskiatunnels drehen, die bis heute als Teich Siloah gilt. Doch dieses Wasserbecken stammt nicht aus der Zeit von Y'shua, sondern aus dem 2. Jahrhundert nach Y'shua. Kaiser Hadrian, 117–138 nach Y'shua, ließ den Teich anlegen, als man bei Steinbrucharbeiten das durch den Hiskiatunnel geleitete Quellwasser wieder entdeckte. Aber das spielt für unsere Aufnahmen keine Rolle. Wir werden dort einen Priester ein goldenes Gefäß mit Wasser füllen und es in einer Prozession zum Wassertor tragen lassen. D.h., wir werden das Wassertor in Szene setzen. Den Rest der Prozedur werden wir auch darstellen, weil ich das als sehr eindrucksvoll empfinde. Am Tempeleingang wurde der Fackelzug mit drei Schofartönen empfangen. Das Wasser wurde in zwei silberne Becken auf dem Altar ausgegossen, gemeinsam mit dem Wein des morgendlichen Trankopfers. Das Volk soll dazu gesungen und getanzt haben. Ihr kennt alle die Aussage aus der Mischna: ‚Wer die Freude beim Wasserziehen nicht erlebt hat, hat sein ganzes Leben lang keine wirkliche Freude gesehen.' Aviad, kannst du uns dazu biblische Hintergründe geben?"

„Ja, es gibt biblische Bezüge. Wir lesen in Jescha'jahu Kapitel 12, Verse 2-4: ‚Siehe, El ist mein Heil, ich bin sicher und fürchte mich nicht; denn YHWH ist meine Stärke und mein Psalm und ist mein Heil. Ihr werdet mit Freuden Wasser schöpfen aus den Heilsbrunnen.' Das Wasser ist ein Bild für den Geist, der auf alles Fleisch ausgegossen wird. Wir finden das durch den Propheten Jescha'jahu bestätigt, im Kapitel 44, Vers 3: ‚Denn ich will Wasser gießen auf das Durstige und Ströme auf das Dürre; ich will meinen Geist auf deine Kinder gießen und meinen Segen auf deine Nachkommen.'"

„Abba, in den Versen aus Jescha'jahu 12 kommt dreimal das Wort Heil vor, was im Hebräischen Y'shua heißt. Ich lese das nochmals: ‚Siehe, El ist mein Y'shua, ich bin sicher und fürchte mich nicht; denn YHWH ist meine Stärke und mein Psalm und mein Y'shua.' Und der Heilsbrunnen ist der Brunnen des Heils, also der Brunnen Y'shuas."

„Stark!", warf Nicholas ein. „Der Name des Messias steht im Text. Buchstäblich! Und Y'shua rief am letzten Tag des Laubhüttenfestes, der der höchste war: ‚Wen da dürstet, der komme zu mir und trinke! Wer an mich glaubt, wie die Schrift sagt, von dessen Leib werden Ströme lebendigen Wassers fließen. Das sagte er aber von dem Geist, den sie empfangen sollten, die an ihn glaubten; denn der Geist war noch nicht da; denn Y'shua war noch nicht verherrlicht.' Das steht in Johannes 7,37-39."

„Ja, und genau mit diesen Worten hat sich Y'shua auf die vorher erwähnten Worte aus Jescha'jahu, Kapitel 12 bezogen", bestätigte Aviad erfreut. „Und", so fuhr er mit den Worten des Propheten Secharjas fort: „‚Zu der Zeit werden das Haus David und die Bürger Jerusalems einen offenen Quell haben gegen Sünde und Befleckung.'"

„Passt mal auf", warf Alisah ein. „Es gibt noch eine weitere Bibelstelle aus dem Buch der Offenbarung, Kapitel 21, die Verse 5 und 6, die wunderbar zeigen, dass Y'shua die Quelle ist: ‚Ich will dem Durstigen geben von der Quelle des lebendigen Wassers umsonst.'"

„Im Grunde gab Y'shua", führte Aviad weiter aus, „dem Volk einen Hinweis auf die Worte des Propheten Jirmejahu 2,13: ‚Denn mein Volk tut eine zweifache Sünde: mich, die lebendige Quelle, verlassen sie und machen sich Zisternen, die doch rissig sind und kein Wasser geben.'"

Langsam neigten sich die sieben Festtage dem Ende zu. Friedman forderte alle auf, die Sukkah leer zu räumen.

„Morgen", wandte sich Friedman an alle, „werden wir nicht mehr in der Laubhütte sein. Den achten Tag des Festes, Schemini Azeret, werden wir unter uns, bei mir Zuhause, drehen."

„Das ist eine großartige Idee, Friedman", rief ihm Aviad begeistert zu. „Der Wechsel des Sets spiegelt auch wider, dass mit dem achten Tag etwas Neues beginnt. Schemini Azeret weißt auf Künftiges, auf das kommende Zeitalter hin."

„Genau so ist es", pflichtete ihm Alisah bei. „Die Zahl acht bedeutet immer einen Neuanfang. Wieviele Menschen waren in der Arche?"

„Acht, mein Schatz", antwortete Nicholas.

„Ja, acht Menschen wurden in der Sintflut bewahrt und mit ihnen hat YHWH einen Neuanfang geschenkt. Und so wird nach der Geschichte mit den Menschen nach 6000 Jahren auf der Erde und 1000 Jahren Millennium, sozusagen im achten Jahrtausend, etwas Neues beginnen", ergänzte Alisah.

Nach dem gemeinsamen Essen am Spätnachmittag gingen Alisah und Nicholas nach Hause. Sie tranken noch ein Glas Rotwein, ehe sie sich müde ins warme, weiche Bett kuschelten. Schlafen wie auf Wolke Sieben war jetzt angesagt!

„Alisah“ Nicholas nahm sie ganz sanft in seine Arme. „Ich kann es immer noch nicht fassen, was im letzten Jahr alles passiert ist. Weißt du, was mich am meisten berührt?“

„Na klar! Dass du mich kennengelernt hast!“, lachte Alisah ihn ganz spitzbübisch an und schmiegte sich noch fester an ihn. Sie wusste, dass Nicholas nicht darauf eingehen würde. Nicht jetzt.

„Mich hat berührt“, fuhr Nicholas unbeirrt fort, „dass mich Y'shua von Pessach nach Sukkot gebracht hat. Mit dir!“, blinzelte er sie ein wenig schelmisch an. „Ich verstehe allmählich, dass wir nur errettet worden sind, um mit Y'shua auf eine große Reise zu gehen.“

„Die Reise der Braut“, ergänzte Alisah liebevoll und versuchte, ihn zu küssen. Kurzerhand schob er ein Kissen zwischen sie und ihn und sprach weiter: „Ja, auf unserer Reise der Braut, wie du es nennst, hat er uns hierher nach Zion gebracht.“

„Genau. Das ist das Ziel der Reise der Braut“, pflichtete Alisah ihm bei.

„Du hast Recht. Aber ich fürchte, Liebling, wir werden nicht hier in Jerusalem bleiben.“

„Wie kommst du denn darauf?“, fragte sie schockiert zurück. „Und wo sollen wir denn dann hingehen? Zurück nach New York? Oder gar in die Schweiz?“

„Nein, mein Liebling. Wir gehen nicht zurück, sondern vorwärts.“

„Was meinst du damit? Lass mich nicht so zappeln.“

„Willst du es wirklich wissen?“

„Ja, Nicholas. Komm schon!“

„In das Bergland von Samaria und Judäa.“

„Das kann nicht dein Ernst sein!“, Alisah fiel die Kinnlade herunter. Und dann schwieg sie.

„Liebling, du kannst das nicht nachvollziehen. Ich verstehe das. Die letzten Tage waren so angefüllt, dass wir kaum Zeit hatten, uns auszutauschen. Ich hatte einen sehr eindrucksvollen Traum. Vertraue mir. Morgen haben wir einen weiteren Filmtag bei Friedmans und am 23. Tischri drehen wir in einer Synagoge und die sich anschließenden Fest-Umzüge. Dann wird eine dreitägige Drehpause eingelegt und ich erzähle dir mehr. Okay?"

Alisah nickte, immer noch sehr betroffen. Sie kuschelte sich erneut an ihn. Und er konnte fühlen, wie sie sich allmählich enstpannte. Bald schon war sie tief und fest eingeschlafen. Nicholas betete, bis ihm die Augen zufielen.

22 ETWAS NEUES BRICHT AN!

Schemini Azeret, der Tag der großen Festversammlung, besitzt eine herausragende Bedeutung, weil er etwas Neues einleitet. Alisah mit Nicholas und Aviad mit Rahel trafen fast zeitgleich vor Friedmans Haus ein. An der Haustür hatte er ein großes Schild anbringen lassen: „Etwas Neues bricht an!"

„Typisch Friedman", meinte Aviad. „Sein Stil ist gerade heraus und er hat immer ein gutes Gespür für die notwendige Dramatik einer Szene."

„Komm, wir gehen hinein und lassen uns überraschen", Alisah klingelte bereits.

Gut gelaunt öffnete ihnen Friedman: „Hereinspaziert! Entdeckt das Geheimnis des neuen Jerusalems!"

Vor ihren Augen sahen sie wahrscheinlich die außergewöhnlichste Verwandlung, die das Wohnzimmer der Friedmans je erlebt haben dürfte. Ein gelungener Mix aus Leinwänden mit Motiven aus dem neuen Jerusalem und Lichtquellen tauchten den ansonsten leer geräumten Raum in eine Hommage an künftige Zeiten!

Die beiden Ehepaare blieben sprachlos vor der Kulisse stehen. Friedman entging nicht, wie berührt sie waren. Alisah war die erste, die wieder Worte fand: „Friedman, das ist gewaltig. Wann haben Sie denn das veranlasst?"

„Telefonanrufe aus unserer Sukkah genügten!", lächelte er sie freudig an. Diese Überraschung ist mir gelungen, dachte er äußerst zufrieden bei sich.

„Haben Sie sämtliche Galerien der Künstler in Jerusalem geplündert? Oder Sonderaufträge verteilt?", bohrte Nicholas ein wenig.

„Das bleibt mein Geheimnis. An diesem Set werfen wir nur einen flüchtigen Blick ins Neue Jerusalem."

„Ein Vorgeschmack auf das Künftige!", ergänzte Aviad.

„Ein prophetisches Bild für die Gemeinde in der Gegenwart YHWHs", brachte es Nicholas auf den Punkt.

„Unsere Gewissheit, mit ihm in Ewigkeit verbunden zu sein", hängte Alisah noch an.

Es wurde den ganzen Tag am Set gedreht: ein Midrasch über die eigentliche Bedeutung von Schemini Azeret. Friedman versuchte so gut wie möglich, diesen achten Tag der großen Festversammlung als ein prophetisches Bild für die himmlische Festversammlung darzustellen. Ein Tag, der auf den neuen Himmel und die neue Erde hinweist. Ein Tag, der nach dem tausendjährigen Friedensreich des Messias liegt.

Ein Sprecher las verschiedene Aussagen dazu vor, u.a. den Propheten Jescha'jahu, Kapitel 65, Vers 17: „‚Denn siehe, ich will einen neuen Himmel und eine neue Erde schaffen, dass man der vorigen nicht mehr gedenken und sie nicht mehr zu Herzen nehmen wird.'"

Ein zweites Filmteam nahm zeitgleich die jüdischen Traditionen auf, die auf diesen achten Tag mit Simchat Torah gelegt worden waren. In den Synagogen werden an diesem Tag alle Schriftrollen aus den Schreinen, in denen sie aufbewahrt werden, herausgenommen und mit Gesang und Tanz siebenmal um die Mimah, die Lesekanzel, getragen. Dann werden in Jerusalem die Torah-Rollen in einer Prozession singend und tanzend zur Klagemauer getragen.

Friedmann erklärte seiner kleinen Gruppe, dass er im Film die Tradition von Simchat Torah und die prophetische Bedeutung auf den achten Tag gegenüberstellen wolle.

Zum Abschluss der Feierlichkeiten luden Friedmans ihre Gäste in ein nahe gelegenes Restaurant zum Abendessen ein. Alle waren erschöpft, aber zufrieden. Friedman strahlte: „Ich denke, es ist uns sehr gut gelungen, die Herbstfeste als gewaltige Hinweistage auf das zweite Kommen des Messias darzustellen. Auch diese Gegendarstellung von Traditionen und eigentlicher Bedeutung. Das gibt den Szenen eine spannende

Dynamik und einen Anstoß zum Nachdenken. Ihr habt großartige Arbeit geleistet."

Aviad stand auf und schüttelte Friedman die Hand: „Ich werfe dir den Ball zurück. Einen besseren Regisseur hätten wir nicht finden können." Alle am Tisch Anwesenden applaudierten laut. Natürlich warfen ihnen einige der Gäste in dem Restaurant ihnen erstaunte Blicke zu. Aber das störte sie nicht.

„Wir werden jetzt eine zweiwöchige Drehpause einlegen", fuhr Friedman fort. „Wir haben genug mit den Nacharbeiten zu tun. Was ich dringend bräuchte, Nicholas, sind die letzten Kapitel des Films. Spielen diese auch in Israel?"

„Ja", antwortete Nicholas. „Der Film endet in Israel."

Aviad schaltete sich ein: „Ja, natürlich endet *Die Matrix des Messias* in Israel. Aber über das Ende haben wir noch gar nicht gesprochen! Was machen wir jetzt?"

„Bitte kommt übermorgen zu uns zum Frühstück", lud Nicholas seine Schwiegerelten ein. „Wir werden uns dann darüber Gedanken machen."

„Gute Idee! Abgemacht!" Die beiden nahmen die Einladung an. Bald danach löste sich die Gruppe auf und jeder ging nach Hause.

23 DAS BERGLAND VON SAMARIA UND JUDÄA

Nicholas und Alisah fielen zu Hause todmüde ins Bett und schliefen bis zum nächsten Mittag. Nicholas schlummerte immer noch, als Alisah sich leise in die Küche stahl und ein leckeres Frühstück zubereitete. Dann weckte sie Nicholas sanft. Etwas benommen folgte er Alisah auf den Balkon. Die Sonne stand hoch am Himmel und es war für die Jahreszeit noch sehr warm. Schweigend saßen sie da, liebevoll einander zugetan. Jeder genoss die Ruhe und die warmen Sonnenstrahlen. Nach dem Frühstück legten sich beide auf die Liegestühle.

„Liebling“, begann Nicholas, „erinnerst du dich daran, dass ich dir einen Traum erzählen wollte?“

„Ja. Ich wusste, dass du ihn mir jetzt erzählen würdest. Ich bin sowas von gespannt! Also, schieß los, mein Schatz.“ Angespannt wartete Alisah, was Nicholas ihr berichten würde. Nicholas sah, dass sie nervös war.

„Beruhige dich, Liebling. Wir haben einen großen Auftrag. Es geht nicht nur um *Die Matrix des Messias*, sondern um die Erfüllung einer großen biblischen Prophetie.“

„Es ist lieb von dir, Nicholas, dass du die Botschaft deines Traumes so liebevoll verpackst. Aber spann mich nicht noch länger auf die Folter! Ja?“

Statt einer Antwort stand er auf, zog sie vom Liegestuhl hoch, nahm sie fürsorglich und zärtlich in seine Arme. Er spürte, wie sie sich beruhigte.

„Im Traum“, setzte Nicholas erneut an, „sah ich eine Wolkensäule bei Tag und eine Feuersäule bei Nacht, die uns aus Jerusalem wegführte. Die Wanderung war nicht lange. Wir kamen bald in den Bergen Samarias an. Das Bergland war das Ziel der Reise. Dort war innerhalb einer Siedlung ein wunderschönes Haus, in das wir beide einzogen. Und stell dir vor, unsere Aufgabe war es dort, die vielen Einwanderer aus aller Welt zu koordinieren und ihnen behilflich zu sein, sich einzuleben."

„Das war unsere Aufgabe?", frage Alisah mehr als erstaunt nach.

„Ja, Liebling! Wir halfen den Neuankömmlingen in jeder Hinsicht. Ein neues Zuhause zu finden, sie mit den anderen bekannt zu machen, Sprachkurse zu belegen, in Kindergarten und Schule anzumelden, einen Platz an der Universität zu finden. Und natürlich den ganzen Behördenkram zu erledigen."

„Und gab es dort auch eine geistliche Gemeinschaft?", fragte Alisah neugierig.

„Ja, eine große messianische Gemeinschaft. Hauptsächlich von Gläubigen aus den Nationen, die zurückgekehrt waren."

„Das hört sich richtig spannend an!"

Die Anspannung war von Alisah gewichen. Nicholas kannte seine Frau. Sie war spontan und begeisterungsfähig. Jetzt war sie Feuer und Flamme. Er nahm fast wahr, wie sie bereits begann, Pläne zu schmieden.

„Und wann werden wir dorthin geführt?"

Nicholas musste schmunzeln. Insgeheim dankte er Y'shua, dass Alisah so schnell eingelenkt hatte.

„Ich kann es dir nicht genau sagen. Ich denke, bald nachdem wir mit der *Matrix des Messias* fertig sein werden."

„Das kann schon sehr bald sein", seufzte Alisah ein wenig. „Aber kannst du mir erklären, warum wir in das Bergland von Samaria geführt werden? Und vor allem, warum dort so viele Neueinwanderer sein werden?"

„Du kennst die ganzen Prophezeiungen, mein Schatz, nur hast du sie noch nicht in einen Zusammenhang mit deinem Leben gebracht. Ich lese sie dir vor."

Nicholas schlug Hesekiel 36, Verse 8 bis 12 auf: „‚Aber ihr Berge Israels sollt wieder grünen und eure Frucht bringen meinem Volk Israel, denn bald sollen sie heimkehren.'"

„Heimkehren“, unterbrach Alisah ihn. „Sie sollen heimkehren! Sie!“, murmelte sie.

„Hör weiter zu, mein Liebling.“ Nicholas fuhr fort: „‚Denn siehe, ich will mich wieder zu euch kehren und euch mein Angesicht zuwenden, dass ihr anbaut und besät werdet. Und ich will viele Menschen auf euch wohnen lassen, das ganze Haus Israel insgesamt ...‘“

Nicholas konnte nicht weiterlesen, weil Alisah wieder seine Worte wiederholte: „‚Das ganze Haus Israel.‘ Das ist das Haus Judah und das Haus Israel. Das bin ich und das bist du. Ich gehöre zum Haus Judah und du zum Haus Israel und diese beiden Häuser bilden, wie es der Prophet Hesekiel im 37. Kapitel erwähnt, das ganze Haus Israel. Nicholas, es ist wichtig zu erwähnen, dass alle Juden das Haus Judah bilden. Alle Gläubigen hingegen, ob sie nun von den zehn Stämmen abstammen oder sich aus den Nationen haben einpfropfen lassen, bilden das Haus Israel. Dabei ist es nicht wichtig zu wissen, von welchem Stamm man gegebenenfalls abstammt, YHWH weiß das. Das ganze Haus Israel wird heimkehren!“

„Stimmt. Und genau deswegen werden wir dorthin gehen, um die vielen Rückkehrer zu empfangen.“

„Wir können dort *Die Matrix des Messias* zeigen“, rief Alisah ganz aufgeregt.

„Ja, alle Neueinwanderer werden den Film sehen. Falls sie ihn nicht schon vorher in ihren Ländern kennengelernt haben.“

In der Hoffnung, nicht noch einmal unterbrochen zu werden, setzte Nicholas erneut an: „‚Und die Städte sollen wieder bewohnt und die Trümmer wieder aufgebaut werden. Ja, ich lasse Menschen und Vieh auf euch zahlreich werden; sie sollen sich mehren und fruchtbar sein. Und ich will euch wieder bewohnt sein lassen wie früher und will euch mehr Gutes tun als je zuvor, und ihr sollt erfahren, dass ich YHWH bin. Ich will wieder Menschen über euch ziehen lassen, nämlich mein Volk Israel; die werden dich besitzen, und du sollst ihr Erbteil sein und ihnen die Kinder nicht mehr nehmen.‘“

Alisah schaute ihn mit großen Augen an. „Wir sind da mittendrin!“, rief sie aufgeregt.

„Ja, mein Liebling. Ich glaube", fuhr Nicholas fort, „dass dort das biblische Zion ausgerufen werden wird."

„Das biblische Zion? Was verstehst du denn darunter?"

„Die Vielen aus den Nationen werden ins Bergland zurückkehren, es wie prophezeit besiedeln. Und da sie zurückgekehrt sind zu den Unterweisungen YHWHs, werden sie sozusagen Zion in sich tragen. Sie sind lebendige Bausteine für das biblische Zion."

„Das macht Sinn", staunte Alisah.

„Auf der ganzen Welt werden sie zur Zeit auf diesen Ruf vorbereitet. Und *Die Matrix des Messias* wird ein lautes Rufen sein für die Zerstreuten in den Nationen, sich aufzumachen und zurückzukehren."

„Schatz, das könnte der Schluss des Filmes sein, oder?"

„Ja, Alisah, das hatte ich auch gedacht."

„Du könntest diese vierzehn Tage der Filmpause nutzen, um das letzte Kapitel der *Matrix des Messias* zu schreiben", schlug Alisah vor.

„Ja, das ist eine gute Idee."

„Friedman wird sich freuen."

„Morgen werden wir deine Eltern einweihen."

„Ach stimmt, sie kommen ja morgen zum Frühstück. Das hätte ich fast vergessen", murmelte Alisah vor sich hin. „Dann müssten wir fast noch Einkaufen gehen."

„Ok, auf geht's. Und danach beginne ich mit meinen Aufzeichnungen."

Sie bummelten ein wenig durch die Straßen, kauften ein, tranken einen Kaffee und genossen die Zeit, die sie füreinander hatten. Am Spätnachmittag kehrten sie zurück und Nicholas begann unter Gebet das letzte Kapitel zur *Matrix des Messias* zu schreiben. Alisah zauberte ein leckeres Abendessen hervor. Sie liebte es, Nicholas zu überraschen. Sie kochte ein orientalisches Linsengericht und als Nachtisch würde es Vanilleeis mit Kürbiskernöl geben. Sie freute sich schon darauf, was Nicholas dazu sagen würde. Der Hunger trieb Nicholas in die Küche. Sie deckten auf dem Balkon ein. Nicholas lobte Alisah für das ausgezeichnete Essen.

„Fürstlich. Und der Nachtisch ist ein Volltreffer, Alisah! Was ist denn über dem Eis? Das hast du noch nie gemacht!“

„Kürbiskernöl, mein Schatz.“

„Wie bitte, Kürbiskernöl? Das ist doch nicht dein Ernst, oder?“

„Doch, Kürbiskernöl! Lecker, oder?“

Es war schon dunkel, als Nicholas zum PC zurückkehrte. Er schrieb bis spät in die Nacht. Alisah war schon eingeschlafen, als er endlich zu Bett ging.

Am nächsten Morgen bereitete Alisah einen Brunch. So konnten sie in Ruhe mit ihren Eltern sprechen und hatten Frühstück und Mittagessen in einem. Sehr praktisch, dachte sie. Sie war noch mitten in den Vorbereitungen, als es klingelte.

„Ihr seid ja viel zu früh da!“, öffnete Alisah lachend die Tür. Sie freute sich, dass ihre Mom und ihr Dad gekommen waren. Sie nahm beide ganz liebevoll in den Arm.

„Kommt herein! Wir brunchen. Ich rufe Nicholas.“

Alle vier hatten einen Bärenhunger und plünderten das Büfett. Alisah wurde von allen reichlich gelobt.

Aviad setzte dem Smalltalk bald ein Ende: „Und wie wird *Die Matrix des Messias* enden? Du wolltest doch einen Vorschlag unterbreiten, Nicholas?“

„Warte“, Nicholas sprang auf und holte seinen Laptop und begann seine Aufzeichnungen vorzulesen: Seinen Traum, das Gespräch mit Alisah, den bevorstehenden Umzug nach Samaria, untermauert von den dazugehörigen Bibelstellen.

Aviad schwieg, als Nicholas geendet hatte. Er schwieg lange. Niemand unterbrach das Schweigen. Nicholas war dadurch sehr irritiert. Er stand auf und holte sich frischen Orangensaft vom Büfett. Aviad kam zu ihm ans Büfett und schenkte sich ebenfalls von dem Saft ein. Endlich brach er das Schweigen: „Nicholas, dein Traum ist von YHWH. Ihr müsst diesen Weg gehen. Ich werde euch begleiten. Aber die große Frage ist, wann das sein wird.“

Rahel fiel fast vom Stuhl: „Was meinst du damit, ‚ich werde euch begleiten‘?“, fragte sie nervös nach.

Aviad schaute sie lange an: „Wir packen ebenfalls unsere Koffer!"

Rahel fragte nicht nach und sagte kein Wort mehr. Sie kannte Aviad. Sie seufzte tief und laut. „Ja, wir packen unsere Koffer und begleiten euch", wiederholte sie laut, wenn auch nicht sehr freudig. Sie liebte Jerusalem. Aber sie liebte ihren Mann und folgte ihm, wohin er ging. Aviad wusste, dass das Thema damit erledigt war und dass es kein Nachspiel geben würde. Er liebte seine Frau und konnte sich auf sie verlassen.

Aviad wiederholte sehr eindringlich: „Die große Frage ist, wann das sein wird. Ich bin mir sicher, dass der Traum von YHWH ist und wir dort eine große Aufgabe haben werden. Ich denke, unser gemeinsamer Auftrag ist noch nicht vorbei! Aber erinnert euch an die Propheten der Bibel. Sie haben oftmals, eigentlich meistens, offen gelassen, wann etwas passieren sollte."

„Glaubst du nicht, dass wir bald dorthin gehen sollen?", fragte Nicholas verunsichert nach.

„Nein", antwortete Aviad entschieden.

„Woran machst du das fest?", wollte Alisah wissen.

Aviad holte seine Brit Chadaschah heraus und las aus Matitjahu 24,15 und 16 vor: „‚Wenn ihr nun sehen werdet das Gräuelbild der Verwüstung stehen an der heiligen Stätte, wovon gesagt ist durch den Propheten Daniel – wer das liest, der merke auf! –, alsdann fliehe auf die Berge, wer in Judäa ist.' Ist das Gräuelbild der Verwüstung schon zu sehen? Nein, es ist noch nicht so weit. Samaria und Judäa gehören zum Westjordanland oder der Westbank. Y'shua fordert diejenigen, die zu dieser Zeit in Judäa leben, auf, auf die Berge zu fliehen. Warum? Weil sie fliehen müssen: Matitjahu schreibt weiter in den Versen 20 bis 22: ‚Bittet aber, dass eure Flucht nicht geschehe im Winter oder am Schabbat. Denn es wird dann eine große Bedrängnis sein, wie sie nicht gewesen ist vom Anfang der Welt bis jetzt und auch nicht wieder sein wird. Und wenn diese Tage nicht verkürzt würden, so würde kein Mensch selig werden; aber um der Auserwählten willen werden diese Tage verkürzt.'"

„Abba, die meisten aus unserem Volk kennen die Brit Chadaschah nicht."

„Im Sanhedrin 99a steht geschrieben", warf Aviad ein, „dass ein Talmid R. Abbahu fragte: ‚Wann wird der Messias kommen?' Dieser antwortete: ‚Wenn Dunkelheit diese Menschen bedeckt.' Und so fährt auch Y'shua fort zu sagen, nachdem er diese Warnung vorausgeschickt hat: ‚Denn wie der Blitz ausgeht vom Osten und leuchtet bis zum Westen, so wird auch das Kommen des Menschensohnes sein.' Wenn die Dunkelheit dieser Zeit erneut unser Volk bedeckt, wird der Messias kommen. Er wird in einer Zeit großer Bedrängnis kommen."

Es war ganz still im Raum geworden. Die Stille wurde von niemand unterbrochen. Es war lange still, sehr lange.

Aviad dachte an den langen Weg, den er mit Nicholas bis auf den heutigen Tag zurückgelegt hatte. An die vielen Puzzlesteine, die sie gefunden und in der *Matrix des Messias* zusammengesetzt hatten. Seitdem hatte er viel im Talmud, in apokryphen Schriften, im Sanhedrin und in den Schriftrollen des Toten Meeres gelesen und höchst erstaunliche Zusammenhänge entdeckt. Die Weisen des ersten Jahrhunderts und die Juden in Qumran hatten eine klare Erkenntnis davon, dass der Messias der Sohn YHWHs ist, wovon im modernen Judaismus nicht mehr die Rede ist. Er spürte, dass er am Ende ihrer Recherche ein klares Statement geben sollte. Wird mein Statement das Ende des Films *Die Matrix des Messias* sein? Womit wird der Film schließen? Aviad teilte seine Gedanken den anderen mit. Alle spürten, dass das Ende noch nicht klar war, dass das Drehbuch noch nicht abgeschlossen war und dass es in eine weitere Runde gehen würde. Und die Koffer für den Umzug nach Samaria würden auch noch nicht gepackt werden, dachte Nicholas. Sie beteten lange in die Nacht hinein. Nicholas und Alisah schliefen in dieser Nacht im Wohnzimmer auf der Couch und die Eltern in ihren Betten. Am nächsten Morgen gingen Aviad und Rahel sehr früh nach Hause. Aviad ging in sein Arbeitszimmer und fing an, sein Statement, eine Art Resümee, zu schreiben. Der Adressat war sein Volk. Er nahm die Fragen erneut auf: Ist der Messias Gottes Sohn? Ben Josef und/oder Ben David – eine oder zwei Personen? Die Mission des Messias?

Aviad spürte eine große Last, diese Fragen nochmals auf den Punkt zu bringen. Rahel schob ihm mittags ein Tablett mit Essen ins Arbeitszimmer. Und am Abend tauschte sie es gegen ein neues aus. Aviad schrieb bis spät in die Nacht. Er blieb bis auf wenige Unterbrechungen in seinem Zimmer, bis der nächste Schabbat anbrach. Mit dem Sirenenklang, der die ganze Stadt auf den anbrechenden Schabbat vorbereitete, beendete Aviad seine Zusammenfassung.

Zufrieden verließ er sein Arbeitszimmer und setzte sich an die Schabbattafel, an der Rahel, Alisah und Nicholas bereits Platz genommen hatten. Zu seinem Erstaunen klingelte es. Aviad ging zur Tür. Die Friedmans waren überraschend gekommen und wurden ganz herzlich hereingebeten. Die Anspannung der arbeitsreichen Woche fiel von Aviad ab und ließ ihn den Schabbat, einmal mehr, als Höhepunkt der Woche genießen. Er empfand diesen Schabbatabend als sehr besonders. Lag es an dem ausgezeichneten Essen? Oder an den Frauen, die sich sehr festlich gekleidet hatten? An ihren Gästen? Er versuchte, dem nachzuspüren, was sich so anders anfühlte. War es die Einheit unter ihnen? Ja, das machte es höchstwahrscheinlich aus. B'lev echad. Im Herzen waren sie eins geworden, den Messias anzubeten, an seinem heiligen Tag, dem Schabbat. Freude breitete sich unter ihnen aus.

Sie verbrachten einen wunderbaren Schabbatabend und ließen die Arbeit Arbeit sein. Schließlich machten sich Friedmans und de Winters auf den Nachhauseweg.

Rahel sah Aviad an: „Bist du müde, Liebling?"

„Ja, lass uns schlafen gehen. Morgen ist ein neuer Tag." Liebevoll führte Aviad seine geliebte Frau ins Schlafzimmer.

Am Sonntagmorgen, dem ersten Tag der Woche, trafen sie sich in aller Frühe, um zu besprechen, wie es weitergehen würde. Bei einem Kaffee auf Alisahs und Nicholas Balkon erzählte Aviad den Anderen ausführlich von seiner Arbeitswoche und dass sein Resümee nun fertig sei.

„Friedman, wir beabsichtigen eine Zusammenfassung über unsere Recherchen über den Messias als Statement von mir anzuhängen. Um die Diskrepanz zwischen den Lehren im jetzigen Judentum und den Weisen des ersten Jahrhunderts noch einmal ganz deutlich aufzuzeigen. Um das Bild des Messias ganz scharf zu zeichnen. Bist du damit einverstanden? Und ehe du antwortest, wir haben damit noch keinen Schluss. Das Ende des Films? Wir warten auf Weisung von oben."

Friedman, außerordentlich begabt, Gedanken blitzschnell in Filmszenen umzusetzen, machte Aviad einen konkreten Vorschlag: „Wie wäre es, wenn du dein Resümee nicht alleine vorträgst, sondern wenn wir Repräsentanten der verschiedenen Strömungen miteinander ins Gespräch bringen? So eine Art Talkshow."

Aviad schaute ihn ein wenig bestürzt an. Eine Talkshow mit einem Vertreter der Juden aus Qumran oder gar einem Rabbi aus dem ersten Jahrhundert?

„Wenn du meinst, Friedman." Aviad klang nicht sehr überzeugt. Plötzlich hellte sich seine Miene auf. „Wenn du den Begriff Talkshow durch Interview ersetzt, wäre es vielleicht eine mögliche Umsetzung."

Friedman schaute ihn wohlwollend an. Aviad lenkte ein. Man verabredete sich für den nächsten Tag bei Friedman im Filmstudio. Zuversichtlich hatte er das fertige Manuskript über Aviads Resümee eingesteckt.

IV. TEIL

1 UNGEACHTET SEINES LANGEN AUSBLEIBENS

Als Aviad, begleitet von Rahel, Alisah und Nicholas, am nächsten Tag bei Friedman aufkreuzte, wurden sie alle in einen Raum geführt, der als Studio für einen israelischen Fernsehsender fungierte. Dort wartete bereits Herr Cahn, der Aviad interviewen würde. Die beiden Männer wurden einander vorgestellt. Die Kameras begannen zu surren und nahmen das Gespräch auf.

„Herr Cohen, seit Monaten ist Jerusalem der Drehort der *Matrix des Messias.* Die Presse wartet mit großer Spannung auf den Trailer zur *Matrix des Messias.* Seit ca. 3500 Jahren wartet das jüdische Volk auf die Ankunft des Messias. Der große Rabbi Mosche ben Maimon, als Moimonides oder unter dem Akronym Rambam bekannt, verfasste bekannterweise die dreizehn jüdischen Glaubensgrundsätze. Der zwölfte Grundsatz lautet: ‚Ich glaube in ganzem Glauben, dass der Messias kommt, und ungeachtet seines langen Ausbleibens erwarte ich täglich seine Ankunft.‘ War die Hoffnung unseres Volkes auf das Erscheinen des Messias Ihre Motivation, das Drehbuch *Die Matrix des Messias* zu schreiben?“

„Nicht wirklich, Herr Cahn. Die Auflage eines Vermächtnisses zwang mich dazu. Ein weit entfernter Onkel vermachte mir eine gewaltige Summe an Geld. Ich hatte eigentlich seit Jahren keinen Kontakt mehr zu ihm. Er galt als kreativer Sonderling in der Verwandtschaft und verbrachte sein einsames Lebensende in Kanada. Nie hätte ich erwartet, dass er die letzten Jahre seines Lebens in der Auseinandersetzung mit der Frage nach dem Messias verbracht hatte. Und noch weniger hätte ich damit gerechnet, dass er ausgerechnet mich dazu auserwählen würde, sein Vermögen zu erben. Doch wie gesagt: Es war an die Bedingung geknüpft, dass ich einen Film über den Messias drehen würde."

„Sie haben eine Erbschaft angetreten, die Sie zur Verfilmung der *Matrix des Messias* verpflichtete? Habe ich Sie da richtig verstanden?"

„Ja. Hinzu kam, dass das Vermächtnis bestimmte, dass ich einen Gläubigen aus den Nationen involvieren sollte. Angeblich hatte mein Onkel schon immer verrückte Ideen. Genau zu dieser Zeit lernte ich Nicholas de Winter kennen, der ein Nichtjude ist. Wir begannen, über den Messias zu sprechen."

„Eine verrückte Geschichte, aber es passte sozusagen alles wunderbar zusammen. Eine Vorhersehung?"

„Ich bin davon überzeugt. Ich denke, mein Onkel hat mich ausgewählt, weil er wusste, dass ich den Dingen auf den Grund gehe. Ich liebe es, die Schriften zu erforschen. Während wir das Drehbuch schrieben, machte ich dann wirklich erstaunliche Entdeckungen."

„Ich bin sehr gespannt. Erzählen Sie, bitte."

„Sie erwähnten bereits, dass unser Volk untrennbar mit der Hoffnung auf das Erscheinen des Messias verbunden ist. Uns ist klar, dass der Messias aus dem jüdischen Volk kommt. Deswegen hätten wir *Die Matrix des Messias* nicht drehen müssen. Hat nicht Mosche in Debarim 18,15 Folgendes geweissagt: ‚Einen Propheten wie mich wird dir YHWH, dein Elohim, erwecken aus dir und aus deinen Brüdern; dem sollt ihr gehorchen.'"

„Ich stimme Ihnen zu, Herr Cohen. Das ist sogar vielen Nichtjuden klar, auch wenn sie diese Tatsache nicht sehr ernst nehmen."

„Genau in dieser Auseinandersetzung befanden sich Nicholas de Winter und ich. Zu der unterschiedlichen Auffassung zwischen Nichtjuden und uns, den Juden, kam eine Tatsache hinzu, die mich sehr stutzig werden ließ und veranlasste, mit Recherchen zu beginnen."

„Was haben Sie entdeckt?"

„Die Rabbiner des ersten Jahrhunderts vertraten eine radikal andere Sichtweise über den Messias als die des heutigen Judentums."

„Das müssen Sie mir näher erklären."

„Die früheren Rabbiner haben unzählige Schriftstellen im Tenach als messianisch erklärt. Und in diesem Punkt treffen sich die Aussagen von den Notzrim, den Christen, und den früheren Rabbinern."

„Kann das sein? Das ist ungeheuerlich! Sie sagen, dass die modernen Rabbiner sich sehr weit von den Aussagen der Rabbiner von vor Tausenden von Jahren entfernt haben?"

„Exakt. Und heutzutage wird den meisten Juden nichts mehr über die Sichtweisen der frühen Weisen gelehrt. Die spannende Frage ist: Warum haben so viele Juden den Messias, auf den sie gewartet haben, abgelehnt? Tausende Jahre lang haben die frühen Rabbiner den Erlöser in der Heiligen Schrift erkannt und vorhergesagt. Im Babylonischen Talmud, Sanhedrin 99a, ist die Rede davon, dass alle Propheten von den Tagen des Messias prophezeit haben. Im Targum Jerusalem, Bereschit, finden wir ebenfalls, dass von dem Erlöser Israels die Rede ist, der ohne Sünde ist und dass er ein Werk der Wiederherstellung vollbringen würde."

„Ich bin überrascht. Das ist Sprengstoff. Fahren Sie fort."

„Wir finden im Babylonischen Talmud, in der Mischna und im Targum eine klare, einzigartige Sichtweise über den Messias, über sein Leben und seine Mission. Im Talmud ist von dem Messias als dem Gesalbten die Rede, aber nicht nur das, er wird als ‚Elohim im Fleisch' bezeichnet. Die damalige Auffassung über den Messias ist in großer Übereinstimmung mit dem, was die Notzrim lehren."

„Hochinteressant. Sie erwähnten die Notzrim. Diese glauben, dass der Messias schon einmal da gewesen ist und in Kürze wiederkommen wird. Sie wissen, dass unsere Rabbiner dementieren, dass der Messias schon einmal da gewesen ist. Sie sprechen von dem Maschiach ben Josef und dem Maschiach ben David. Was haben Sie dazu gefunden?"

„Gut, dass Sie diesen Punkt ansprechen. Die Auffassung zweier Messiasse gelangte erst im frühen ersten und zweiten Jahrhundert in die rabbinischen Schriften. Diese Vorstellung ist im Talmud überall zu finden. Die Rabbiner verfolgten von den Schriften her diese beiden prophetischen Linien. Sie konnten sich einfach nicht vorstellen, dass es ein- und dieselbe Person sein könnte, die die beiden prophetischen Linien erfüllen könnte. Überall in den messianischen Textstellen ist von einer einzigen Person die Rede. Sie erinnern sich, ich hatte die Bibelstelle aus Bereschit zitiert, dass Elohim ihnen *einen* Propheten erwecken wird. Es ist von einem die Rede. Haben Sie gehört, was man aufgrund der Qumranrollen zu diesem Thema herausgefunden hat?"

„Nein. Berichten Sie. Es ist spannend!"

„Die Rabbiner haben ebenfalls behauptet, dass die Sekte der Juden in Qumran das Auftreten zweier Messiasse gelehrt hat. Die Qumranrollen haben jedoch gezeigt, dass sie tatsächlich auf einen einzigen Messias gewartet haben, der aus der Linie Davids kommen würde und den sie den Lehrer der Gerechtigkeit nannten. Sie glaubten, dass der Messias zunächst besiegt oder getötet werden würde, wie der Prophet Danijel in Kapitel 9,25-26 vorausgesagt hatte: ‚bis ein Gesalbter, ein Fürst, kommt', ‚der ausgerottet werden und nicht mehr sein wird'. Das hebräische Wort für ausrotten heißt *karath* und bedeutet getötet oder weggenommen werden. Dieser Fürst würde dann schlussendlich den Sieg über alles Böse erringen und die Herrschaft erlangen. Sie glaubten an die prophetischen Aussagen über den leidenden Knecht und den siegreichen König und brachten sie in die richtige Reihenfolge. Sie gingen davon aus, dass der Maschiach ben Josef zu ihrer Zeit erscheinen würde, dann besiegt werden und – wie schon erwähnt – als Herrscher wiederkommen würde."

„Das heißt, dass die Juden aus Qumram die prophetischen Aussagen über beide Linien, den leidenden Messias und den siegreichen Messias, zeitlich hintereinander gelegt haben?"

„Ja. Und deswegen war es für sie auch kein Problem, nur einen Messias zu erwarten."

„Das hört sich so an, als ob der Messias, wie ihn die Juden in Qumran beschrieben haben, eine viel größere Ähnlichkeit zu dem Messias hat, wie ihn die Notzrim lehren."

„Exakt. Sie treffen den Nagel auf den Kopf. Und wir finden tatsächlich auch Schriftstellen im Tenach, die beide Aufgaben in einer einzigen Person, in *dem* Messias, vereint beschreiben."

„Tatsächlich? Wo steht denn das geschrieben? Jetzt haben Sie mich neugierig gemacht."

„Hören Sie den Propheten Jescha'jahu, Kapitel 52, die Verse 13 und 14: ‚Siehe, meinem Knecht wird's gelingen, er wird erhöht und sehr hoch erhaben sein.' Und nur einen Vers weiter: ‚Wie sich viele über ihn entsetzten, weil seine Gestalt häßlicher war als die anderer Leute und sein Aussehen als das der Menschenkinder.'"

„Ich kann verstehen, dass es für die Rabbiner im ersten und zweiten Jahrhundert ein großes Problem war, die prophetischen Aussagen über den leidenden Knecht und den erhöhten Fürsten einzuordnen. Sie lösten es auf ihre Weise und ordneten jede Rolle einem anderen Messias zu. Denn aus ihrer Sicht machte es keinen Sinn, dass ein Messias leiden müsste, verachtet werden würde und dann für immer regieren würde."

„Ja, außer man geht davon aus, dass der Messias zweimal kommen würde, wie die Juden in Qumran gelehrt haben und es auch die Notzrim tun."

„Haben Sie hierfür auch Schriftstellen, die dies belegen?"

„Ja. Da YHWH das Ende aus dem Anfang heraus verkündigt hat, wie der Prophet Jescha'jahu im 46. Kapitel aufzeigt, gibt es viele Hinweise auf die Tatsache, dass der Messias zwei Mal kommen wird. Nehmen wir beispielsweise den Propheten Hoschea, Kapitel 5, Vers 15: ‚Ich will wieder an meinen Ort gehen, bis sie ihre Schuld erkennen und mein Angesicht suchen; wenn's ihnen übel ergeht, so werden sie mich suchen.' *Schuv* ist zurückgehen und *makom* ist der Ort. *Makom* ist der Ort, der Berg Morija, an dem Abraham seinen Sohn Isaak opfern sollte und *Makom* ist der Ort, der Berg Morija, wo Y'shua geopfert wurde. Dorthin wird er zurückkehren."

„Ja, zurückkehren beinhaltet eindeutig, dass der Messias zuvor schon einmal dort gewesen sein muss. Sie stimmen also mit den Notzrim darin überein, dass Y'shua der Messias unseres Volkes gewesen sein muss?"

„Ja, ein definitives Ja! Ich stimme nicht allem zu, was die Christen lehren, aber in diesem Punkt haben sie die Wahrheit erkannt! Herr Cahn, wenn wir die Messias-Diskussion in unserem Volk erneut anstoßen wollen, müssen wir uns etwas einfallen lassen, um den Namen Yeshu, wie Y'shua abfällig in unserem Volk genannt wird, durch seinen tatsächlichen Namen Y'shua abzulösen."

„Das ist ein interessanter Punkt. Sie haben sicherlich Recht."

„Ich plane, ein Komitee von Rabbinern einzuberufen, die den Namen Y'shua thematisieren sollen. Eine mögliche Vorgehensweise wäre, Rabbiner, die dafür wären und solche, die dagegen wären, in eine gemeinsame Runde zu rufen."

„Eine ausgezeichnete Idee, Herr Cohen. Das wäre nicht so auffällig und würde etwas in Gang setzen."

„Es wäre sehr weise, dies in die Wege zu leiten, ehe *Die Matrix des Messias* erscheinen wird. Wir müssen unter unseren Brüdern das Erstgeburtsrecht für Y'shua wiederherstellen."

„Cut!"

Friedman gab ein Zeichen. Die Kameras wurden ausgeschaltet.

„Wir werden eine Pause einlegen. Der Dialog war großartig. Wir brauchen dies nicht noch einmal zu filmen. Gleich wird meine Frau mit Snacks und Getränken kommen. Sie werden auf der Terrasse serviert. In einer Stunde drehen wir weiter."

Die beiden Männer, Cohen und Cahn, zogen sich auf der Terrasse in einen ruhigen Winkel zurück. Ein divine appointment, eine göttliche Begegnung. Das war der Beginn einer besonderen Freundschaft. Cahn war bestimmt, *Die Matrix des Messias* in Israel publik zu machen. Es würde ihm viel Feindschaft einbringen, aber die segnende Hand YHWHs war über ihm.

2 DIE WARNUNG

„Ton ab!" „Ton läuft."

„Kamera ab!" „Kamera läuft!"

Klappe.

„Action!"

„Herr Cahn, die Lehre in unserem Volk über die beiden Messiasse hat weitreichende Folgen. Ich persönlich glaube, dass sie uns einen sehr hohen Preis kosten wird."

„Erklären Sie mir bitte, Herr Cohen, was Sie damit andeuten wollen."

„Der Talmud besagt, dass der Maschiach ben Josef ein politischer und militärischer Führer sein wird, der gegen die feindlichen Mächte Israels Krieg führen und diese unterwerfen wird. In dieser kriegerischen Auseinandersetzung würde dieser Maschiach getötet werden und damit beginne dann eine Zeit großer Trübsal. Dann würde Maschiach ben David erscheinen, seinen Tod rächen und Maschiach ben Josef auferwecken und die messianische Ära einleiten. Hören Sie, Herr Cahn, was der Prophet Danijel dazu sagt."

„Ich kann mich nicht erinnern, Herr Cohen, dass Danijel etwas von zwei Messiassen berichtet."

„Sie kennen den Tenach und haben Recht. Danijel berichtet von einem mächtigen König, der nicht der wahre Messias ist, aber der genau das umsetzen wird, was unser Volk vom Maschiach ben Josef erwartet und was im Talmud beschrieben steht."

„Wollen Sie damit sagen, dass dieser mächtige König am Ende der Tage Krieg führen wird gegen die Feinde Israels?"

„Ja, so ist es.“ Aviad schlug das 11. Kapitel von Danijel auf und begann zu lesen: „‚Und zur Zeit des Endes wird sich der König des Südens mit ihm messen, und der König des Nordens wird mit Wagen, Reitern und vielen Schiffen gegen ihn anstürmen und wird in die Länder einfallen und sie überschwemmen und überfluten. Und er wird in das herrliche Land einfallen, und viele werden umkommen. Es werden aber seiner Hand entrinnen Edom, Moab und der Hauptteil der Ammoniter.‘“

„Der König des Südens?“, fragte Herr Cahn.

„Damit ist Ägypten gemeint. Hören Sie: ‚Und er wird seine Hand ausstrecken nach den Ländern, und Ägypten wird ihm nicht entrinnen. Sondern er wird Herr werden über die goldenen und silbernen Schätze und über alle Kostbarkeiten Ägyptens; Libyer und Kuschiter werden ihm folgen müssen. Es werden ihn aber Gerüchte erschrecken aus Osten und Norden, und er wird mit großem Grimm ausziehen, um viele zu vertilgen und zu verderben. Und er wird seine prächtigen Zelte aufschlagen zwischen dem Meer und dem herrlichen, heiligen Berg; aber es wird mit ihm ein Ende nehmen, und niemand wird ihm helfen.‘“

„Hochinteressant, das deckt sich wirklich mit dem, was über den Maschiach ben Josef ausgesagt wird. Dieser König wird wirklich mächtig sein, er wird gegen die Feinde Israels kämpfen und umkommen. Sie sind einem Geheimnis auf die Spur gekommen.“

Aviad las im 12. Kapitel weiter. „‚Zu jener Zeit wird Michael, der große Engelfürst, der für dein Volk eintritt, sich aufmachen. Zu jener Zeit, wenn dieser König tot sein wird. Denn es wird eine Zeit so großer Trübsal sein, wie sie nie gewesen ist, seitdem es Menschen gibt, bis zu jener Zeit ... Und viele, die unter der Erde schlafen liegen, werden aufwachen.‘ Und jetzt, Herr Cahn, wird es höchst interessant. Ich werde diese Aussage aus Danijel mit der Aussage in Matitjahu 24, ab Vers 15, in Verbindung bringen, weil dort auch von dieser Zeit berichtet wird: ‚Wenn ihr nun sehen werdet das Greuelbild der Verwüstung stehen an der heiligen Stätte, wovon gesagt ist durch den Propheten Danijel ... Denn es wird dann eine große Bedrängnis sein, wie sie nicht gewesen ist vom Anfang der Welt bis jetzt und auch nicht wieder werden wird.'"

„Interessant, dass in der Brit Chadaschah auch von der großen Trübsalszeit die Rede ist. Welche Schlüsse ziehen Sie aus diesen beiden Textstellen?"

„Nun, da die Trübsalszeit laut Danijel mit dem Tod dieses Königs, der ein Anti-Messias ist, beginnt, gehe ich fest davon aus, dass dieser auf irgendeine Weise wieder auferstehen wird, um in der Bedrängnis zu herrschen. Das passt wiederum mit den Aussagen im Talmud überein, dass der Maschiach ben Josef stirbt und wieder auferweckt wird. Die Brit Chadaschah belegt meine Vermutung. Ich lese aus dem Buch der Offenbarung, Kapitel 13, Vers 3. Hier heißt es über den Anti-Messias: ‚Und ich sah eines seiner Häupter, als wäre es tödlich verwundet, und seine tödliche Wunde wurde heil. Und die ganze Erde wunderte sich über das Tier.' Und über ein zweites Tier, ab Vers 12: ‚Und es übt alle Macht des ersten Tieres aus vor seinen Augen und es macht, dass die Erde und die darauf wohnen, das erste Tier anbeten, dessen tödliche Wunde heil geworden war. Und es tut große Zeichen, sodass es auch Feuer vom Himmel auf die Erde fallen lässt vor den Augen der Menschen; und es verführt, die auf Erden wohnen, durch die Zeichen, die zu tun vor den Augen des Tieres ihm Macht gegeben ist; und sagt denen, die auf Erden wohnen, dass sie ein Bild machen sollen dem Tier, das die Wunde vom Schwert hatte und lebendig geworden war.' Ich war wirklich zutiefst bestürzt, als ich diese Schriftstellen zum ersten Mal in diesem Licht las und darüber nachsann. Fügt sich das nicht perfekt in das Bild, was unser Volk – aufgrund der falschen Lehre über zwei Messiasse – erwartet? Ein Messias, der die Feinde Israels besiegt, aufersteht und große Zeichen und Wunder vollbringt? Finden sie nicht auch, dass unser Volk sehr leicht auf diesen Anti-Messias hereinfallen könnte?"

Herr Cahn wirkte betroffen. „Ja, ich kann ihren revolutionären Gedankengängen durchaus folgen. Unser Volk wird auf den Anti-Messias hereinfallen, weil er derjenige sein wird, der uns hilft und gegen die Feinde Israels kämpfen wird. Genau dies erwarten wir ja von dem kommenden Maschiach ben Josef. Es macht Sinn. Nur dieser König, der Anti-Messias ist eben nicht der wahre Messias."

„Ja, genau das will ich sagen. Beweis dafür ist auch, dass dem Anti-Messias – wie Danijel in Kapitel 11, Vers 41, ausführt – Edom, Moab und der Hauptteil der Ammoniter entrinnen werden. Diese wird dann erst der echte Messias zerschlagen."

„Die Verführung für unser Volk liegt darin", fügte Herr Cahn nachdenklich an, „dass dieser König zunächst wie der Messias handelt, sozusagen an seiner Statt, dann getötet und wieder auferweckt wird, sich aber schlussendlich als ein grausamer Herrscher erweisen wird."

„Herr Cahn, die Tatsache, dass unser Volk Y'shua nicht als den Messias annahm, führte die jüdischen Leiter dazu, die These aufzustellen, dass es am Ende der Tage zwei Messiasse geben wird. Und genau diese Tatsache wird dazu führen, dass viele in unserem Volk den Anti-Messias willkommen heißen werden, diesen großen Krieger, der gegen die Feinde Israels kämpfen wird."

Die beiden Männer waren sichtlich bewegt.

„Cut."

Alle Anwesenden schwiegen bestürzt.

Nicholas war der Erste, der nach einer längeren Pause zu sprechen begann: „Das Greuelbild der Verwüstung in Matthäus wird in Zusammenhang mit dem Antichristen gebracht. Was du sagst, Aviad, macht Sinn. Ich fasse deinen Gedankengang nochmals für mich zusammen: Das jüdische Volk wartet auf den Maschiach ben Josef, der für sein Volk gegen die Feinde Israels kämpfen wird. Und es wird real einer kommen, wie Daniel vorausgesagt hat, der für Israel gegen seine Feinde kämpfen wird. Ihm werden sie zujubeln, weil sie ihn für den lang ersehnten Maschiach ben Josef halten. Und genau die mit ihm verbundene Erwartung, dass er umkommen und wieder auferweckt werden wird – von dem zweiten Maschiach ben David – unterstützt die Erwartungshaltung des Volkes noch mehr. Aviad, im Christentum wird das natürlich nicht so gelehrt. Sicherlich ist oft und viel vom Antichristen die Rede.

Im Buch der Offenbarung steht sehr viel darüber. Manche lehren auch, dass die Juden auf ihn hereinfallen werden. Ich verstand nie, warum. Wenn man aber die Daniel-Prophetie über den Anti-Messias mit der Erwartung an den Maschiach ben Josef in Zusammenhang bringt, dann wird es leicht nachvollziehbar, warum sie auf den Anti-Messias hereinfallen könnten."

„Ja", schaltete sich nun lebhaft Alisah ein. „Das wird und muss die größte Warnung an unser Volk sein. *Die Matrix des Messias* wird nicht den Kurs der Geschichte ändern, aber zumindest kann sie vielen die Augen öffnen."

Rahel unterstrich, was ihre Tochter gerade gesagt hatte: „*Die Matrix des Messias* kann das Wissen um diese Zusammenhänge in die Köpfe der Leute bringen. Auf beiden Seiten. Bei Juden und Christen. Ist es nicht ein eindeutiges Zeichen, wer der Anti-Messias sein wird, wenn er anfängt gegen die Feinde Israels zu kämpfen?"

Alle nickten ihr zu.

„Wir haben keine Zeit mehr zu verlieren", rief Aviad aus. „Der Film muss dringend fertiggestellt werden und in die Kinos kommen."

Friedman war so überwältigt, dass er bis jetzt nur schweigend zugehört hatte. Durch ein Kopfnicken stimmte er Aviad zu.

„Was haltet ihr davon", meldete sich Alisah zu Wort, „wenn wir das Erwachen unseres Volkes, wenn sie sehen, dass dieser Anti-Messias sich in den Tempel setzt, in Szene setzen? Die schlimmste Zeit seit Menschengedenken, die dann anbricht, werden wir nur schemenhaft darstellen. Wie wäre es, *Die Matrix des Messias* mit dem Schrei unseres Volkes ‚Baruch haba b'schem Adonai' zu beenden?"

Nicholas nahm seine Bibel, schlug Lukas 13,34 auf und las vor: „‚Jeruschalajim! Jeruschalajim! Du tötest die Propheten! Du steinigst die, die zu dir gesandt sind! Wie oft wollte ich deine Kinder sammeln, so wie eine Henne ihre Küken unter ihre Flügel sammelt, aber du wolltest nicht! Sieh! Elohim überlässt dir dein Haus. Ich sage dir, du wirst mich nicht wiedersehen, bis du sagst: Gesegnet ist er, der kommt im Namen YHWHs.'"

Friedman schlug vor, eine längere Pause einzulegen und verabredete sich mit allen für den frühen Nachmittag.

3 BIS SCHILO KOMME

Nach der Pause liefen die Kameras wieder an.

„Herr Cohen, können Sie uns aufzeigen, dass der Messias tatsächlich kam, ehe das Zepter von Judah wich?"

„Herr Cahn, Sie beziehen sich auf Bereschit 49,10: ‚Es wird das Zepter von Judah nicht weichen noch der Stab des Herrschers von seinen Füßen, bis dass Schilo komme, und ihm werden die Völker anhangen.' Das ist eine bemerkenswerte Schriftstelle in einem spannenden Kontext. In diesem Kapitel lesen wir von dem Segen, den Jakob auf seine Söhne legte: ‚Und Jakob berief seine Söhne und sprach: Versammelt euch, dass ich euch verkünde, was euch begegnen wird in künftigen Zeiten.' Und über Judah sprach er den von Ihnen erwähnten Segen vom kommenden Messias aus. Die Prophetie sagt aus, dass das Zepter nicht von Judah, dem südlichen Königreich, weichen würde, bis der Messias kommen würde."

„Können Sie erklären, was unter dem Zepter verstanden wird?"

„Die Juden verstanden darunter das Recht, das mosaische Gesetz anzuwenden, einschließlich der Todesstrafe. Selbst in der Babylonischen Gefangenschaft war das Zepter für Judah noch da, wie in Esra zu lesen ist. Sie konnten ihre Identität und alle Angelegenheiten der Rechtsprechung bewahren. Auch in den folgenden Jahrhunderten unter der Herrschaft der Medo-Perser, Griechen und Römer behielten sie ihr Zepter. Dieses ging erst im 1. Jahrhundert verloren, als Caesar Augustus den Juden das Recht auf eigene Rechtsprechung nahm. Dies bedeutete, dass das Zepter von Judah wich. Der Sanhedrin konnte keine Todesurteile mehr aussprechen. Selbst der

Jerusalemer Talmud, Sanhedrin 94, bestätigt dies: ‚Ein wenig mehr als vierzig Jahre vor der Zerstörung des Tempels wurde die Macht, Todesurteile auszusprechen, von den Juden weggenommen.'"

„Und, wo war Schilo?"

„Eine ausgezeichnete Frage!" Aviad schwieg einen Moment bedeutungsvoll, bevor er dann fortfuhr: „Im Talmud wird beschrieben, dass die Juden jener Zeit trauerten, ihre Köpfe mit Asche bedeckten, sich mit Sackleinen bekleideten und ausriefen: ‚Wehe uns, das Zepter ist von Judah gewichen und der Messias ist nicht gekommen.' Jedoch trat etwa zur gleichen Zeit ein gewisser Y'shua aus Nazareth auf und vollbrachte große Zeichen und Wunder."

„Sie glauben also, dass alles erfüllt wurde: Der Messias musste gekommen sein, solange das Zepter noch nicht von Judah gewichen war. Beseder! Ich stimme Ihnen zu. Die Schrift lügt nicht."

„Richtig. Erst danach wurde das Zepter von Judah genommen und der Zweite Tempel wurde 70 Jahre nach christlicher Zeitrechnung zerstört. Danach konnte dies nicht mehr zutreffen."

„Wirklich sehr erstaunlich. Es fügt sich ein Puzzleteil zum anderen. Was erwarten Sie, Herr Cohen, das durch *Die Matrix des Messias* ausgelöst wird?"

„Dass viele Hunderttausende aus meinem Volk den Messias Y'shua erkennen und *teschuva*, Buße tun."

„Ihre Ausführungen gehen mir wirklich durchs Herz. Lange schon sinne ich über diese Fragestellungen und den Messias nach. Sie haben mich überzeugt. Nein", Cahn verbesserte sich selbst, „es ist die Schrift selbst, die so klar spricht. Der Messias muss schon dagewesen sein! Ich, ich, ich kann nicht anders ... Ich bekenne hiermit, dass ich *teschuva* tue und in sein Königreich eintrete."

Aviad stand auf und umarmte ihn. Die Kameras blieben eingeschaltet.

Cahn war bewegt, aber bemühte sich sichtlich, sich zusammenzureißen. Er löste sich aus Aviads Umarmung und sagte: „Wir warten mit Spannung auf den Trailer. Ich werde dann dieses Interview zusammen mit dem Trailer in unserem Fernsehkanal ausstrahlen."

Aviad war gerührt. Friedman auch.

Dann fiel das Wort „Cut!".

Alle nahmen Jakov Cahn in ihre Mitte auf.

4 COMING HOME

Nach einem kurzen, freudigen Durcheinander, nahm Friedman die Fäden wieder klar in die Hand. Professionell wie er war, wies er darauf hin, dass die Dreharbeiten weitergehen mussten. Für den heutigen Tag war noch ein Interview zwischen Cahn und Nicholas angesetzt.

Friedman bat Nicholas ins Aufnahmestudio, an den Tisch mit Jakov.

„Ton ab!“ „Ton läuft.“

„Kamera ab!“ „Kamera läuft!“

Klappe.

„Action!“

Cahn hatte zuerst das Wort: „Herr de Winter, wir bitten Sie um ein kurzes Statement zur *Matrix des Messias.*“

„Gerne. Ich lese Ihnen aus dem Propheten Jeremia vor, Kapitel 30, Verse 1 bis 3: ‚Dies ist das Wort, das von YHWH geschah zu Jeremia.‘ Wissen Sie, ich nehme es ganz persönlich, so als ob YHWH zu mir spräche: ‚So spricht YHWH, der Elohim Israels: Schreib dir alle Worte, die ich zu dir geredet habe, in ein Buch. Denn siehe, es kommt die Zeit, spricht YHWH, dass ich das Geschick meines Volkes Israel und Juda wenden will, spricht YHWH; und ich will sie wiederbringen in das Land, das ich ihren Vätern gegeben habe, dass sie es besitzen sollen.‘ Verse 10 und 11: ‚Darum fürchte du dich nicht, mein Knecht Jakob, spricht YHWH, und entsetze dich nicht, Israel. Denn siehe, ich will dich erretten aus fernen Landen und deine Nachkommen aus dem Lande ihrer Gefangenschaft, dass Jakob zurückkehren soll und in Frieden und Sicherheit leben, und niemand soll ihn schrecken. Denn ich bin bei dir, spricht YHWH, dass ich dir helfe. Denn ich will mit allen Völkern ein Ende machen, unter die ich dich zerstreut habe; aber mit dir will ich nicht ein Ende machen.' Ich bin einer von jenen, die aus dem Hause Israel zurückgekehrt sind. Darüber wurden mir die Augen geöffnet. Ich bin dabei, meine neue Identität als Bürger Israels zu finden, als einer, der zum Staatenbund Israels gehört. Das Land ist mein Erbe als Kind Abrahams. YHWH ist dabei, mich im Herzen zu beschneiden und mir gemäß der Verheißung des erneuerten Bundes seine Torah in mein Herz zu geben – durch den Ruach HaKodesch. So wie es der Prophet Jeremia im 31. Kapitel vorhergesagt hat: ‚Das soll der Bund sein, den ich mit dem Hause Israel schließen will nach dieser Zeit, spricht YHWH: Ich will meine Torah in ihr Herz geben und in ihren Sinn schreiben, und sie sollen mein Volk sein, und ich will ihr Elohim sein.'"

„Herr Cohen, wie hat Sie Ihr Bruder Judah aufgenommen?"

„Mit Liebe und Geduld, um mich in allem zu unterweisen, was ich nicht wusste."

„Das ist eine außerordentliche Gnade, die Ihnen widerfuhr! Nicht alle Juden werden Sie so herzlich aufnehmen."

„Ja, ich weiß und bin vorbereitet. Y'shua hat uns das im Gleichnis des verlorenen Sohnes gezeigt. Der ältere Sohn, das Haus Judah, war nicht erfreut darüber, dass der jüngere Sohn nach Hause kam und vom Vater erwartet wurde. Aber es wird *ein* Königreich sein, *ein* König und *eine* Konstitution, die Torah, genauso wie es der Prophet Hesekiel vorausgesagt hat."

„Wie fühlen Sie sich mit Ihrer neuen Identität?"

„Ein wenig wie Viktor Navorski, der Hauptdarsteller aus dem Film Terminal. Sein Pass verlor seine Gültigkeit, als sein Heimatland in Bürgerkriegswirren unterging. Meine alte Identität ist verloren in den Nationen. Das neue Land, vertreten durch das Haus Judah, will mich nicht. Das war wie bei Navorski. Die Bürokratie des Landes hat seine Einreise ins Land verhindert. So fühle ich mich ein wenig: Es gibt für mich kein Zurück mehr. Und doch kann ich meine neue Identität noch nicht voll ausleben."

Seine eigenen Worte bewegten Nicholas sichtlich.

„Ich kann Sie sehr gut verstehen. Aber wissen Sie was? Sie werden mehr offene Arme im Haus Judah finden, als Sie denken. Ich heiße Sie willkommen!“

Nicholas hatte Tränen in den Augen.

„Cut!“

GLOSSAR

Begriffe

Adonai: Hebr. „Mein Herr"; Anrede Gottes

Afikoman: Ein bestimmter Teil der Mazze während des Pessach-Seder

Alef: Erster Buchstabe des hebräischen Alphabets

Alijah: Einwanderung von Juden nach Israel

Amma-us: Hebr. für die antike Stadt „Emmaus" in der Nähe von Jerusalem

Beracha (Pl. Berachot): Hebr. „Lobung, Segen"; Segenssprüche werden im Judentum über jede Mitzwa gesprochen (z.B. beim Anlegen der Gebetsriemen; als Tischgebet); beginnt immer mit den hebr. Worten „Gelobt seist du, Herr, unser Gott, König der Welt"

Brit Chadaschah: Erneuerter Bund/Neues Testament

Brit Mila: Bund der Beschneidung

Beth Hamedrasch Hagadol: Große Synagoge

Chag HaAsif: Hebr. „Fest des Einsammelns"; biblisches Laubhüttenfest; s. Sukkot

Challot (Sg: Challah): Ein besonderes Schabbatbrot, ähnlich einem Hefezopf

Chanukka: Hebr. „Weihung, Einweihung"; jüdisches Lichterfest im November/ Dezember; zum Gedenken an die Wiedereinweihung des zweiten Tempels 164 v.u.Z.; lt. 2. Makk 10,6-7 wurde es wie Sukkot gefeiert

Chassidim: Hebr. „Die Frommen"; verschiedene, voneinander unabhängige Bewegungen des strengen Judentums

Derascha: Lehre, mündlicher Vortrag über einen Torahabschnitt

First Draft: erster Entwurf

Final Draft: endgültiger Entwurf

Shooting Draft/Script: Drehbuch

El: Hebr. „Gott"

Erev: Vorabend

Et (alef-tav): Der erste und der letzte Buchstabe des hebräischen Alphabets; eine Bezeichnung für Y'shua (vgl. griech. Version „Ich bin das Alpha und Omega")

Gemara: Erläuterungen und Ergänzungen zur Mischna, der mündlichen Überlieferung; Teil des Talmuds

Gematrie: Mystische Lehre der Interpretation von Worten auf Basis des Zahlenwertes der einzelnen Buchstaben

Hallel: eine Gruppe von Lobpreispsalmen im Buch der Psalmen, die auch Pessach-Hallel oder Ägyptisches Hallel genannt wird und die Psalemen 113 bis 118 umfasst.

Haggada: Büchlein, das die Erzählung der Geschichte vom Auszug aus Ägypten und die Handlungsanweisung für den Pessach-Seder enthält

HaMotzi: Segensspruch vor dem Essen des Brotes

HaSchem: Hebr. „Der Name"; gebräuchliche Anrede Gottes im Judentum anstelle des Namens YHWH

Hora: Reigentanz

Jeschiwa: Talmudhochschule für meist männliche Schüler; Studium der Torah und insbesondere des Talmuds

Jom Kippur: Hebr. „Tag der Sühne"; Versöhnungstag; biblischer Feiertag im Herbst

Judah/Juden: Die heutigen Juden gehen auf das Haus Judah im Tenach zurück; umfassen also die Stämme Judah und Benjamin (teilweise auch Levi) und bilden damit einen Teil des ganzen Hauses Israel

Ketuba: Schriftlich niedergelegter jüdischer Ehevertrag; Verpflichtungen des Ehemannes gegenüber seiner Ehefrau

Kiddusch: Segensspruch über einem Becher Wein

Kidduschin: Der erste Teil einer jüdischen Eheschließung; die Verlobung

Kohanim: Priester

Korban: Hebr. „Opfer"

Lubawitscher Juden: Chassidische Bewegung innerhalb des orthodoxen Judentums

Machane Yehuda: jüdischer Markt in Jerusalem

Malak: Hebr. „Bote, Engel, Gesandter"

Mazza: Ungesäuertes Brot

Mea Schearim: Eines der ältesten Stadtviertel Jerusalems außerhalb der Altstadt; bewohnt von meist ultraorthodoxen Juden

Mechiza: Hebr. „Trennung"; Trennwand, die Männer und Frauen in der Synagoge räumlich trennt

Megillah: Schriftrolle

Menorah: Siebenarmiger Leuchter

Mikwe: Tauchbad, das zur Reinigung von ritueller Unreinheit dient

Mischle: Das Buch der Sprüche Salomos

Mischna: Teil des Talmuds; im 2. Jh niedergeschriebene, mündliche Lehre und Traditionen

Mischpat: Hebr. „Recht, Urteil, Richterspruch"

Mitzwa (Pl. Mitzwot): Hebr. „Anweisung, Befehl, Gebot"; im engeren Sinne die 613 Gebote der Torah

Mo'ed (Pl. Mo'edim): Hebr. „Verabredung, festgesetzte Zeit, Generalprobe"; Bezeichnung für die Festtage YHWHs (2Mo 23,2)

Nakdimon: Nikodemus

Notzrim: Hebr. „Christen"

Olam Habah: Hebr. „Die kommende Welt, das kommende Zeitalter"

Pney: Hebr. „Angesicht"

Pharisäer und Sadduzäer: Gruppierungen im Judentum

Purim: Ein Fest, das an die biblische Geschichte Esthers und die Errettung des jüdischen Volkes aus drohender Gefahr erinnert

Rav Sha'ul: Apostel Paulus

Rosch HaSchana: Hebr. „Haupt/Anfang des Jahres"; jüdischer Neujahrstag gemäß der Mischna am biblischen Fest des Schofarblasens (Posaunenfest) im Herbst; biblischer Jahresbeginn: 14 Tage vor Pessach im Frühling (2Mo 12,2)

Ruach HaKodesch: Der Heilige Geist

Sabra: eine Bezeichnung für in Israel geborene Juden

Schechinah: Die Herrlichkeit YHWHs

Schemini Azeret: Hebr. „Achter (Tag) der Versammlung"; das Schlussfest nach dem Laubhüttenfest

Schirayim: Das Essen, das der Rabbi mit seinen Chassidim teilt

Seder: Hebr. „Ordnung"; Kurzbezeichnung für den Sederabend, den Vorabend und Auftakt von Pessach

Sefer: Hebr. „Buch"

Sod: Eine der vier Interpretationsebenen der Schrift (Peschat: Vordergründiges Geschehen; Remes: Hinweis; Derasch: Allegorie; Sod: Geheimlehre); forscht nach Geheimnissen und versteckten Bedeutungen der hebräischen Wörter

Sofer: Hebr. „Schreiber, Schriftgelehrter"

Sukkot (Sg. Sukkah): Wörtlich: „Laubhütten" ; Laubhüttenfest; biblischer Feiertag im Herbst

Talmidim (Sg. Talmid): Hebr. „Schüler, Jünger"

Talmud: Rabbinische Auslegung der Torah-Gebote in schriftlicher Form; umfasst Mischna und Gemara

Tav: Letzter Buchstabe des hebräischen Alphabets

Tehillim: Das Buch der Psalmen

Tenach: Akronym der Anfangsbuchstaben der drei Teile Torah („Weisung"), Neviim („Propheten" und Historie) und Ketuvim („Schriften"); sozusagen die jüdische/hebräische Bibel, entspricht dem Kanon des Alten Testaments

Torah: Hebr. „Belehrung, Lehre, Weisung": Unterweisungen YHWHs in den fünf Büchern Mose; oft fälschlicherweise mit „Gesetz" übersetzt

Tsimmes: Gekochte Möhren und Trockenobst

Y'shua: Der hebräische Name von Jesus; Bedeutung: Yah (= Gott) rettet

Bezeichnung der biblischen Bücher

(Begriffe und Namen, die von Aviad benutzt werden)

Gliederung der Tenach

Torah („Fünfbuch")

Bereschit – Anfänge (Das erste Buch Mosche)
Schemot – Auszug (Das zweite Buch Mosche)
Wajjikra – Priestertum (Das dritte Buch Mosche)
Bemidbar – Wüstenzug (Das vierte Buch Mosche)
Debarim – Rückschau (Das fünfte Buch Mosche)

Neviim Rischonim (Historie)

Jehoschua – Das Buch Josua
Schofetim – Das Buch der Richter
Schemuël I – Das erste Buch Samuel
Schemuël II – Das zweite Buch Samuel
Melachim I – Das erste Buch der Könige
Melachim II – Das zweite Buch der Könige

Neviim Aharonim (Propheten)

Jescha'jahu – Der Prophet Jesaja
Jirmejahu – Der Prophet Jeremia
Jeheskel – Der Prophet Hesekiel
Hoschea – Der Prophet Hosea
Joël – Der Prophet Joel
Amos – Der Prophet Amos
Obadja – Der Prophet Obadja
Jona – Der Prophet Jona
Micha – Der Prophet Micha
Nahum – Der Prophet Nahum
Habakkuk – Der Prophet Habakuk
Zefanja – Der Prophet Zefanja

Haggai – Der Prophet Haggai
Secharja – Der Prophet Sacharja
Mal'achi – Der Prophet Maleachi

Ketuvim (Schriften)
Tehillim – Die Psalmen
Mischle – Die Sprüche Salomos/Sprichwörter
Ijob – Das Buch Hiob
Schir-ha-schirim – Das Hohelied Salomos
Rut – Das Buch Rut
Echa – Die Klagelieder Jeremias
Kohelet – Der Prediger Salomo
Ester – Das Buch Ester
Danijel – Der Prophet Daniel
Esra – Das Buch Esra
Nehemja – Das Buch Nehemia
Dibre-ha-jamim I – Zeitbegebenheiten I (Das erste Buch der Chronik)
Dibre-ha-jamim II – Zeitbegebenheiten II (Das zweite Buch der Chronik)

Gliederung der Brit Chadaschah

Matitjahu (Matthäus)
Markus
Lukas
Yochanan (Johannes)
Die Taten der Gesandten Y'shuas des Messias (Apostelgeschichte)

Die Briefe des Scha-ul (Paulus) an die messianischen Gemeinden
Römer
1. Korinther
2. Korinther
Galater
Epheser
Philipper
Kolosser
1. Thessalonicher
2. Thessalonicher

Die Briefe des Scha'ul an Einzelpersonen
1. Timotheus
2. Timotheus
Titus
Philemon

Die allgemeinen Briefe